SU PROTECTOR LOBO

Por
Alex (Shifter) McAnders

McAnders Books

*****

Los personajes y sucesos descritos en este libro son ficticios. Cualquier parecido con personas reales, vivas o muertas, es coincidencia y sin intención por parte del autor. La persona o personas retratadas en la cubierta son modelos y de ninguna forma están asociadas con la creación, el contenido o el tema principal de este libro.

Sitio Web Oficial: www.AlexAndersBooks.com

Podcast: www.SoundsEroticPodcast.com

Visite el autor en Facebook
en: Facebook.com/AlexAndersBooks
Consigue 5 libros gratis al inscribirse para la lista de correo del autor en: AlexAndersBooks.com

Publicadas por McAnders Publishing

Libros de Alex McAnders

Hombre-lobo Gay

Su lobo enjaulado; Libro 2; Libro 3; Libro 4

Romance Gay

Serios problemas; Libro 2; Libro 3; Libro 4; Libro 5
Problemas de Matrimonio Mafioso; Libro 2

SU PROTECTOR LOBO

Capítulo 1

Dillon

Tomando una profunda inspiración, caminé hacia el edificio de mi padre. Cada paso retumbaba con el latido tumultuoso de mi corazón. Tras años de negligencia y abandono, estaba dispuesta a enfrentarlo. Exigía respuestas, y una diminuta y frágil parte de mí ansiaba una disculpa.

El edificio de ladrillo de tres alturas, cubierto de grafitis, se alzaba delante de mí. Conteniendo la respiración, entré en el estrecho callejón. Desembocaba en el patio trasero, donde encontré la salida de emergencia.

Para mi sorpresa, al empujarla, descubrí que ya había sido forzada. Así que, usando el peso de mi delgado cuerpo, me apoyé en ella y avancé.

¿Cuántas horas de mi infancia pasé observando el ventanal de mi padre desde enfrente? ¿Eran familia las personas que a veces veía dentro? ¿Habían sido ellas las que había elegido por encima de mi madre y de mí?

Ascendiendo por la humedecida y manchada escalera de cemento, llegué al último piso. Al igual que el espacio comercial en la planta baja, parecía desierto. El papel pintado sucio y descascarillado salpicaba todas las paredes. La única señal de vida era la puerta brillantemente pintada al final del corredor.

Tomándome un momento para limpiar mis palmas sudorosas en los vaqueros, reuní fuerzas. Al acercarme a ella, el golpe sordo de mi llamada resonó en las paredes. Cada eco era un puñal al estómago.

Pronto, la puerta se abrió chirriando. Al otro lado había una figura pálida, bañada en el brillo aséptico de la luz que se derramaba desde detrás de él. Este era mi padre. Nunca lo había visto de cerca.

Cuando me reconoció, sus ojos se clavaron en los míos.

"¿Tú?" musitó.

No veía reflejado en el hombre que tenía delante ninguna de las características que tantos muchachos me habían alabado. Mis rasgos definidos estaban deformados en él. Mi tez caramelizada de raza mixta no encontraba una correspondencia en su pálida piel. Los rizos rebeldes, que marcan mi forma de ser, yacían oscuros, alisados y planos sobre su cabeza.

A pesar de todo, sabía quién era ese hombre. Mi madre me lo había contado una y otra vez. Era el momento de que él también lo reconociera.

"Sí, soy yo. Tu hija."

Las palabras salieron más firmes de lo que esperaba. Cada sílaba estaba cargada de los años de dolor, ansiando ese reconocimiento que nunca llegó.

Caminé por las calles de mi antiguo barrio, mirando hacia arriba a los edificios que alguna vez me resultaron tan familiares. Esto era Brownsville, Brooklyn, un lugar que una vez fue mi hogar y ahora me resultaba tan extraño. Los destellos de las farolas perforaban el oscuro manto de la noche, proyectando largas y espeluznantes sombras que parecían seguirme.

A medida que avanzaba, mi estómago se retorcía. Un escalofrío recorrió mi cuello ante el esquivo viento frío. Mi piel se erizaba.

¿Por qué estaba aquí? Estaba lejos de mi apartamento universitario en New Jersey. Desde que me moví de Brownsville durante la secundaria, todos los que caminaban por esas calles eran extraños para mí. La única persona que conocía y que todavía vivía aquí era…

"Mi padre…" susurré para mí misma.

Así es. Había venido para enfrentarme por fin al hombre que nunca conocí. Tenía un plan para cómo forzar la puerta de emergencia de su casi abandonado edificio y llamar a su puerta. ¿Cómo pude olvidar eso?

Dando la vuelta sobre la punta de mis pies, apreté los dientes y fijé mi vista en el monótono edificio de tres plantas que se situaba a dos cuadras de distancia. La fea fachada del apartamento de mi padre se cernía en mi mente mientras la realidad de mi inminente confrontación tomaba forma.

Mi corazón latía con fuerza dentro de mi pecho. El sudor manaba de mis palmas mientras me acercaba a la familiar pero innombrable estructura. Para todos los demás, podría ser una pústula en el rostro de la ciudad, pero para mí, era una representación de la ignorancia y la indiferencia del hombre que vivía allí.

Alzando la mirada, vi el resplandor de la ventana iluminada de su apartamento. Tiraba de viejos y conocidos hilos en mi corazón; un recordatorio de un tiempo más simple cuando todo lo que ansiaba era cruzar ese umbral. Innumerables veces en mi niñez, estuve parada delante de él, anhelándolo, pero hoy no estaba aquí para anhelar. Estaba aquí para obtener respuestas.

Como si supiera que estaría abierta, rodeé el edificio hasta la puerta trasera. La cerradura estaba suelta, como si hubiera sido forzada muchas veces. Al subir las escaleras, noté lo similar que se veía esta a otras. ¿Por qué me resultaba tan familiar? Sentía que había estado en un lugar parecido recientemente. ¿Pero dónde?

Al entrar en el pasillo, me invadió una sensación similar. ¿Fue en un sueño donde vi este lugar? Durante mi infancia, más de un sueño se había convertido en realidad. ¿Era esta sensación una continuación de eso? Tenía que serlo, ¿verdad?

Caminando lentamente por el pasillo, me acerqué a la puerta brillantemente pintada que por alguna razón percibía como grabada en mi mente. ¿Qué estaba pasando? Sea lo que fuere, no iba a permitir que me detuviera. Había decidido que este sería el día, y así fue.

Al levantar mi puño para tocar la puerta, me impactó. Ya había hecho esto antes. Pero eso no tenía sentido. Nunca en mi vida había hablado con el hombre que mi madre me había dicho que era mi padre. Así que, cuando toqué y un hombre pálido como la muerte abrió la puerta y me miró directamente a los ojos, las cosas tenían aún menos sentido.

"¿Qué estás haciendo aquí?" El hombre exclamó con una confusión furiosa.

"Soy tu hija," declaré con determinación.

"Te irás y nunca volverás," dijo el hombre mirándome a los ojos, casi como si sustituyera mis pensamientos por los suyos.

"¡No!" dije desafiante. "Vas a responder a mis preguntas," declaré mientras los latidos acelerados de mi corazón enviaban oleadas de dolor a través de mi pecho.

"He dicho, te irás y no volverás!" insistió mi presunto padre.

"Y yo he dicho que no," grité, resistiendo la sensación de que mis sienes iban a estallar.

Como si se estuviera retirando de mis pensamientos, mi presunto padre dio un paso atrás. Su retirada fue como un espasmo que de repente disminuyó.

"Ahora," empecé, casi sin aliento, "Vas a decirme por qué nos abandonaste a mi madre y a mí. No me iré a ninguna parte hasta que lo hagas."

No podía decir si la mirada en el rostro de mi presunto padre era de terror o de asco, pero me perseguía. Había oscuridad en ella. Verla creó otro sentimiento en mí. Este era indescriptible.

"¿Quieres saber por qué te abandoné a ti y a tu madre?"

"Por eso estoy aquí. Dime por qué abandonaste a tu hija," dije, perdiendo el dominio sobre el blindaje que protegía mi corazón.

"Es porque no eres mi hija," rezongó.

"Soy tu hija. Siempre he sido tu hija."

"No lo eres. ¡Eres una abominación!" rugió con convicción.

Sus palabras me alarmaron de alguna manera. El dolor que una vez sentí en la sien volvió con doble fuerza. Era como si existiera un pensamiento dentro de mí luchando por salir.

"Soy tu hija. ¡Soy tu hija!" insistí.

"¡Eres una cría del diablo!" vilipendió el hombre pálido.

"¡Soy tu hija!" seguí repitiendo, sujetándome la cabeza, intentando evitar que estallara.

"No soy tu padre," sentenció el anciano una última vez antes de empujarme con la fuerza de una bola de demolición contra la pared del pasillo detrás de mí.

Me derrumbé en una agonía cegadora cuando la puerta se cerró de golpe frente a mí. Sentí que me estaba volviendo loca. Sin previo aviso, mi mente se inundó de pensamientos. Los ecos sólo permanecían lo suficiente para resonar antes de espiralizarse y ser reemplazados por otro.

No podía soportarlo. Estaba desgarrando mi cerebro. Gritaba al principio, luego lloraba. Gritando al máximo, pareció un milagro cuando todo se detuvo. Sólo quedaron las cicatrices, y repentinamente todo fue silencio.

Aterrada de abrir los ojos, lo hice. Como si el dolor de cabeza hubiera poseído mi visión, todo parecía diferente. Era como si hubiera abierto los ojos en una piscina pública. El mundo borroso a mi alrededor resplandecía. Y a medida que mi vista se recuperaba lentamente, noté algo que de alguna manera no había percibido antes.

El suelo del pasillo que terminaba en la puerta de mi padre estaba quemado. Gastado hasta tomar la textura del carbón, estaba cubierto de cenizas.

Esto no estaba bien. Algo había cambiado. Había algo diferente revoloteando dentro de mí. Y sin un instante de duda, supe que mi padre podría decirme qué era.

Como si no hubiera estado cerrada, toqué la puerta y se abrió de golpe. El interior del apartamento era ahora un escenario diferente. Todo, desde el suelo hasta el techo, estaba quemado. Parecía arrasado por las llamas y lo único que no lo estaba era el hombre por quien había llorado en las noches esperando que me reconociera.

No era sólo aquel hombre, sin embargo. La figura de mi padre era un holograma fantasmal que ocultaba al ser que yacía debajo. Destorzado y deformado, la persona que yo conocía no era un hombre en absoluto.

De niña, mi mejor amigo, Hil, era un cambiaformas lobo. Saber lo que él y su familia eran desafió mi percepción de lo que era posible. ¿Cómo podían existir humanos que se transformaban en animales? ¿Aún más asombroso, cómo podrían existir los vampiros?

"Eres un vampiro," dije sin ser consciente de lo que estaba diciendo.

El hombre me miró atónito.

"No eres mi padre. No puedes serlo."

Como si la imagen ante mí se hubiera desvanecido, me vi al otro lado de la habitación mientras mi padre y mi madre yacían en la misma cama. Al principio parecía que los dos estaban teniendo sexo, pero no era así.

"¿Obligaste a mi madre a alimentarse de ti? ¿La hiciste pensar que estaba embarazada?" dije mientras la escena delante de mí seguía proyectándose. "¿Pero por qué?"

"Hice lo que mis señores me ordenaron," respondió la criatura decrépita con evidente temor.

"Si tú eres un vampiro y los vampiros no pueden tener hijos, ¿qué soy yo?"

"La descendiente de mis señores," siseó. "Una abominación."

"Tienes miedo," de repente entendí. "Tienes miedo de todo. Te escondes aquí temiendo a los lobos que dominan la ciudad. Temes a los vampiros que te convirtieron. Y sobre todo." Hice una pausa, comprendiendo. "Le temes a mí. Te he enfrentado antes. Me hiciste olvidar. Pero, nunca intentaste lastimarme a mí o a mi madre porque… temes lo que ellos podrían hacerte."

Desvié la mirada cuando la confusión me abrumó. ¿Quiénes eran "ellos" a quienes me refería? ¿Podrían ser demonios? ¿Era yo una descendencia del demonio como sugería mi padre?

Espera, él no era mi padre. Los vampiros no pueden tener hijos. Obligó a mi madre a pensar que estaba embarazada para que yo pudiera existir.

Cuando volví a levantar la vista, el hombre que creía que era mi padre, había desaparecido. Con él fuera, la habitación poco a poco volvió a la normalidad. La visión que había experimentado se desvaneció.

¿Cuánto tiempo había desviado la mirada? ¿Me había distracción el vampiro nuevamente para poder escapar? Y lo más importante, ¿qué era yo? Ciertamente no era humana. Tampoco era la hija de mi padre.

Había venido aquí buscando respuestas y ahora tenía aún más preguntas. ¿Quién era yo? ¿De dónde venía? Y, ¿por qué, no importa lo que hiciera, seguía siendo alguien a quien nadie amaba?

Capítulo 2

Remy

Me encontraba de pie en la que una vez fue la gran oficina de mi padre, ahora transformada en una sala de cuidados paliativos improvisada. Hil y mi madre estaban a mi lado, todos observando el cuerpo inerte de nuestro padre. El silencio era asfixiante, interrumpido tan solo por los suaves sollozos de mi madre tratando de reprimir las lágrimas.

La desolación me envolvió. Pero al mirar las sombras que se proyectaban en el rostro de mi padre debido a la tenue luz, sentí otra cosa más. Su legado era ambiguo. Había pasado mi vida intentando demostrarle mi valía a mi alfa. Y había hecho cosas de las que no me sentía orgulloso. Ahora que él se había ido, me cuestionaba si todo había sido en vano.

Hil rompió el silencio. "Me ocuparé de los preparativos del funeral. Quiero hacer esto por papá", decía, su voz vibraba de emoción. Pude percibir que seguía buscando desesperadamente la aprobación de nuestro padre, incluso después de su muerte.

Le miré, mi corazón se acabó por mi hermano que había intentado escapar de la vida criminal en la que nuestra familia había nacido. No estaba hecho para ello, no como yo. A diferencia de mí, nunca logró ocultar su atracción por los hombres. Lo llevaba alrededor de su cuello como una marca de vergüenza. A favor de mi padre, él nunca juzgó a Hil por ello. Pero cuando mi padre y yo estábamos a solas, no ocultaba su desilusión.

No se trataba de lo que Hil quería hacer con otros hombres. Era que mi padre creía que sus atracciones le impedían transformarse. "Los lobos cambiantes homosexuales no están destinados a existir", me dijo una vez. "Los dioses no lo permitirían".

Mi capacidad de transformarme hacía esa teoría mucho más complicada. Sí, no era gay, pero tampoco era heterosexual. Estaba en esa feliz tierra de nadie. ¿Diría mi padre que eso era por lo que tardé tanto en experimentar mi primera transformación y no porque mi madre era humana?

De todos modos, mi padre tenía razón en una cosa, nuestro mundo implacable era difícil de sobrevivir sin acceso a tu lobo. Otros alfas querían matar a mi padre. Dada la manera en que mi padre asumió su poder, entendía por qué.

Eso significaba que nadie en nuestra familia estaba a salvo. Hil, su sensible hijo humano, siempre necesitaría a alguien que lo protegiera. Como alfa de nuestra manada, a mi padre no le resultaba difícil hacerlo, incluso mientras dejaba claro que preferiría un heredero que pudiera cuidar de sí mismo.

Y eso es lo que fui para él. Cuidaba de mí mismo. Siempre cuestionándome cuándo acabaría el trato preferente que le daba a Hil, pronto comencé a cuidar de Hil también. No me incomodaba. Él era mi hermano menor. Era mi responsabilidad. Pero tener que ser el lobo que mi padre quería que fuera tenía su precio.

"Gracias, Hil", dije, mi voz delataba el dolor que sentía.

Mi madre extendió la mano y me apretó la mía, su contacto hormigueaba con una mezcla de tristeza y gratitud. Podía ver la esperanza en sus ojos de un futuro mejor, libre de la violencia y el peligro que habían asolado nuestra manada durante tanto tiempo.

Mis pensamientos se desviaron al pacto que había hecho con Armand Clément, el rival más despiadado de mi padre. Había accedido a entregarle los negocios ilícitos de mi padre a cambio de mantener los legales y garantizar la protección de mi manada.

Los lobos de mi padre se convertirían en los de Armand, y mi verdadera manada estaría libre del inframundo del crimen. Era una move desesperada, pero no podía soportar la idea de reemplazar a mi padre como alfa de su manada. No con las atracciones que tenía y tener un hermano como Hil.

¿Cuántos lobos de mi padre tendría que matar antes de que se sometieran a mí? No tenía duda alguna de que los derrotaría. Pero, quería otro camino para mi manada.

Además, nuestra familia ya tenía mucho por lo que disculparse. En algún momento, iba a tener que descubrir cómo devolver algo a la comunidad. La obsesión de mi padre con el poder había causado mucho sufrimiento. Ese no podía ser el único legado de mi familia para el mundo. Los cambiaformas lobo eran más que simples pesadillas humanas.

Fue entonces cuando Dillon acudió a mi mente. Era el mejor amigo humano de Hil y el chico cuya presencia nunca me permitía olvidar que yo no era heterosexual. Sus delgadas líneas, su piel ligeramente bronceada, su cabello rizado y suelto por el que anhelaba pasar mis dedos.

Todo eso me convertía en un lobo que soñaba cada noche con frotar su nariz contra él. Un tipo que fantaseaba con deslizar mi mano por debajo de su camiseta y envolver mi gran mano alrededor de su pecho estrecho. Era mi ancla en los mares turbulentos de mi padre y ahora, el océano que me separaba de Dillon estaba delante de mí, había fallecido, y yo lo extrañaba y lloraba.

Excusándome antes de que mi familia viera la sonrisa que lentamente cruzaba mi cara, me dirigí a mi habitación de la infancia. No podía esperar un segundo más. Necesitaba escuchar su voz. Mi lobo se inquietaba con ese pensamiento. Tenía que llamarlo.

Sacando mi teléfono, encontré su número. Tomando una respiración profunda, marqué. Mi corazón latía con anticipación. El teléfono sonaba y mis palmas se llenaban de sudor.

"¿Si?" La voz de Dillon resonó al otro lado de la línea, cálida y calmante como siempre.

"Hola, Dillon, soy Remy," intenté mantener mi voz firme mientras hablaba. "Solo quería decirte que mi padre… ha fallecido."

"Oh, Remy, lo siento mucho." Como todos nosotros, él sabía que iba a suceder. Pero su empatía me envolvió como una ola consoladora. "¿Cómo estás sobrellevándolo?"

Mi garganta se apretó mientras luchaba por mantener la compostura. "Estoy… llevándolo," admití, el peso de mis emociones amenazaba con desbordarse. Desesperado por recuperar el control, cambié rápidamente de tema. "Mira, me estaba preguntando si podrías ayudarme con algo."

"Por supuesto. ¿Qué es?"

"Hil dijo que quiere encargarse de los preparativos para el funeral. Creo que realmente podría usar tu apoyo en este momento."

Hubo una pausa al otro lado antes de que Dillon accediera suavemente. "No tenías que pedir eso, Remy. Haré lo que pueda para ayudar."

El silencio que siguió estaba cargado de palabras no dichas, mi corazón anhelaba decirle la verdad sobre mis sentimientos por él. Pero no podía atreverme a hacerlo, no aún.

"Gracias. Siempre sé que puedo contar contigo," dije con una sonrisa.

"No es ningún problema, Remy. Me gusta poder ayudarte… y a Hil", me consoló, su voz llena de un cuidado sincero. "Todos saldremos de esto juntos. Sólo dime qué necesitas".

Asentí, a pesar de que él no podría verme. "Lo agradezco".

"Lo sé", respondió con seguridad.

Al colgar el teléfono, me pregunté qué estaba haciendo. Ya no tenía que limitarme a conversaciones de dos minutos con él. Era libre. No sabía cómo se sentía él hacia mí, pero ya no tenía que ocultar mis sentimientos por él. Era hora de decírselo.

Un calor me recorrió a mí y a mi lobo al considerarlo. Era una mezcla de terror y exaltación.

"Después del funeral", me dije en voz alta. "Mi nueva vida comienza al fin de la antigua".

Apenas podía imaginar vivir sin ocultaciones y secretos, pero ahí estaba. Estaba dispuesto a asumir la verdad y ver hasta dónde me llevaría. ¿Estar con Dillon iba a ser realmente tan sencillo? No lo sabía, pero estaba a punto de averiguarlo.

Capítulo 3

Dillon

Al concluir la llamada con Remy, me quedé en mi piso con la bandolera todavía colgada al hombro. Acababa de llegar tras encararme con el vampiro que creía que era mi padre. ¿No era perfecto que la voz de Remy fuese lo primero que escuchara? Me costaba sentir a estas alturas mi propio rostro.

¿Remy me había llamado realmente? Me cuestioné mientras mi corazón batía con fuerza, borrando el desconcierto de hace una hora. ¿Cuál había sido la intención de su llamada?

Había indicado que era para que ayudase a Hil, pero debía saber que lo habría hecho de todos modos. No, debía haber algo más. ¿Estaba buscando consuelo tras la muerte de su padre? Pero por mucho que me gustaría, Remy y yo no éramos tan amigos.

Entonces, ¿podría la causa de su llamada ser otra? ¿Podría realmente estar enamorado de mí en secreto y yo no haber estado delirando durante todos estos años pensando que lo estaba?

Fue por Remy que confronté a quién creía mi progenitor. Bueno, no directamente por él, pero sí por el hecho de haber interactuado tanto con Remy mientras Hil se encontraba desaparecido, me di cuenta de lo vacía que estaba mi vida. ¿Podría haber sido lo mismo para él?

Reflexionando, recordé de pronto todas las razones por las cuales Remy jamás estaría interesado en alguien como yo. Para empezar, aunque normalmente no era un completo desastre, con él lo terminaba siendo siempre. Pasaron dos meses desde que Hil y yo nos hicimos amigos en que no podía articular una frase en su presencia.

Tenía 14 años, no 10. Y sí, él era increíblemente guapo, incluso antes de poder convertirse en lobo. Pero eso no justificaba que perdiera la habilidad de hablarle.

Luego estuvo aquella vez que Remy sorprendió a Hil y a mí viendo porno gay en la habitación de Hil. Le pregunté a Hil si había puesto el seguro, y él afirmó que sí. De modo que, cuando Remy irrumpió y nos encontró con los pantalones bajados, casi me desmayo del susto.

Y no me olvido de cuando tenía 16 años y los padres de Hil me permitieron quedarme en su casa mientras ellos se llevaban a mi madre de vacaciones con ellos. Tenía que ir a la escuela, por eso no pude ir, pero pensando que tendría todo el lugar para mí solo, me armé una fiesta de baile en solitario en el ático, completa con un turbante de toalla y un cepillo como micrófono.

Remy escogió ese momento para pasarse a supervisar la casa. No habría sido tan terrible si el pequeño Dillon no se hubiera estado divirtiendo tanto al aire libre. Pero, ¿quién puede culpar al chico? Muéstrame a alguien que no le guste saltar al ritmo de 'Bad Romance' y te señalaré a alguien que no sabe cómo disfrutar de la vida.

Mis mejillas se encendieron al recordarlo. Pero como siempre, me repetía a mí mismo que la humillación que había experimentado frente a Remy no importaba. Porque, por mucho que me gustase fantasear con ello, alguien como Remy, con su cuerpo de dios griego, su hermoso cabello y su rango de príncipe alfa, jamás se sentiría atraído por los chicos, y mucho menos por un humano como yo.

Además, este no era el momento para fantasías. Tenía muchas cosas en la cabeza. Acababa de descubrir que no era humano y no tenía ni idea de qué era. ¿Cómo se sobreentiende que debo lidiar con algo así?

Además, mi mejor amigo, Hil, estaba pasando por un mal rato. A pesar de su complicada relación, sabía cuánto amaba a su padre. Es cierto, su padre lo había recluido en su ático sin permitir que Hil tuviera una vida social aparte de conmigo. Pero eso no era porque su padre fuera un monstruo. Los cambiaformas lobo que lideran mafias llevan una vida peligrosa.

Y, como si fuera poco, su padre no estaba equivocado. La única vez que Hil escapó de la protección de su familia, terminó secuestrada por uno de los rivales de su padre. Remy y la novia cambiaformas de Hil, Cali, tuvieron que rescatarla. Le dispararon a Cali a cambio de dejar a Hil libre. Cali estaba bien, pero aún así. Hil y Remy vivían en un mundo loco y su padre había tenido que proteger a Hil de él.

Por otro lado, cuando quedó claro que Hil era gay, su increíblemente temible padre la aceptó tal como era. Hil me dijo que ni una sola vez su padre la hizo sentir mal por a quién se sentía atraída. Infierno, sus padres incluso nos presentaron a ambas y no es como si alguien me hubiera confundido por hetero.

Así que, a pesar de todo, el padre de Hil había sido un padre mucho mejor que el mío. Y ahora su padre acababa de fallecer. Mi corazón dolía por ella.

Inspirando profundamente, me propuse dejar a un lado el misterio de quién era yo y cualquier sentimiento que tuviera por Remy, para centrarme en estar allí para Hil en las próximas semanas. Y mientras empezaban a desvanecerse las cosquilleantes sensaciones que siempre me generaba pensar en Remy, volví a agarrar mi teléfono.

No sabía muy bien por qué estaba nerviosa, pero mientras marcaba el número de Hil, mi corazón latía fuertemente. Cuando la llamada se conectó, la voz de Hil era temblorosa.

"¿Hola, Dillon?"

"Hola, Hil... acabo de saber lo de tu padre."

Hubo una breve pausa. "¿En serio? ¿Cómo?"

"Remy me lo acaba de contar", dije queriendo compartir lo increíble que había sido él compartiéndolo.

"Ah, de acuerdo."

"Lo siento mucho, Hil. ¿Cómo estás?" pregunté deseando poder atravesar el teléfono y abrazarla.

"Es difícil aceptar que se ha ido".

"No puedo ni imaginarme cómo te sientes. Pero estoy aquí para apoyarte, ¿vale? En lo que necesites, estaré ahí."

Hil suspiró, su voz temblaba ligeramente. "Lo aprecio. Le dije a Remy que me haría cargo del funeral."

"Vaya, eso es duro."

"Sí, pero le dije a Cali que lo iba a hacer y ella preguntó si podía ayudarme con ello. Así que, voy a apoyarme bastante en ella."

"Eso está muy bien."

"Sí," dijo seguido de una pausa.

"¿Qué pasa?"

"Hay algo con lo que sí podrías ayudarme."

"¡Por supuesto! Lo que sea. Solo dime cuándo y dónde."

Al día siguiente, Hil y yo nos encontramos en una boutique de urnas. Ni siquiera sabía que tal cosa existiera. Pero sí existía y ahí estábamos.

El lugar desprendía una elegancia sombría, con una iluminación suave que proyectaba un cálido resplandor sobre los pulidos recipientes pintados a mano. Estar allí, comprando el último lugar de reposo del padre de Hil, se sentía surrealista. No solo por su significado, también por el precio en las etiquetas de precio.

Con todo el respeto del mundo, las urnas eran simplemente jarrones con tapas. ¿Cómo podía costar una 22.000 dólares? Claro, era de mármol con filigrana de oro adornando… lo que sea que eso fuera. Pero casi no me podía permitir el autobús que tomé para llegar aquí.

Mientras deambulábamos por los pasillos explorando la colección de urnas de diamante, el tema de nuestra conversación pasó de su padre a Remy. Yo no fui la que lo cambió. Pero no iba a desaprovechar la oportunidad de añadir material a mi caja de recuerdos lujuriosos… cuando tal cosa volviera a ser apropiado hacer… con pensar en el hermano de mi mejor amiga.

"Creo que he aceptado que a mi padre le gustaba más Remy. Lo entiendo. Él coincide con esa necesidad de mi padre de cuidar a todos. Incluso la tenía cuando era niño.

"Hubo ocasiones en las que, durante nuestro crecimiento, me hacía las peores trastadas de hermana mayor. Pero si tuviera que decir quién me protegería si pasara algo malo, no sería una pregunta. Sería él."

Asentí, comprendiendo lo mucho que Remy significaba para Hil. "Él siempre ha estado ahí para ti, ¿verdad?"

"Sí, pero al mismo tiempo, no puedo evitar preocuparme por él."

"¿Por qué?" pregunté, con la curiosidad al máximo.

Hil suspiró, pasando una mano por su pelo. "Solo que no creo que pueda dejar atrás la vida de manada."

"¿Y por "vida de manada" te refieres a los negocios de tu familia?

"Sí. Y sé que él hizo el trato que se supone que nos libera, pero no estoy seguro de que haya alguna salida."

"Tú lograste salir," dije refiriéndome a la nueva vida de Hil en una pequeña ciudad con su novio en Tennessee.

"Lo logré, pero nunca formé parte de ese lado de la manada de mi padre. Mi padre le dijo una vez a Remy y a mí que la única manera de salir de su mundo era en una bolsa de cadáveres. No creo que Remy pudiera salir incluso si lo intentara."

Fruncí el ceño, sin querer creer eso. "Creo que con la persona adecuada a su lado, él podría definitivamente dejar esa vida atrás."

Hil me miró, su expresión indescifrable. "Dillon, ¿estás hablando de ti?"

Dudé, al darme cuenta de cómo debió haber sonado eso. "Bueno, digo, no solo yo. Pero alguien que se preocupe por él y quiera verle feliz."

Hil se mostró incómodo, evidentemente no le gustaba la idea. "¿Puedo hacerte una pregunta seria? Porque sé que te gusta bromear sobre las cosas."

"Por supuesto que puedes. ¿Cuál es?"

"¿Realmente crees que tú y Remy…"

Tan pronto como empezó a decirlo, sentí que mi cara estaba ardiendo. No estaba segura si sentía vergüenza o simplemente dolor, pero no podía aguantar que terminara lo que estaba a punto de decir.

"¿Por qué no?" lo interrumpí. "¿Es tan ridículo pensar que podría ser buena para él?"

"No, Dillon, no es eso." Hil suspiró, su voz tensa. "Creo que él no es bueno para ti. Eres la mejor persona que conozco. ¿Qué pasa si algo sucede entre ustedes dos? En el mejor de los casos, te arrastra a su mundo de locura.

"Dillon, he pasado toda mi vida planeando mi escape de ese lugar. Podrías arrepentirte mucho de estar con Remy." Hil tomó una urna y la sostuvo entre nosotros. "O peor aún," dijo con tristeza en sus ojos.

Al mirar el glorificado jarrón, un escalofrío recorrió mi columna. Pero a pesar de lo que Hil decía, no podía dejar de creer en Remy.

"Hil, si algo llegara a suceder entre Remy y yo, él me protegería tal como te protege a ti. ¿No dijiste que eso es lo que él hace? ¿Piensas que podría dejar de proteger a las personas si lo intentara?"

Al encontrar nuevamente la mirada de Hil, vi su frustración. Mientras volvíamos a mirar las urnas, pensé que la conversación había terminado.

"¿Incluso sabes si a Remy le gustan los hombres, o mucho menos los humanos?" Hil soltó de repente en un tono más alto de lo que cualquiera debería hablar en una tienda de urnas.

En vez de responder, pensé en todas las miradas robadas y los toques prolongados que han alimentado mis fantasías a lo largo de los años.

"Primero, ha habido momentos en los que solo hemos estado los dos que me han hecho pensar que podría ser", dije sinceramente.

Hil levantó una ceja. "¿Espera, cuándo habéis estado solos juntos?"

"No ha sido a menudo", admití, "pero ha ocurrido a lo largo de los años. Y a veces cuando sucede, me mira de una manera que no puede ser heterosexual."

Hil todavía parecía escéptico.

"En segundo lugar", dije sin estar segura si este era el momento de decírselo.

"¿En segundo lugar, qué?"

"En segundo lugar, creo que no soy humana. Rectifico. Estoy bastante segura de que no lo soy", dije con hesitación.

El escepticismo de Hil se convirtió en confusión.

"¿De qué estás hablando?"

"No te lo dije, pero decidí enfrentarme a mi padre."

"¿Enfrentar a tu padre? ¿A qué te refieres?"

"Nunca he hablado contigo acerca de esto antes, pero nunca he hablado realmente con mi padre."

"¿Qué?" Hil dijo confundido y horrorizado.

"Sí. Es un tema un tanto doloroso, así que siempre lo he evitado."

Hil parecía desconcertado. "¿Cuándo lo confrontaste?"

"Anoche."

"Hablamos por teléfono. ¿Por qué no me lo dijiste?"

"Porque tu padre acababa de morir."

"Aún podrías habérmelo dicho. Enfrentar a tu padre es algo importante."

"Sí. Es aún más importante cuando añades que el hombre que creí pensaba que era mi padre era simplemente un vampiro que convenció a mi madre de que estaba embarazada y que parece que he desarrollado poderes."

La boca de Hil se abrió.

"¿Qué poderes tienes?"

Miré a Hil preguntándome cómo podría explicarlo.

"Puedo decir que eres un lobo."

Hil miró a su alrededor para asegurarse de que nadie estuviera escuchando. "Pero sabes que soy un lobo."

"Lo sé. Pero ahora puedo verlo."

"¿A qué te refieres?"

Hice una pausa y me concentré en Hil.

"Cuando entrecierro los ojos, te veo a ti, pero también veo un lobo hecho de luz que está de pie donde tú estás."

"¿Como, encima de mí?"

"Es como si los dos estuvieran ocupando el mismo lugar."

"Vale. ¿Has visto esto con otras personas?"

"Lo vi con mi padre… o, el hombre que creía que era mi padre. Pero con él era diferente. En tu caso, tú eres la imagen real y tu lobo es la sombra de luz. En su caso, la persona que todos veían era la sombra de luz, y la criatura dentro de él era el verdadero él."

"¿Y crees que era un vampiro?"

"Estoy seguro de que lo era."

"¿Cómo?"

"Solo lo sé."

"¿Y te dijo que convenció a tu madre de que creyera que estaba embarazada? ¿Por qué haría eso?"

"Dijo que lo hizo porque sus amos se lo ordenaron", dije ominosamente.

"Bueno, eso es perturbador."

"Dímelo a mí. Así que no solo no soy humano, sino que no tengo idea de lo que soy ni de por qué alguien haría creer a mi madre que estaba embarazada."

"Era para que ella pudiera pensar que tú eras su hijo", dijo Hil con confianza.

Hice una pausa para pensar en eso. "Entonces, ¿estás diciendo que mi madre no es realmente mi madre tampoco?"

Hil me miró con compasión. "Lo siento, Dillon."

"Mierda", exclamé, abrumado por todo.

Mientras me perdía en mis pensamientos en espiral, Hil levantó una urna.

"Esta", dijo sosteniéndola, que destilaba una elegancia majestuosa. "¿Qué te parece?"

"Es hermosa", dije intentando volver a mi afligido amigo. "Creo que a tu padre le gustaría."

"La compraré", dijo con confianza. "Y Dillon, no te preocupes. Te ayudaré a descubrir lo que eres. He conocido a gente en el pueblo de Cali que sabe sobre cosas como esta." Hil dudó. "Lo que significa que no tienes que involucrarte con Remy para averiguarlo."

Hil me había visto a través.

"¿Y si él sabe algo que tus amigos no saben? Cuando estaba en la mente del vampiro…"

"¡Estabas en su mente!" Hil me interrumpió.

"Sí. Era como si estuviera leyendo sus pensamientos o viendo su historia o algo así. De todas maneras, cuando lo estaba haciendo, vi que tenía miedo de los lobos que gobernaban la ciudad. Eso solía ser tu padre, ¿verdad?"

"Supongo."

"Entonces, ¿no tendría sentido que debería hablar con Remy sobre eso?"

Hil me miró con empatía y tomó mis manos en las suyas.

"Sé cómo se ve Remy y lo encantador que puede ser. Pero te prometo, tiene un precio. No podría soportarlo si también te perdiera."

Al mirarlo vi el dolor en sus ojos. Acercándolo a mis brazos le dije: "Te quiero, Hil. Siempre estaré aquí para ti. Pase lo que pase."

"No podría soportar perderte", repitió abrazándome.

Pero sosteniendo a mi mejor amigo en mis brazos, tomé una decisión. Por mucho que amara a Hil y me preocupara cómo se sentía, y a pesar de lo abrumador que era mi crisis de identidad, no podía ignorar cómo me sentía acerca de Remy.

La alusión del vampiro a los lobos me había proporcionado una excusa para hablar con Remy, para quizá establecer un vínculo con él a través de esta. Así que iba a usarla para averiguar qué sentía por mí.

Si él no estaba interesado en las chicas, entonces estaría bien. Lo aceptaría y seguiría adelante. Pero, si existía la posibilidad de que él sintiese lo mismo, tenía que aprovechar la oportunidad.

Hace unos meses, Hil se arriesgó y desapareció de todos los que la amaban. Ese riesgo le permitió encontrar al chico con el que pasaría el resto de su vida. Si Remy fuera ese chico para mí, tenía que saberlo. Y iba a dar el primer paso después del funeral.

Capítulo 4

Remy

Miré a lo largo de la elegante sala de conferencias del edificio donde crecí, observando la tenue iluminación y los distinguidos arreglos florales que adornaban las mesas. El ambiente estaba impregnado de una mezcla de tristeza y nostalgia, pero aún así, se mantenía como una celebración de la vida, tal y como se había planeado.

Mirando a los invitados, vi a mi madre, sedada pero asombrosamente sociable. Lo estaba llevando mejor de lo que esperaba. ¿Los milagros de la farmacología moderna, no es así?

Detrás de ella estaban mi hermano, Hil, y su novio, Cali. Ver a Cali siempre conseguía sacarme una sonrisa. El licántropo de las zonas rurales que tenía el coraje de tener una relación abiertamente con un hombre siempre resultaba ser increíblemente fácil de desconcertar. Eso hacía que bromear con él fuera inmensamente divertido.

"Veamos, ¿cómo debería llamarlo hoy?" Me pregunté de camino hacia ellos. ¿Hillbilly? No, le llamé así la última vez. ¿Redneck? Es demasiado común. ¿Perseguidor de tractores? ¿Imán de barro? ¿Amante de las camisas de franela?

Al llegar a donde estaba mi abatido hermano, agarré su hombro y lo apreté.

"Hiciste un excelente trabajo con el funeral, Hil. De verdad. Todo el mundo está impresionado. Papá lo habría amado."

Antes de que Hil pudiera responder, me giré hacia Cali. "Y en esta situación, hacer un buen trabajo significa que no puso ni una sola foto de primos besándose en ninguna parte. Sé que eso te parece extraño."

"¡Remy!" protestó Hil.

"¿Qué?" pregunté inocentemente. "Estaba asegurándome de que tu Príncipe Campesino aquí pudiese seguir la conversación. Estaba siendo inclusivo."

Cali tartamudeó, queriendo responder pero sabiendo que no debía por respeto a la ocasión. La torturada mirada en sus ojos me proporcionaba un deleite sin fin.

"Remy, eso no tiene gracia," declaró Hil.

Hice como que estaba herido. "¿Hil, me vas a regañar hoy? ¿Aquí? Estamos en el funeral de nuestro padre. Hil, estoy de luto," dije, esperando que mi sonrisa no estuviera demasiado a la vista.

Hil, incapaz de encontrar palabras, se calló lo suficiente como para que yo pudiera mirar por encima de su hombro. Detrás de él, de pie y en solitario, estaba Dillon. Nos había estado observando. Cuando nuestras miradas se cruzaron, mi lobo se agitó.

Mientras llevaba su copa a los labios, desvió la mirada. Pero ya era demasiado tarde. Mi lobo estaba prendado. Y por primera vez desde que nos conocimos, estaba libre para buscar lo que quería, que era, más de él.

"Remy, lo que trato de decir es…"

"…que no tienes empatía con mi duelo. Ya sé, ya sé. Pero, ¿podríamos seguir con esto un poco más tarde? Tengo invitados afligidos a los que debo consolar," le interrumpí a mi hermano menor, sintiéndome rejuvenecido.

Caminando a través de la sala hacia el hombre que había deseado durante tanto tiempo, me di cuenta de que este era el momento. Iba a decirle lo que sentía. Debería haber estado nervioso, pero no lo estaba. La vida con la que había soñado, y por la que había planificado durante años, estaba a mi alcance. No podía esperar a que comenzase.

Al acercarme a Dillon, no pude evitar sonreír.

"Gracias por estar aquí," le dije genuinamente.

"Por supuesto," respondió Dillon, sus ojos marrones reflejaban sinceridad. "Si hay algo en lo que pueda ayudar, solo dímelo."

Mi mente divagaba hacia pensamientos inadecuados, pero me controlé. "De hecho, hay algo de lo que necesito hablar contigo."

Dillon pareció divertido. "Eso es gracioso porque hay algo que necesito hablar contigo. Pero tú deberías iniciar."

"¿En serio?" pregunté sorprendido. "En ese caso, tú tienes la palabra," le invité cortésmente.

"No, tú primero. Lo mío puede esperar."

"En realidad, creo que deberías ir primero," insistí mostrándole el tipo de compañero que sería para él.

"Remy, por favor," me dijo tocándome el antebrazo.

Un calor me recorrió, despertando a mi lobo. No había manera de que pudiera resistir su petición ahora.

"¿Sabes qué? Tienes razón. Lo que tengo que decir podría influir en lo que tienes que decir, así que debería comenzar yo."

"¡Oh!" respondió Dillon sorprendido. "Vale."

Me posicioné firme, cubriendo mi rostro con una expresión seria. "He estado pensando en ti… en nosotros. Y… no sé."

Su piel bronceada se volvía un profundo rojo mientras ponía sus delicados dedos en mi pecho. "Espera, antes de que lo digas, hay algo que necesito decir."

"No, en serio, tengo que decírtelo primero."

Dillon insistió, "No digas nada hasta que yo haya dicho lo que tengo que decir."

"¡Ay, Dios!"

"No es nada malo. Te lo prometo," Dillon trató de tranquilizarme antes de notar que mis ojos estaban puestos en algo detrás de él. "¿Qué pasa?"

"Volveré en un minuto, y te prometo que seguiremos hablando", le respondí, desgarrado al tener que alejarme de él.

Avanzando por la sala con mi lobo listo para tomar el control, di un paso hacia Armand Clément, el más grande enemigo de mi padre y el alfa con el que había hecho un trato. A cambio de mi liberación del mundo de la mafia, prometí entregarle los negocios ilícitos de mi padre.

Por mi parte, mantendría los negocios que había construido desde cero. Además, su manada ofrecería protección a mi familia. Para mí, fue un acuerdo ganar-ganar. Él lograría lo que él y mi padre habían derramado sangre para obtener, y yo sería libre para mantener lo que había construido… y a Dillon.

Mi madre, Hil y yo no le deberíamos nada. Nunca tendríamos que volver a verlo.

Pero, aquí estaba él, acompañado por dos de sus secuaces y una impresionante rubia que podría ser su hija. Luchando contra mis instintos de transformarme y destrozarlo tanto a él como a su lobo, me acerqué lo suficiente como para detectar los cambios en su aroma.

"¿Qué haces aquí, Armand?" Le cuestioné sin darle espacio para contestar.

"Remy, estoy aquí para presentar mis respetos," respondió con un tono cargado de sarcasmo.

"Mentiras. Si quisieras mostrar respeto, no habrías pisado el territorio de mi padre."

"Pero esto ya no es el territorio de tu padre. Es mío. Todo es mío. Gracias a ti."

"Y nuestro trato era que te mantendrías al margen y nos permitirías vivir nuestras vidas."

"No", corrigió Armand con una sonrisa socarrona. "Nuestro trato era que te trataría como a un miembro de mi manada. Así que, aquí estoy… por mi manada."

Contemplé su rostro engreído, deseando hundir los colmillos de mi lobo en él. Sin embargo, no podía hacerlo. No aquí. No ahora.

"Deja las tonterías y ve al grano, Armand. ¿Por qué estás aquí?"

Este hombre de rostro marcado por cicatrices y cuerpo modelado a base de indulgencia, esbozó una sonrisa parecida a la de una serpiente.

"Por eso me caes bien. Siempre vas directo al grano. Bueno, aquí va: he estado investigando. Resulta que los negocios que consentí que conservaras valen bastante más de lo que pensaba. Mis cálculos indican más de mil millones."

"¿Te refieres a los negocios que fundé desde cero sin la ayuda de mi padre?"

"No, me refiero a los que erguiste a costa del imperio de tu padre, un imperio que ahora es mío."

"Eso no es cierto. Mi padre no tuvo nada que ver con mis empresas."

"Pero su dinero sí. Dinero que proviene de la sangre de mi manada y que a la vez me perjudica."

Mis puños se cerraron en un intento de contener al lobo en mi interior. "Armand, te di todo lo demás. ¿Qué más quieres?" le reclamé.

Sus ojos brillaban con picardía. "En realidad, quiero hacerte una oferta generosa. No voy a reclamar la parte de tus negocios que muchos dirían que me pertenece. En cambio, te ofreceré una forma de asegurar que nunca le hagan daño a los que amas."

"¿Y cómo sería eso?"

"Uniendo nuestras familias." Señaló a la joven que estaba a su lado. "Quiero que te cases con mi hija, Eris."

Le miré atónito y luego empecé a reír. "Debe ser una broma."

La cara de Armand se endureció. "No es ninguna broma, Remy. Cásate con mi hija y nuestras familias estarán unidas por algo más que los negocios. No hago esta propuesta a la ligera. Si la rechazas, lo interpretaré como un gran insulto."

Mis ojos se movieron de Armand a la bella mujer a su lado, para luego dirigirse a Dillon, quien nos miraba atentamente desde el otro lado de la sala. Entendía lo que Armand estaba sugiriendo, pero no importaba. No podía hacerlo. No lo haría.

"Escucha, agradezco la… propuesta, pero no puedo casarme con tu hija."

Sus ojos se estrecharon. "Te sugiero que lo pienses bien, Remy. No querrás insultarme. No por esto. Si lo haces, habrá… consecuencias."

Al escuchar su amenaza, mi lobo se puso en guardia. Evalué rápidamente mis opciones, volviéndome a mirar la habitación. Estaba en una situación desesperada. No podía arriesgar la seguridad de mi familia, ni poner en peligro a Dillon. Pero casarme con Eris significaría renunciar a cualquier oportunidad que tuviera con Dillon, el hombre al que amaba.

¿Cómo podría hacer esto? No podía hacerlo. Pero, ¿cómo podría no hacerlo?

Las voluminosas manos de Armand apretaron mi bíceps, empujándome a un lado y devolviéndome a la cruda realidad. Estaba a punto de mandarlo a la porra y afrontar las consecuencias cuando bajó la voz y me habló de lobo a lobo.

"Veo que tienes dudas. ¿Quizás hay alguien más con quien preferirías estar?"

"Ve al grano", respondí secamente, sin entrar a discutir mis sentimientos hacia otro hombre con él.

"Lo que quiero decir es que somos alfas, incluso si uno de nosotros no tiene una manada. Lobos como nosotros no pueden ser domados. No esperaría eso de ti. Todo lo que esperaría es una ceremonia de unión y un heredero. Más allá de eso, quién sabe lo que haces? Viva tu vida sin ofenderme y no me importaría con quién te metes."

Estupefacto, miro a Armand. ¿Estaba sugiriendo que le fuera infiel a su hija?

"En mi manada, es habitual", confirmó, y no pude sino odiarlo aún más.

Mi lobo se removía inquieto, alimentado por la ira y la impotencia. Volví a considerar la propuesta de rechazar aquello, pero entonces capté el olor de su secuaz. Estaba a punto de transformarse, al igual que su compañero. Armand estaba preparado para derramar sangre. No podía permitir que eso pasara con tanta gente querida alrededor… y Cali.

Mis pensamientos se precipitaban hacia el pánico. Apreté los dientes y solté: "¡Está bien!" antes incluso de saber qué estaba diciendo.

"¿Como dices?"

Sentí el cramponazo en la mandíbula al tomarme un momento para considerar la situación. Me tenía.

"Me casaré con tu hija", le dije, sorprendido de oír esas palabras salir de mi boca.

La sonrisa triunfante de Armand reapareció. Con premura, me abandonó y volvió a la sala, captando la atención de todos.

"Damas y caballeros, mi respeto hacia el hombre que hoy estamos aquí para rendir homenaje es inmenso. Es cierto que hemos tenido nuestras diferencias, pero ya es hora de dejar atrás los malentendidos.

"Para demostrar este cambio de aires, me gustaría anunciar una feliz noticia en este día, por otro lado, lúgubre. Es el compromiso de mi hija, Eris, con Remy Lyon, una alianza que permitirá la paz y la prosperidad para todos. Que nuestra antigua y amarga enemistad termine aquí, y que nuestras grandes familias se unan en una sola.

"Un aplauso para los nuevos prometidos", pidió, sonriendo de oreja a oreja.

Un aplauso educado y confuso surgió. En la cara de mi familia se dibujó la sorpresa. Era absurdo. ¿Qué había hecho? No fui realmente consciente de la realidad de mi decisión hasta que Dillon, conmocionado, me miró. La decepción y el dolor eran obvios.

La alegría de hablar con él había desaparecido. En su lugar, había dejado un vacío punzante y doloroso. Había renunciado a mi posibilidad de amar. ¿A cambio de qué?

Pero al mirarlo, supe que después de haber estado tan cerca no podía dejarlo ir así como así. Aunque no pudiera estar con él, tenía que tenerlo cerca de mí. Sabía que tenía que decirle algo.

"Dillon", lo llamé mientras se alejaba hacia la puerta trasera, a punto de romper a llorar. Se detuvo. Logré alcanzarlo, sujetándolo por el brazo. Era tan delicado. Tirándolo hacia mí, se negó a mirarme.

"¿Así que eso es lo que me ibas a decir? ¿Qué te ibas a casar con esa mujer?" preguntó con amargura.

"No. No era eso en absoluto."

"¿Así que no ibas a mencionarlo?" dijo finalmente, clavando sus ojos en los míos.

"No es que no fuera a mencionarlo."

"Entonces, ¿qué?"

Tenía razón. ¿Qué podía decirle? ¿Debía contarle que había vendido mi alma por la vida de todos ahí presentes? Esa era la verdad. Pero ni siquiera yo estaba tan dispuesto a sacrificarme.

"No, había tenido otras opciones y había tomado mi decisión. Ahora debía vivir con ella. Pero eso no implicaba que abandonaría a Dillon. Según Armand, no era necesario que lo hiciera. Aunque mi proposición para que fuera mi pareja probablemente tendría que cambiar.

"¿Considerarías trabajar para mí? Podría necesitar a alguien en quien confiar dentro de mis negocios."

Dudó, su mirada fija en la mía. Parecía sorprendido y confuso.

"Remy, sabes que todavía estoy en la universidad, ¿verdad? Me queda como mínimo un año para graduarme."

"Pero, ¿no se aproximan las vacaciones de verano? Y cuando te graduas, necesitarás experiencia laboral. Con eso en mente, me gustaría contratarte como mi…"

"…¿tu secretario?" interrumpió Dillon.

Le miré sorprendido por su modesta suposición. No había previsto nada en específico, así que no quedaba claro lo que había pretendido proponer. Pero era útil conocer sus expectativas.

"No", repliqué. "Mi asistente. Me ayudarás a diario y estarás a mi disposición cuando te necesite."

"Eso suena a secretario para mí", insistió Dillon.

Sacudí la cabeza, "No lo es."

"¿Me sentaría en un escritorio fuera de tu despacho?"

La idea de que pudiera mirar en cualquier momento y verle inmediatamente me emocionó. "Absolutamente. Eso no es discutible".

"Eso se llama secretario", concluyó, sin revelar sus sentimientos al respecto.

"Llámalo como quieras. Lo único que realmente importa es, ¿aceptarías?"

Capítulo 5

Dillon

Me senté en la elegante cafetería de Soho, frotando mis palmas sudorosas contra mis vaqueros, esperando a Hil. Mi corazón latía con rapidez, preguntándome qué diría sobre mi aceptación de la oferta de trabajo de Remy. Él tenía razón acerca de que Remy no había dejado atrás el mundo de la Mafia. Y ahora yo estaba entrando en él voluntariamente.

La cafetería era una mezcla de moderno y vintage, con paredes de ladrillo expuesto, asientos de cuero elegantes, y un ambiente cálido y acogedor. Era un lugar al que solíamos venir de niños. Muchas de nuestras tardes de verano las pasamos aquí tomando café, imaginándonos más adultos de lo que éramos con el guardaespaldas de Hil a unos cuantos metros.

Al igual que con el vampiro, vi pasar el mismo recuerdo por la mente de Hil cuando entró. Al posar su mirada en mí, se acercó.

"Elegí este lugar porque pensé que traería de vuelta algunos recuerdos", le dije cuando se sentó.

Hil miró a su alrededor, tomando conciencia del entorno familiar. Vi de nuevo la película de nuestro tiempo aquí comenzar. Esta vez empezó sin esfuerzo. Fue como si la barrera entre mi habilidad y yo se estuviera desgastando.

"Si no fuera por ti, no sabría nada de Nueva York", admitió. "Solíamos venir aquí pretendiendo ser adultos. Ahora vivo con mi novio y tú estás a un año de terminar la universidad. Es extraño."

"Sí. Extraño", dije con una risa, la nostalgia me confortaba a pesar de mi ansiedad.

Tomando aire profundamente, absorbiendo lo último de nuestra dinámica y dije, "Hil, Remy me ha ofrecido un trabajo."

Su expresión permaneció inescrutable. "No deberías aceptarlo, Dillon," dijo firmemente.

Mis ojos se llenaron de lágrimas. Mirando mi regazo, murmuré, "Vale".

Una lágrima resbaló por mi mejilla, y la mano de Hil alcanzó para consolarme.

"¿Por qué lloras?" preguntó con dulzura.

Inhalé, encontrando su mirada. "¿Por qué piensas que no soy suficiente para tu familia?"

Hil suspiró, sus ojos llenos de preocupación.

"No es eso en absoluto, Dillon. No es eso en absoluto. Toda mi vida, me he sentido atrapado en la vida loca de mi familia. No quiero que te unas a mí en esta celda." Hizo una pausa, recordando. "No sabes lo que era crecer en esa jaula de penthouse, donde el único amigo que tuve me hizo amigo por lástima."

Negué con la cabeza, negando su afirmación. "Eso no es por lo que somos amigos, Hil. Somos amigos porque te quiero." Mi voz temblaba al continuar, "Y estoy realmente cansado de ser el caso de caridad de tu familia. Estoy agradecido por ello. No pienses que no lo estoy. Pero quiero valerme por mí mismo.

"Si aceptara la oferta de Remy, tal vez podría hacerlo. Y tal vez si me ganara el camino, podría invitarte en lugar de siempre depender de tu generosidad."

Después de haber escuchado lo que dije, Hil secó sus ojos, resoplando.

"No quiero que te involucres con Remy, Dillon. Y no es porque no seas lo suficientemente bueno para nuestra familia. Ya te considero un hermano."

"Entonces, no entiendo. ¿Por qué no quieres que estemos juntos?"

"Es porque te necesito, Dillon. Y sé que si te involucras con él, hará algo que te lastime. Una vez que eso suceda, te darás cuenta de que eres demasiado bueno para gente como nosotros, y entonces… ya no querrás ser mi amigo," confesó mientras sus lágrimas continuaban fluyendo.

"Sé que es egoísta, pero no puedo soportar estar solo otra vez, Dillon," añadió Hil, su voz fracturándose. "Y tú eres todo lo que tengo. No quiero perderte."

Extendí la mano y apreté la suya. "Hil, nada separará nunca nuestra amistad. Y nunca estarás solo de nuevo. No solo tienes a Cali, sino que yo no voy a irme a ninguna parte. Te lo prometo."

Hil sonrió entre lágrimas, asintiendo. "Soy muy afortunado de teneros a ambos. Pero, por favor, prométeme que no te involucrarás con Remy. Haré lo que sea. Si necesitas más dinero, puedo hacer que la comisión de becas aumente tu estipendio. Si es sobre investigar lo que eres, volveré a casa de Cali en unos días. Empezaré a preguntar en cuanto lo haga."

Sacudí la cabeza. "No es ninguna de esas cosas, Hil. Quiero empezar a ganar mi propio dinero. Y quiero aceptar la oferta de trabajo de Remy con tu bendición."

Hil dudó por un momento, pero finalmente cedió. "Está bien, Dillon. Tienes mi bendición. Pero prométeme una cosa: no te dejes enganchar por los encantos de mi hermano."

Sonreí. "Lo prometo."

"Gracias", dijo inclinándose y abrazándome.

Asiéndole, miré el lugar donde una vez fingimos ser adultos y me pregunté si había hecho una promesa que podía mantener.

Una semana después de aceptar la oferta de trabajo de Remy, entré en su elegante casa de piedra rojiza en Brooklyn para mi primer día. No sabía qué esperar, pero cuando Remy salió de su despacho para saludarme, mi elegante pantalón no pudo ocultar mi excitación.

La musculosa figura de 1,88 metros de Remy llenaba una camisa blanca inmaculada como si le hubieran pintado con ella. Y con las mangas remangadas, sus tatuajes en los antebrazos estaban totalmente a la vista. Apenas podía hablar, sintiendo una ola de deseo que me inundaba. Era como si tuviera 14 años de nuevo, con erecciones incontrolables y todo.

"Dillon, estoy muy emocionado de tener por fin…"

"¿…aquí?" tartamudeé.

"Donde quieras", respondió con una sonrisa y suficiente sugerencia para hacerme caer de rodillas. "Ahora, el primer punto en nuestra agenda, ven conmigo", dijo cambiando rápidamente a un tono serio.

"¿A dónde vamos?" pregunté, con la voz temblorosa porque apenas tuve tiempo de dejar mis cosas.

"Vamos a hacer una reunión andando. Eso suena profesional, ¿verdad? Sí, vamos a hacer una reunión profesional andando", afirmó, conduciéndome de nuevo al exterior.

"¿Necesitaré tomar notas?" respondí, buscando mi móvil y algún vestigio de profesionalidad.

Mientras sacaba el móvil y navegaba hacia mi aplicación de notas, él miró mi viejo dispositivo y suspiró.

"No. Eso no servirá. Lo primero en tu agenda, cómprate un móvil nuevo. Lo llamaremos móvil de la empresa, pero es tuyo. Consigue el que quieras", dijo de manera contundente.

"Vale", respondí, sorprendido por su generosidad.

"El próximo punto en nuestra agenda, hay una crepería japonesa cerca que estoy deseando que pruebes", declaró Remy.

"¿Que yo pruebe?" pregunté, intentando mantener la compostura aunque apenas podía ver bien.

"Sí. Lo probé en Japón, y luego de nuevo en Taipei. Cuando descubrí una tienda justo al final de la calle, pensé: '¿sabes a quién le encantaría esto? A Dillon. A Dillon definitivamente le encantaría esto.' Y aquí estás."

"¿Estabas seguro de que me encantaría?" pregunté, abrumado por su chispeante encanto.

"Y aquí estás", repitió.

"Y aquí estoy", confirmé, intentando concentrarme en cualquier cosa menos en cómo se pegaba la camisa de Remy a sus músculos.

Al acercarnos a la tienda, observé una enorme fila que se extendía fuera del local. Remy sonrió, sacando su móvil.

"¿Tienen una app?" observé, levantando una ceja.

"No la tenían", confesó Remy. "Pero luego probé una de sus crepes, compré la empresa y les hice una app."

Me reí. "Aún así, hay cola."

"La app todavía está en beta. Quería someterla a pruebas rigurosas antes de lanzarla al público", explicó con aire diabólico.

"¿Así que esta es tu app personal para conseguir crepes japonesas cuando quieras?" pregunté, con el corazón latiendo por la intensidad de su mirada.

Remy se sonrió. "Tienes que ver cómo las hacen. Es muy cool."

Mientras observábamos cómo extendían y volteaban la masa de la crepe en una plancha circular caliente, yo estaba fascinado. Una vez cocida, colocaron plátanos en rodajas y la enrollaron. Llenándola de helado y cubriéndola con nata, fue tostada hasta convertirse en una crema catalana. ¡Parecía increíble! Pero nada podía prepararme para mi primer bocado.

"¡Dios mío!" exclamé, con los ojos a punto de salirse de las órbitas.

"¿Verdad? El mejor millón que he gastado nunca", dijo Remy con una sonrisa satisfecha.

Tosí, escuchando el precio. Pero luego di otro bocado.

"Sí, probablemente", coincidí mientras devoraba la crepe.

Sentado frente al chico del que había estado enamorado toda mi vida y comiendo el postre más increíble que había probado jamás, estaba en el cielo. No quería que este momento terminara. Cuando lo hizo y me encontré sumergiéndome en la profundidad de sus ojos, sacó a colación lo obvio.

"Bueno, estoy aquí. Me tienes. Puedes hacer conmigo lo que quieras. ¿Qué trabajo voy a tener? Y si dices probador de apps de crepes japonesas, ten por seguro que la probaré a conciencia."

Remy se rió. "Si ese es tu sueño, adelante. Personalmente, mientras te presentes cada día aquí luciendo espléndido, no me importa lo que hagas. Y, por cierto, estás haciendo un excelente trabajo hasta ahora."

Rodé los ojos de manera juguetona escondiendo que mi elegante pantalón había perdido otra ronda contra mi erección. Pero con el tiempo, cuando pude levantarme de nuevo, volvimos a la oficina.

"¿A qué se dedica tu negocio?" pregunté mientras la sangre regresaba lentamente a mi cerebro.

"Durante la última crisis económica muchas empresas estaban sin liquidez. Yo les proporcioné el capital necesario para cubrir sus gastos a cambio de una participación en la empresa y unos intereses generosos."

"¿Espera, eres un usurero?" balbuceé.

Remy estalló en carcajadas. "Cuando eres rico, se llama ser un inversor de Serie D."

Nos acercamos a la puerta de la oficina del edificio de pisos y entramos. "¿La 'D' significa desgraciado? Porque eso es lo que son los usureros", dije en tono irónico.

"Oficialmente, no. Pero seamos realistas. A veces, un poco de desgraciado es lo que algunas personas están buscando", respondió Remy, sonriendo de soslayo.

Me sonrojé. "No sabría nada de eso".

"¿Estás más familiarizado con los desgraciados mayores? Nunca habría adivinado eso de ti. Pero descansa tranquilo, señor Harris, mi empresa puede ayudar."

Sabiendo que me estaba poniendo rojo como un tomate, me palpé discretamente la parte frontal del pantalón preguntándome cuánto estaba mostrando. Pero al oír a alguien carraspear, ambos miramos hacia arriba. Al ver quién estaba frente a nosotros, me quedé paralizado de pánico.

Capítulo 6

Remy

Ver a Eris Clément en la sala de espera de mi despacho me sacó de la fantasía que brevemente me había permitido y me devolvió a la realidad. La princesa consentida de Armand estaba sentada en mi chaise Le Corbusier con sus perfectos rizos rubios y esos ojos azules glaciales que dejaban claro su desprecio por todo lo que se interpusiera en su camino.

Instintivamente, volví la mirada hacia Dillon, a mi lado. Él estaba visiblemente inquieto. Detestaba cómo ella le afectaba.

"¿Qué haces aquí?" pregunté, contrariado.

Eris me obsequió con una sonrisa pícara. "¿No puede una chica visitar a su futuro marido en su lugar de trabajo?" preguntó, provocando un escalofrío en mis brazos. Apretando los dientes, añadió, "Te he traído un regalo de compromiso, tonto."

"¿Qué?" pregunté, desconcertado por su gesto. ¿Qué pretendía?

"Las cosas entre nosotros quizás no empezaron como ninguno de nosotros hubiera querido, pero aún podemos sacar lo mejor de ello, ¿no crees?" Señaló una pequeña caja sobre la mesa. "Ábrela."

Volviendo a dudar, busqué la reacción de Dillon. Estaba tan confundido como yo. Dirigí mi mirada hacia la caja azul claro con la cinta blanca, la cogí y la contemplé.

"No es una bomba, Remy. Estoy aquí contigo," dijo ella sarcásticamente.

Deseando finalizar este intercambio, desaté la cinta y levanté la tapa. Dentro había un reloj que me dejó sin habla.

"¿Cómo supiste que colecciono relojes?" tartamudeé, mirando a Eris.

"Remy, eres un hombre de clase y gusto. Por supuesto, coleccionarías relojes," respondió con una sonrisa de satisfacción.

Dillon se acercó más, la curiosidad superando su cautela. "¿Qué es?"

"Es un Richard Mille RM 56-02 Tourbillon Zafiro. Es muy poco común," dije intentando recordar la última vez que vi uno en persona.

Dillon se inclinó para observarlo de cerca. "Puedes ver a través de él. Las piezas que sujetan las agujas parecen flotar entre el cristal. Es increíble," admitió.

Lo miré a él, luego a Eris. "Es un increíble de dos millones de dólares," dije, luchando por encontrar las palabras adecuadas. "No puedo aceptarlo. Es demasiado."

Eris cruzó sus brazos. "Seré tu esposa, Remy. Nada es demasiado para mi futuro marido."

Viendo la expresión desconcertada de Dillon, disimulé. "Claro, he estado intentando conseguir uno de estos," dije casualmente.

Los ojos de Eris se iluminaron mientras preguntaba, "¿Puedo ponértelo?"

Luchando contra el impulso de rechazarla, me dejé hacer mientras ella deslizaba el reloj en mi muñeca. Todavía abrumado por lo que estaba viendo, dije, "Eris, no sé cómo agradecerte."

"Yo sí," respondió ella con una sonrisa maliciosa. "Nunca te lo quites."

En forma de broma, aquiescí "No estoy seguro de querer hacerlo."

"Y despídelo," siguió Eris, asintiendo hacia Dillon.

"¿Qué?" pregunté, nuevamente desconcertado.

"Creo que me has escuchado," repuso ella con aire de suficiencia.

"No puedo hacer eso," refuté, dirigiendo una mirada hacia Dillon, que parecía desconcertado.

Eris se burló. "¿Por qué no? Secretarios hay por doquier, ¿no? Y es una manera tan fácil de complacer a tu futura esposa."

Le lancé una mirada de furia sintiendo cómo afloraba mi lobo. "Dillon no es mi secretario," dije intentando contenerme.

"¿Ah, no?" preguntó Eris, sus ojos se estrecharon. "¿Qué es entonces, tu amante? Porque, matrimonio forzado o no, no permitiré que me hagan pasar por lo mismo que a mi madre," su tono se volvió amenazante. Al hacerlo, pude percibir que estaba a punto de transformarse. Pero rápidamente se contuvo y se detuvo. Erguida, añadió, "Haré que te sirvan la cabeza en bandeja antes de permitir que eso suceda." Y luego sonrió, como si hubiese compartido un antojo de chocolate.

La miré atónito. No cabía duda de que Eris era hija de Armand. Y a diferencia mía, ambos sus padres eran cambiaformas. Podía notarlo en su olor. Eso hacía que su loba fuera más poderosa y peligrosa. Pero yo ya había derrotado a cambiaformas puros mucho más grandes que ella.

Después de dejar que su amenaza flotara en el aire durante un momento, se rió. Aquella mujer estaba loca. Estaba seguro de que era tan capaz de matar como lo era su padre.

"Sabiendo que necesitaba actuar antes de que las cosas se desmadrasen, me interpuse entre Eris y Dillon.

"Por muy tentador que pueda parecer mi cuello, eso no es lo que va a ocurrir aquí."

Eris levantó una ceja. "¿No? ¿Entonces qué pasa?"

Dudé solo un instante antes de decir, "He contratado a Dillon para que dirija un proyecto especial, para el cual está especialmente preparado."

Eris pareció incrédula. "¿Y ese proyecto cuál es?"

Tratando de pensar rápido, respondí, "Está aquí para crear un centro de ayuda a la comunidad."

"¿De veras?" preguntó Eris, visiblemente desconcertada.

"¿En serio?" preguntó Dillon, igual de sorprendido.

"Así es," confirmé. "Te iba a ofrecer un periodo de prueba en la empresa, para asegurarme de que trabajamos bien juntos antes de proponértelo, pero supongo que eso ya no importa."

Eris cruzó los brazos, aún con un aire de desconfianza. "Un centro de ayuda a la comunidad."

Asentí. "Claro. Lo que quizás no sepas es que Dillon es beneficiario de una beca de nuestra familia. Además, él viene de ese tipo de comunidad a la que quiero llegar. Su madre es nuestra asistenta. Dillon es prácticamente un miembro de la familia".

Eris reflexionó sobre esto. "Entonces, ¿es como tu hermano?"

"Es el mejor amigo de mi hermano y nuestra familia lo ha acogido desde que tenía 14 años", aclaré.

Eris sonrió satisfecha. "Ah, es el protegido de tu familia. Bueno, entiendo".

"No lo diría así, pero entiendes la idea".

"Por supuesto," dijo Eris, su tono se volvió más dulce. "Por un momento, pensé que iba a ser un problema con, ya sabes, nosotros".

"¿Estás bromeando? ¿Pensaste que yo estaba interesado en hombres?" pregunté arrepintiéndome tan pronto como las palabras salieron de mi boca.

Eris se relajó y rió suavemente. "Sí, supongo que eso habría sido ridículo. Hombres como tú no están interesados en otros hombres", dijo deslizándose hacia mí hasta casi tocarme con sus labios.

Agarré sus muñecas y la alejé. "El hecho de que no esté interesado en él no significa que vaya a estar interesado en ti, Eris. No hay un nosotros. Creo que deberíamos tener eso claro desde ya. Estoy comprometido contigo y, si es necesario, podríamos tener hijos algún día. Pero eso es todo. No habrá nada más entre nosotros".

Eris parecía no estar convencida. "A mí me suena como si estuvieras poniendo un reto".

"No te aconsejaría que lo interpretes así," dije observándola con severidad.

"Patata, potata", se encogió de hombros sin darle mayor importancia.

Reí a pesar de mí mismo. "¿Necesito ser más claro?"

Eris levantó una ceja. "¿Y si acabo enamorándote?"

"Eris…"

"Marido", me interrumpió con voz cargada de sarcasmo. Nos sonreímos mutuamente, conocedores de nuestros pensamientos.

"Yo que creía que nuestro matrimonio iba a ser aburrido," dijo ella. "Disfruta el regalo. Y tú", agregó señalando a un boquiabierto Dillon, "recuerda que hay sitio en ese plato".

"¡Eris!" exclamé, notando que mi lobo interior estaba listo para atacar.

"Estoy bromeando," aclaró ella rodando los ojos. "Ha sido un placer conocerte, Dillon. Haz que nuestra familia se sienta orgullosa".

Antes de que pudiera añadir algo más, Eris hecho a caminar con decisión, su cabello rubio y ondulado despidiéndose al moverse. Con la puerta cerrándose tras ella, un peso oprimió mi corazón mientras analizaba cómo reaccionaría Dillon."

Capítulo 7

Dillon

Mi corazón latía a toda velocidad mientras intentaba procesar lo que acababa de suceder. La humillación que sentí por las palabras de Remy y la presencia de Eris habían desgarrado mi pecho. Se habían comido mi confianza de una manera que nada más podría haberlo hecho.

No solo me hizo dudar de mi lugar en su glamoroso mundo, sino que desestimó la idea de que pudiera sentirse atraído por mí. Había sido una tonta al pensar que alguien como Remy pudiera estar interesado en alguien como yo. No era más que la protegida de su familia que ahora estaba "singularmente calificada" para darle a Remy lo que quería.

"¿Es eso todo lo que soy para ti, entonces?", le pregunté girándome hacia él, mi voz quebrándose. "¿Un caso de caridad? ¿Alguien para llenar un hueco en tu perfecto mundito porque soy pobre y de raza mixta?"

Remy pareció sorprendido por mi estallido.

"Dillon, eso no es lo que quise decir—"

"¡Pues, seguro sonó así!" repliqué, mis inseguridades rugiendo por manifestarse.

Por un momento, Remy permaneció en silencio. Cuando habló, su confianza desenfadada había desaparecido. Bien, merece sentirse como me siento yo.

"Por favor, ayúdame a entender lo que dije que te hirió", dijo Remy dolorosamente.

Por mucho que quisiera enfadarme con él, su vulnerabilidad apagó rápidamente mi enfado. Podía ver su lobo como una imagen hecha de luz de pie donde él estaba. Con las orejas hacia atrás, parecía lastimado por mis palabras. Parecía importarle más lo que yo pensaba que lo que él mismo pensaba.

¿Qué significaba eso? ¿El lobo de un cambiaformas reflejaba lo que pensaba el humano o el animal tenía una mente propia?

De cualquier manera, mis nuevas habilidades me habían dado una percepción de una faceta de Remy que nunca había visto antes. Me enamoré aún más de él. Me odié a mí misma por ello.

Con resistencia que se desvanecía, miré sus ojos suaves. Tragándome un nudo en la garganta, me di cuenta de que estaba apunto de contarle algo que nunca había compartido con nadie.

"No sabes esto de mí porque nunca lo he dicho en voz alta antes, pero sé que básicamente soy la mascota de

Hil. Estaba sola y necesitaba una amiga, así que tu familia fue al refugio de pobres y me encontró."

"¿Cómo?" Remy dijo simulando asombro.

"No lo niegues. Sé lo que otras personas piensan cuando me ven con Hil o contigo. No me visto como lo hace tu familia. No parezco como tú. No encajo", admití con la voz temblorosa.

"A veces, me permito creer que realmente podría tener un lugar en tu mundo, que podría ser alguien a quien te importa de verdad. Pero siempre vuelvo a caer en la realidad, sintiéndome nada más que la amiga pobre y de raza mixta que todos mantienen por diversión".

Remy escuchó, sus ojos nunca dejaron los míos. Cuando terminé, no sabía qué decir. No creía que hubiera nada que pudiera decir. Sabía que tenía razón sin importar lo devastado que se veía su lobo.

Pero cuando su mirada cayó al suelo, encontró su voz y una tranquila confianza.

"Dillon, quiero contarte algo. Es algo que mi padre me dijo antes de transformarme por primera vez. No sé si sabes esto sobre mí, pero fui un cambio tardío. Como mi madre es humana, pensé que no había heredado la capacidad de transformarme. Pero un día mi padre me llevó a un lado y dijo: "Cuando abraces tu verdadero yo, serás recompensado". Unos días después, llevé a ti y a Hil al carnaval. Hil se metió en un lío y ahí salió mi lobo. Había aceptado quién era y pude rescatar a mi hermano".

Lo miré, una pequeña parte de mí se atrevía a esperar que tal vez no estuviera solo hablando de cómo acceder a habilidades sobrenaturales. Que tal vez estuviera hablando de nosotros.

"Abrirse uno a sí misma nunca es fácil, puede dar miedo incluso", continuó Remy. "Pero… tal vez tu pasado y tus experiencias no sean tus debilidades sino tus fortalezas. Puedo asegurarte que nadie en mi familia te ha visto de la forma en que te describes. Y yo, por mi parte, pienso que eres mucho más de lo que te das crédito. Me duele oír cómo te ves a ti misma y cómo me ves a mí", dijo, a punto de llorar.

Desorientada en las palabras del hombre de quien había estado enamorada durante tanto tiempo, rozaba una idea que parecía tentadoramente fuera de mi alcance. Mi corazón latía ante la perspectiva. ¿Podría haber una fuerza en las cosas que había evitado durante tanto tiempo? Nunca lo había considerado. Pero ¿y si así fuera? ¿Qué implicaría eso para mí? ¿Cómo afectaría mi vida?

"Yo…"

"¿Qué pasa?" me interrumpió ante mi silencio.

No, no podía hacer esto. "Remy, yo…"

Al notar que titubeaba, me interrumpió.

"Dillon, mira, no pretendo saber lo que es ser tú. Soy un hombre, blanco. Soy rico. Soy increíblemente guapo", continuó, captando mi atención con el fugaz regreso de su encantadora sonrisa. "Lo que quiero decir es que no sé lo que es ser tú, pero desearía poder llegar a comprenderlo. Y estaba sinceramente interesado en que ayudaras a crear un centro de ayuda para la comunidad para mi familia y para mí.

"Admito que no lo consideré hasta que me vi forzado a hacerlo. Me habría conformado con que te aparecieras todos los días solo para verte", admitió sonriendo.

"Remy", dije incapaz de soportar su flirteo ahora que sabía que él no tenia sentimientos por mi.

"Por favor, piénsalo", me instó suavemente, rodeando mi bícep con su gran mano. "Piensa en cuánto bien podrías hacer. Por favor, solo haz eso, ¿lo harás?"

Consideré su proposición por un momento. No era una mala idea. Y gestionada por alguien como yo estaría mucho mejor que si él o Hil se presentaran como los grandes salvadores blancos.

"Lo pensaré", le respondí, preguntándome si estaba cometiendo un error al aceptar considerarlo.

La sonrisa de Remy fue resplandeciente. "Estupendo. Además, piensa donde ubicarías este lugar. Podría ayudarte a tomar una decisión".

"¿Quieres decir a tomar la decisión que tú quieres que tome?" le pregunté con cierto sarcasmo.

"Por supuesto", respondió al mismo nivel de sarcasmo. Permitió que su sonrisa se desvaneciera y añadió: "Pero en serio, Dillon. Quiero que hagas lo que te parezca correcto. A pesar de lo que pienses, me importas de verdad. Haría cualquier cosa para verte feliz".

'Todo menos amarme', pensé. "Está bien", le dije antes de terminar mi trabajo temprano y volver a casa.

Mientras el tren se dirige a mi apartamento en Nueva Jersey, la fantasía de Remy y yo juntos parece un viejo sueño. El recuerdo de su risa ante la idea de que le atraigan chicos resuena en mis pensamientos. Eso era un duro recordatorio de que él no podía, o no sentía lo mismo que yo.

Apoyé la cabeza contra el frío cristal de la ventana del tren, la escena con Eris volvió a reproducirse en mi cabeza. Ellos parecían muñecos perfectos hechos para estar juntos. ¿Por qué pensaba que Remy querría estar conmigo?

Resultaba difícil recordar. Podía acordarme precisamente del momento en que me imaginé construyendo una vida junto a él. Fue el día después de ese vergonzoso episodio de baile desnudo en casa de los padres de Remy que aún me hace estremecer.

Cuando llegó la segunda noche, me dijo que estaba allí debido a una alarma en su sistema de seguridad. Me tranquilizó diciendo que había venido para asegurarse de que no estuviera organizando otra fiesta de baile sin permiso. Eso tenía que haber sido una broma. Pero si no había tenido ninguna alarma, ¿por qué estaba allí?

"No, ninguna fiesta esta noche", le respondí, poniéndome quién sabe qué tono de rojo.

"Vaya, pienso que es una lástima. Estaba aburrido y buscaba un espectáculo", me dijo con su encantadora sonrisa chulesca.

"Bueno, aquí no habrá ninguno", aseguré en aquel entonces, pensando que nunca volvería a quitarme la ropa en su casa.

Sus ojos se quedaron en mí en silencio. Por mucho que me cohibiera, me hubiera derretido bajo su intensa mirada si no hubiera preguntado rápidamente: "¿Ya has comido?"

La sencilla pregunta me tomó por sorpresa. Mi corazón latía inesperadamente ante un pequeño gesto de consideración.

"Todavía no. ¿Y tú?"

"No. Pensaba ir a comer algo. ¿Te apetece venir?"

Sabía que era una invitación inocente de parte del hermano de mi mejor amigo, pero no pude evitarlo. Mi tonto yo gay quería que fuera una cita. Y ciertamente, se sintió como una cita.

Remy me abría las puertas, pagaba todo, y la forma en que sus ojos brillaban cuando reía me dejaban débil en las rodillas. Compartiéndome historias sobre Hil durante su infancia mientras comíamos pizza. Cuando le pregunté sobre él, sin embargo, no fue tan abierto. En lugar de eso, vi dolor parpadear en sus ojos. Eso me hizo caer más por él.

Después de acabar nuestra pizza, esperaba que se despidiera, pero no lo hizo. En su lugar, caminamos en silencio hacia la casa de sus padres. Y, desesperadamente no queriendo que la noche acabara, fortalecí mi joven cuerpo tembloroso y pregunté,

"¿Te gusta el helado?"

"¿Me gusta el helado? ¡Por supuesto que sí!" respondió él, su rostro iluminándose.

Le hablé de un lugar del que había oído hablar a solo unas pocas manzanas de distancia que se suponía que era realmente bueno. Emocionado, me llevó allí. Después de probar unas cuantas muestras, mencionó otra heladería que se rumoreaba que era aún mejor.

"¿Mejor que esto?" pregunté mientras probaba el mejor helado de mi vida.

"Solo hay una forma de averiguarlo," respondió él radiante.

Después de probar aquel lugar, sentí que estábamos en una misión para encontrar el mejor helado de Nueva York. Sacando mi teléfono, busqué la heladería mejor valorada de la ciudad. Apostó que nada podría ser tan bueno como el que acabábamos de probar. Así que fuimos al siguiente lugar.

Al probar aquel y encontrar que no era tan bueno, busqué un mapa del área esperando extender nuestra aventura.

"Estoy segura de que hay uno que es mejor," le dije mientras escaneaba las reseñas tratando de decidir cuál sería.

"¿Por qué no los probamos todos?" sugirió Remy de forma emocionada.

"¿Todos?"

"¿Por qué no? ¿Tienes algún otro lugar al que necesites ir?"

"Solo iba a ponerme al día con la tele esta noche."

"Entonces, ¿qué me dices? ¿Quieres averiguar cuál es el mejor helado en la ciudad de Nueva York?"

Caminamos toda la noche, riendo y desbordados de energía por el azúcar. Cuando la última de las tiendas cerró y comimos nuestra última muestra, nos apoyamos en la barandilla mirando el río. La luz de la luna centelleaba en el agua ondulante y quería que me besara.

Un silencio se había apoderado de nosotros. Mi cuerpo de dieciséis años necesitaba el suyo. Me estremecí anhelando que me abrazara. Pero nunca lo hizo. En su lugar, me llevó de vuelta. De pie en la puerta de la casa de sus padres con él sin entrar, podría haber llorado, lo deseaba tanto.

"Es tarde," le dije. "¿Por qué no duermes en tu habitación? …o donde quieras," dije invitándolo a mi cama.

"No debería," dijo, sus ojos atormentados.

"¿Por qué no?" me atreví a rozar su antebrazo, esperando atraerlo más cerca.

"Porque no confío en mí mismo," dijo con una sonrisa torturada.

"Porque él no confiaba en sí mismo," dije en voz alta recordando sus palabras.

¿Qué significaba eso? Durante los últimos cuatro años, había elegido creer que quería decir que me deseaba. Que le gustaba de vuelta.

Tras darle vueltas en mi mente durante meses, llegué a la conclusión de que lo había dicho bien por la diferencia de edad o porque temía que se transformara y su lobezno me matara. Así que, simplemente estaba protegiéndome.

La siguiente vez que lo vi, intenté decirle que confiaba en él y que nuestras edades no importaban. Pero o bien no lo entendió, o no quiso hacerlo, porque no cambió nada.

Ahora, mientras el dolor de cada latido amenaza con hacerme caer de rodillas, entiendo que había malinterpretado totalmente la noche más romántica de mi vida. Remy solo había venido esa noche por una alerta de seguridad. Y nuestro tour de helados por toda la ciudad solo había sido por su amor por el postre.

Habiendo gastado un millón de dólares en su propia heladería, obviamente amaba mucho esa cosa. Nunca se trató de tener sentimientos por mí. Siempre solo había sido el caso de caridad de su familia.

Durante mucho tiempo, había pensado que no era especial. Solo era alguien a quien una familia rica consideraba un compañero de juegos conveniente para su hijo gay. La única cosa que me diferenciaba de todos los demás era la suerte. Mi madre fue asignada afortunadamente a los Lyons como su ama de llaves. Y su hijo gay era, afortunadamente, de mi edad y solitario.

Pero, ¿no podría haber más en mi historia que eso? El vampiro había dicho que su amo le había ordenado hacer creer a mi madre que estaba embarazada. Eso quería decir que ella no estaba embarazada. ¿No quería decir también que yo no era hija de mi madre?

Si eso fuera cierto, ¿no podría ser también que la asignación de mi madre a los Lyons hubiera sido planeada? ¿Era cada paso de mi vida parte de algún complot elaborado sobre el que no tenía control?

Sintiendo que empezaba a desmoronarme, miré por la ventana del metro al ponerse el sol. Necesitaba ayuda para descifrar qué estaba pasando. Remy seguía siendo mi mejor opción.

No tenía ninguna duda de que Eris me odiaba. Incluso mientras miraba a Remy, podía ver a su loba observando cada uno de mis movimientos. Podía percibir los sentimientos que tenía por Remy incluso si Eris no podía. O tal vez sí podía. Había sugerido poner mi cabeza en un plato.

A pesar de sentir a la loba de Eris a punto de saltar, y sabiendo que él no sentía lo mismo por mí, aún necesitaba a Remy. Necesitaba hablarle sobre el Vampiro y no parecía algo que pudiera mencionar mientras comíamos crepes japoneses.

'Por cierto, el hombre que yo creía que era mi padre es un miembro de los no muertos. Y creo que podría ser un monstruo plantado con mi madre para destruir tu familia o tal vez el mundo. ¿Puedes pasarme una servilleta?'

No, tenía que acumular coraje para decírselo. Eso implicaba que debíamos pasar más tiempo juntos. ¿Y acaso su idea de abrir un centro comunitario no era buena? Era generosa y considerada. Ya fuera destino o no, no podía olvidar que fue solo gracias a la generosidad de su familia que estaba a un año de graduarme de la universidad.

Si ahora Remy se ofrecía para ser tan generoso con los demás como su familia lo había sido conmigo, ¿no se lo debía a niños como yo que nunca lograron obtener lo que yo había obtenido? ¿No sería lo más humano? ¿No demostraría que no era un monstruo?

Durante los próximos días, no fui a la oficina. En lugar de eso, pospuse mis intereses personales e hice lo que Remy había sugerido. Recorriendo las distintas zonas, evalué un lugar adecuado para su centro comunitario.

Finalmente, mi deambular me llevó de regreso a los proyectos en Brownsville. Era donde había nacido y donde mamá y yo vivíamos antes de que ella consiguiera su empleo con los Lyons.

Mientras caminaba por la zona, me encontré con un grupo de chicos a los que no veía desde la escuela primaria. Estaban pasando el rato frente al edificio bebiendo cervezas sin camisa. Era mitad de una jornada laboral. Mi corazón se encogió pensando que, en otras circunstancias, podría haber estado en su lugar.

Al reconocerme, se iluminaron sus rostros. Tras saludos amistosos y una breve charla, seguí mi camino.

Otro de los privilegios que recibí por parte de los Lyons fue el no tener que ocultar quien era. Teniendo en cuenta lo difícil que era ocultar mi homosexualidad, seguramente hubiera sido devorada viva si me hubiera quedado aquí. Cuando era niña, había oído hablar de chicas que eran brutalmente golpeadas por flirtear con la chica equivocada. La familia de Remy me había salvado de eso.

Mientras continuaba mi paseo por el antiguo barrio, mis sentidos estaban abrumados por las duras realidades de la zona. Los rótulos descoloridos, el eco de los motores en las calles estrechas, el olor de los cubos de basura llenos. Era como el día y la noche comparado con donde ahora vivía en Nueva Jersey, y aún más con el barrio de Remy en Brooklyn.

Continuando por la Avenida Pitkin, mis pensamientos se volvieron hacia los retos que mi madre había enfrentado al criarme sola. Nunca podía evitar que la ira hirviera cada vez que pensaba en esto. No debería haber sido así. Y pensándolo bien, llegué a la conclusión de dónde debería ubicarse el centro comunitario de Remy.

Con la decisión tomada, una ola de ansiedad me recorrió. No solo tendría que decirle a Remy dónde y por qué, sino que él esperaría que trabajáramos juntas para construirlo. Tenía sentimientos encontrados al respecto.

Por un lado, me permitiría pedirle su ayuda. Por el otro, la idea de trabajar tan de cerca con él, oliendo su viril aroma a cuero todos los días, me debilitaba las rodillas. Solo pensar en ello era como un vicio que apretaba mi corazón.

Pero tenía que dejar mis sentimientos a un lado. Más allá de todo, este centro de ayuda era más importante que cualquier cosa que estuviera experimentando. Se lo debía a chicas como yo. Viviendo en este duro entorno, merecían las mismas oportunidades que los Lyons me habían dado. Así que, con una renovada determinación, juré luchar contra mi dolor egoísta y plantearle a Remy mi propuesta para su centro.

Al día siguiente, irrumpí en la oficina de Remy impulsada por la ansiedad y la decisión. Decidida a no distraerme con mis propios sentimientos, le planteé mi idea. Por un momento había olvidado cómo se veía con una elegante camisa blanca y las mangas remangadas. ¿Tenía que exhibir sus antebrazos tatuados de esa manera? Nadie merecía ser tan sexy. No era justo.

Alzando la vista desde su amplio escritorio de caoba, una brillante sonrisa se extendió por su rostro.

"Dillon, ¡qué bueno verte! ¿Has venido porque has considerado mi propuesta?"

¿Era por eso que estaba allí? Es cierto, era por eso. Asentí. "Sí. ¿Has venido en coche al trabajo hoy?"

Remy pareció desconcertada. "Sí. ¿Por qué?"

"¿Podrías llevarnos a algún sitio? Hay un lugar que quiero mostrarte."

Remy accedió, la curiosidad brillaba en sus ojos. Caminando hasta su lujoso coche negro, le indiqué que se dirigiera a la Avenida Pitkin en Brownsville. Cuando nos detuvimos frente a un edificio de dos plantas abandonado con ventanas rotas y malas hierbas trepando por las paredes de ladrillo, Remy lo miró confundida.

"¿Este es el lugar?" preguntó mirándolo a través del parabrisas.

Un frío sudor cubrió mi caliente piel. Me obligué a hablar.

"Sí, en este edificio vivía mi padre. O al menos, aquí vivía el hombre que creía que era mi padre."

Remy frunció el ceño alternando su mirada entre el edificio en ruinas y yo.

"Pero no entiendo. ¿Por qué poner un centro de ayuda aquí en lugar de un antiguo YMCA o algo por el estilo? ¿No sería mejor un lugar con más espacio?"

Apreté mis puños en mi regazo reuniendo el valor para continuar. A pesar de mis esfuerzos, las lágrimas inundaron mis mejillas. La mirada compasiva de Remy era demasiado para manejar. Cuando extendió la mano para consolarme, rechacé su toque y me repuse.

"No, Remy, escúchame". Mi voz se entrecortó obligándome a tragar y reenfocarme. "Hay algo que debería contarte sobre mí."

"Está bien. ¿Qué es?" preguntó Remy con duda.

"Crecí pensando que era producto de una infidelidad. Creí que mi padre había engañado a su familia con mi madre negra. Nunca quiso reconocerme y siempre pensé que no podía aceptarme porque…"

Levanté mis brazos de color caramelo. "Porque era demasiado oscuro."

Mi voz flaqueó al volver un humillante recuerdo.

"De niño solía venir aquí tan a menudo, me quedaba al otro lado de la calle, mirando los ventanas iluminadas de su sala. Veía a personas allí con él y me preguntaba cómo podía tratar a su verdadera familia tan bien mientras fingía que yo no existía.

"Incluso intenté enfrentarlo sobre eso varias veces. Esperándolo en donde siempre me paraba, lo veía llegar y gritaba su nombre. Eso es donde siempre terminaban mis recuerdos. No le di importancia hasta hace poco, cuando decidí que necesitaba respuestas. La idea de que no me quería me atormentaba en sueños. Así que, hace unas semanas ideé un plan. No solo iba a enfrentarlo. Iba a conseguir respuestas sobre por qué no me quería.

"¡Ay, Dillon!" dijo Remy, con empatía.

"Déjame terminar", insistí. "Tras acechar el edificio por algunas noches, me percaté de algo extraño. No vivía nadie más allí que él. Es un edificio de tres pisos con una tienda en la planta baja y 6 apartamentos por encima. Pero, solo estaba él.

"Pensando que facilitaría lo que tenía que hacer, averigüé cómo entrar y qué iba a decirle."

"¿Lo hiciste?" Preguntó Remy, preocupado.

"Lo hice. Y luego lo hice una y otra vez."

"¿A qué te refieres?"

"Resultó que esto lo había hecho antes cuando era un niño. Lo había enfrentado y él me había hecho olvidar. Incluso hace unas noches, necesité tres intentos que puedo recordar para sacudirme el control que tenía sobre mí."

"¿El control que tenía sobre ti?"

"Sí. Resulta que el hombre que pensé que era mi padre era…"

"Un vampiro."

Tan pronto como lo dijo, vi su lobo aparecer. Se erguía en el asiento de cuero del coche como un perro ansioso por salir.

Remy miró el edificio con la mirada avispada.

"Ya no está allí", lo tranquilicé.

"¿Cómo lo sabes?"

"Porque la razón por la que ahora puedo recordar habiéndolo enfrentado es porque algo me sucedió la última vez que lo hice."

"¿Qué te sucedió?" Remy se volvió hacia mí, preocupado.

"No lo sé. ¿Quizás algo se despertó? Lo único que sé es que no creo que sea humano", confesé con vulnerabilidad.

Remy me miró con las cejas fruncidas. No parecía creerme. Pero luego comenzó a acercarse a mí. No estaba seguro de lo que estaba haciendo. No se detuvo hasta que estuvo a unos centímetros. Inclinándose sobre mí, olfateó. Estaba usando su lobo. Era como si se hubieran convertido en uno.

"Hueles a humano", me dijo sin moverse.

Sabía lo que tenía que hacer para convencerlo. Más exactamente, había algo en mí que sabía qué hacer. Así que, cerrando los ojos, me relajé y dejé que lo que estaba en mí tomara el control.

Como si tuviera los ojos abiertos, de repente pude ver todo a mi alrededor. Pero esta vez, era Remy quien era una imagen hecha de luz mientras que su lobo era real. Me encontré con los ojos de la hermosa bestia mientras me miraba. Nos vimos el uno al otro y en su presencia, me sentí más seguro que nunca.

Cambiando mi atención al edificio, le mostré a su lobo lo que veía. No podría decirte cómo lo hizo. Simplemente lo hice. Y cuando el lobo vio la acera que llevaba al edificio transformarse en hormigón cubierto de cenizas, el lobo se echó hacia atrás asustado.

El lobo de Remy no le gustó lo que vio. Lo puso ansioso. Eso me puso ansioso también. Y perdiendo el control de mi estado relajado, volví a mi mente humana y de nuevo estaba rodeado de oscuridad.

Abriendo lentamente los ojos, volví a encontrar a Remy. No podía decir qué estaba pensando, pero parecía perturbado.

"Hiciste algo conmigo", declaró Remy. "No puedo identificar qué es."

"Le mostré a tu lobo lo que veo."

"Sí. Algo sobre oscuridad y destrucción."

"Supongo que puedes decir eso. Creo que lo que le mostré fueron rastros de vampiro. Queman lo que tocan. Al menos, este lo hizo."

"¿Y dijiste que esto empezó cuando te enfrentaste al hombre que creías que era tu padre?"

"Sí. Después de obligarme a irme y resistirme, me empujó contra una pared. Ahí fue cuando entró en acción. Y entonces fue cuando vi que no era mi padre. Había obligado a mi madre a creer que estaba embarazada. Y luego un día, aparecí yo."

"Eres un cambiaformas", dijo Remy sobresaltado.

"¿Cambiaformas? ¿Qué es eso?"

Remy se calmó.

"Mi padre me contaba historias sobre la forma en que eran las cosas antes de que los lobos tomaran el control de Nueva York. Estaba gobernado por vampiros. El alfa de mi padre fue quien inició la guerra con ellos. Uniò a las manadas y se derramó mucha sangre. Al final, los lobos ganaron.

"Pero cuando la manada de mi padre despejó el último de sus guaridas, comenzaron a creer que los vampiros no trabajaban solos."

"¿Con quién trabajaban?" pregunté, esperando obtener respuestas sobre mis orígenes.

"Los lobos creían que eran demonios."

"¿Demonios? ¿Me estás diciendo que los demonios existen?"

"Ningún lobo ha visto nunca uno. Pero uno de los lobos presentes dijo que había tenido una visión y eso era lo que había visto".

Me eché hacia atrás lentamente, tratando de asimilar la idea de que podría ser un demonio.

"¿Qué diablos soy?" pregunté, sintiendo un peso abrumador en mi pecho.

"No eso", respondió rápidamente Remy.

"¿Cómo lo sabes? El vampiro dijo que su maestro lo envió a obligar a mi madre. ¿No podrían los demonios haberme enviado yo?"

"Cualquier cosa es posible. Pero poner bebés en el mundo humano para que los humanos los crien no es como actúan los demonios".

"¿Quieres decir que has oído hablar de esto?"

"Sí. Es lo que los fae hacen."

"¿Los fae?"

"Criaturas que tienen acceso a la magia del mundo. Eso es lo que otorga poder a los cambiaformas. Podrías ser un fae".

"Eso suena un poco mejor que ser un demonio", admití.

"Quizás. Pero los fae hace mucho que renunciaron a dejar que sus descendientes fueran criados por humanos. Entonces, la pregunta es, ¿por qué te dejaron? ¿El vampiro dijo algo al respecto?".

"No me dijo nada en absoluto. Todo lo que sé, lo saqué de su mente".

"Entonces, ¿puedes leer mentes también?" Remy preguntó con una sonrisa incómoda. "¿Tengo que cuidar lo que pienso?".

"No puedo hacerlo a voluntad. Pude hacerlo con él. Y hace unos días almorzé con Hil. En cuanto entró, podía decir inmediatamente lo que estaba pensando. Pero lo conozco tan bien, que podría haberlo hecho sin habilidades especiales".

"Vale. Bueno, vamos a desentrañar este misterio poco a poco. Empecemos con, si este es el lugar donde vivía el vampiro, ¿por qué quieres convertirlo en un centro comunitario?".

"Porque, si hay algún lugar en la ciudad que necesita ser purificado con algo positivo, es este lugar".

Mirando a los ojos de Remy, no necesitaba ser un fae para saber lo que estaba pensando. Sabía que no solo me refería a la cicatriz sobrenatural que el vampiro dejó atrás. Era el dolor que sentía por una infancia de ser rechazado por alguien que creía que era mi padre. Ahora sabía que él era un vampiro y por tanto no pudo haberlo sido, pero eso no borraba la agonía que la versión de mí de 12 años sentía al ser rechazado por la persona que se suponía debía amarme.

Remy se giró hacia el edificio frente a nosotros.

"Sabes, si quieres, puedo simplemente quemar este lugar hasta los cimientos. Nunca tendrás que pensar en ello de nuevo".

"Este lugar ya ha sido quemado lo suficiente. Necesita que se le insufle vida de nuevo".

Remy asintió, aparentemente apaciguado por mis palabras. "No eres ningún demonio. Eso puedo asegurártelo", dijo mirándome con una sonrisa amable. "Lo compraré, y convertiremos este lugar en algo mejor. ¿Has pensado más si te gustaría ayudarme a crearlo?".

Mientras consideraba su pregunta, una sonrisa se extendió por mi rostro. "He pensado en ello".

Capítulo 8

Remy

"Tumbado solo en la cama, mirando al techo, no podía sacar la historia de Dillon de mi cabeza. Seguía repasando la angustia y el dolor en su voz mientras compartía sus experiencias de infancia. Me rompía el corazón.

Eso me hizo pensar en mi propio padre, un hombre que, a pesar de ser un alfa brutal con sus enemigos, siempre estuvo ahí para mí y me amó incondicionalmente. Dillon y yo tuvimos experiencias de crecimiento tan disparatadas. Sin embargo, había una parte de mí que se relacionaba con el dolor de Dillon.

¿Cómo podía, sin embargo? Yo tenía todo lo que el mundo dice que necesitas: riqueza, poder, privilegios. Yo era un lobo que podía tener lo que quisiera. Dillon no tenía nada. Así que decir que podía entender su dolor era más que ridículo; era ofensivo. Y cada vez que esa idea cruzaba mi mente, era seguida de una ola de culpa.

A pesar de todo, ahí estaba, un sentimiento de que yo, lobo rico y atractivo que creció con un padre amoroso y todo lo que podía desear, sentía tanto dolor como Dillon, un chico que creció pobre, negro y rechazado. No estaba bien, pero se sentía real. ¿Cómo podía ser?

Una sensación punzante en la parte trasera de mi mente me hizo volver a las expectativas de mi padre para mi vida. Sí, eso es, me quejo de que mi rico y amoroso alfa era exigente. Sabía que no tenía derecho a comparar mi dolor con el de Dillon, pero…

Me volteé en la cama, enterrando mi cara en la almohada, tratando de silenciar mis pensamientos. Cuando lo hice, la imagen de la expresión herida de Dillon me atormentaba. Estaba seguro de entender su dolor. ¿Cómo, sin embargo? Estaba a punto de cerrar mis sentimientos como lo había hecho tantas veces cuando era un niño, cuando algo me sacudió. Tuve una idea.

Al ver a Dillon ya en la oficina cuando llegué al día siguiente, mi lobo interior despertó. A pesar de nuestra dolorosa conversación anterior, no podía dejar de admirar su hermosa piel canela y sus rizos rebeldes. Pero tragando fuerte, puse en marcha mi idea.

"Quiero mostrarte algo", dije, conteniendo a duras penas la avalancha de emociones que amenazaba con derramarse.

Dillon me miró confuso y luego asintió. Salimos de la oficina y condujimos en silencio hasta una parte abandonada de la ciudad en la que normalmente no pondría un pie. Después de aparcar, entramos en una pequeña tienda de comestibles griega. Al hacerlo, una cabeza apareció por encima de los bajos estantes.

"¡Leo!" exclamé acercándome a un delgado adolescente que personificaba la rebeldía.

"Señor Lyon", respondió con una mezcla de ira y miedo.

"Leo, quiero presentarte a alguien. Este es Dillon. Fue el primer beneficiario de nuestra beca. Dillon, este es Leo. Le he sugerido a Leo que él podría ser el siguiente en recibir nuestra beca. Pero, él dice que no la necesita."

"No la necesito", dijo Leo fríamente.

"Correcto," contesté sin ocultar mi disgusto. Me volví hacia Dillon. "Sabes lo que le estoy ofreciendo. ¿Crees que puedes hacerle entender?"

Dillon frunció el ceño ante mi petición. Casi como si me estuviera juzgando. Aun así, sin decir una palabra se volvió hacia Leo.

"¿Por qué crees que no la necesitas?"

Leo bufó, cruzó los brazos a la defensiva y me miró.

"Puedes hablar libremente. Él sabe lo que somos", le dije al joven cambiaformas lobo delante de mí.

"No necesito su ayuda para cuidar de mi manada. Soy un alfa. Él debería seguir mis órdenes", dijo y lo decía en serio.

Dillon lo miró impasible. "¿Cuántos años tienes?"

"17."

"Su padre murió", añadí yo.

Dillon se volvió hacia mí con un toque de cinismo. "¿Quieres que le cuente mi triste historia de crecer huérfano?"

Aprieté la mandíbula ante su tono, me calmé y respondí, "Lo que consideres mejor".

Dillon pensó por un momento antes de que su expresión se relajara. Centrándose de nuevo en el chico, preguntó, "Es Leo, ¿verdad?"

"Sí", respondió él a la defensiva.

"Bueno, Leo, ¿qué sueñas con ser?"

Leo escupió su respuesta. "No sé".

La expresión de Dillon destelló un atisbo de empatía cuando volvió a hablar.

"Yo no soy un lobo como tú. Pero cuando crecía, mi sueño era ir a París. No estoy seguro del por qué, pero lo había visto en películas y tenía un amigo que solía ir allí frecuentemente; por lo que para mí, tenía un significado especial, ya sabes. Comer croissants junto al río, cenar en lo alto de la Torre Eiffel… para un chico procedente de donde yo provengo, poder hacer esas cosas significaba que lo peor de mi vida podría haber quedado atrás. ¿Qué te indicaría a ti que la peor parte de tu vida ha terminado?"

"No me importa un comino eso. Soy un cambiante. Tomamos lo que queremos."

"Eres un cambiante que tiene que vivir en las sombras acatando las reglas humanas."

"No tengo que acatar nada", dijo él desafiante.

Dillon se giró hacia mí. "Remy, ¿qué pasa con los lobos que deciden que las reglas no se aplican a ellos?"

"Depende", dije, percatándome a dónde iba. "Por lo general, su alfa los pone en su lugar. Si ellos son el alfa, entonces las otras manadas eliminan el problema."

Leo me miró sorprendido. Podía notar su miedo.

"¿Entonces, los matan?" Dillon confirmó.

"Todos sobrevivimos manteniéndonos en las sombras. No vamos a permitir que algún lobo solitario arriesgue lo que tenemos."

Dillon se giró hacia Leo. "En otras palabras, los cambiantes tienen que vivir bajo las reglas igual que todos los demás. Eso significa que necesitas un trabajo. Necesitas una pareja consensuada. Y tienes que descubrir cómo ser feliz. Eres igual al resto de nosotros, los humanos."

Leo lo meditó por un momento.

"Así que, te voy a preguntar nuevamente. ¿Qué te indicaría a ti que la peor parte de tu vida ha terminado?"

Leo bajó la cabeza, pareciendo querer ignorar lo que Dillon había dicho, pero fue descubierto por un destello que brilló brevemente en sus ojos.

"¿Qué es eso?" Dillon preguntó al notarlo también.

"Nada", dijo Leo, rehusándose a mostrar debilidad.

Dillon le miró fijamente y luego cerró los ojos. Mientras lo observaba, algo en él cambió sutilmente.

"Te gustan los animales", dijo Dillon, para sorpresa de Leo.

"¿Qué?"

"Crees que hay muchos animales abandonados a tu alrededor. Sueñas con proporcionarles un lugar donde puedan vivir. Eso es lo que te convence de que eres un alfa."

"Soy un alfa", reiteró Leo.

Dillon abrió sus ojos.

"Es posible que lo seas. Pero ese deseo que tienes de cuidar a los animales no significa que tengas que arriesgar tu vida liderando una manada."

"¿No lo hace?" Leo preguntó confundido.

"No. Realmente te importan los animales. Y estoy hablando de aquellos que siempre tienen cuatro patas", añadió él bromeando.

"Si yo tuviera un lugar donde pudieran vivir, entonces…" dijo él con los ojos suaves.

"¿Como un santuario de animales?" Dillon propuso.

"Sí, uno de esos. Sería genial, ¿verdad?" comentó él con una sonrisa.

"Lo sería. Entonces, ¿has pensado alguna vez en convertirte en veterinario? Tienen santuarios de animales y les ayudan. Los mantienen sanos."

"No podría hacer eso."

"¿Por qué no?"

"Tienes que ir a la escuela para eso y tengo que cuidar de mi familia, ya sabes."

Dillon dejó un momento para que las palabras de Leo calaran antes de responder.

"Me gusta tu idea. Y es un sueño hermoso, Leo", dijo sinceramente. "Sé que ahora es difícil ver más allá de las luchas que enfrentas día tras día. ¿Cómo podrías comenzar a pensar en el futuro cuando cada día presenta un nuevo desafío?

"Pero, te diré algo, ignorar el futuro no evitará que llegue. Y cuando llegue, puedes estar en el mismo lugar en el que estás ahora: lleno de lucha y enfado, o las cosas podrían ser más sencillas, más brillantes. Solo tienes que tomar la decisión."

Dillon dio un paso más cerca, su voz se volvió más decidida.

"Remy te ha dado la opción de hacer que tu futuro sea mejor. De realizar tu sueño de ayudar a los animales. Tal vez alguien como él no pueda entender verdaderamente cuán dura es tu vida, pero yo sí, y también sé que puedes alcanzar tu sueño. Lo puedo ver.

"Así que créeme cuando te digo que lo último que quieres hacer es mirar hacia atrás en este momento, y luego tener que mirar a los ojos de tu madre sabiendo que había algo que podías haber hecho para facilitarle la vida, y no lo tomaste."

Al terminar de hablar, la expresión de Dillon adquirió una cualidad más directa. "¿Entiendes lo que te estoy diciendo, Leo?"

El adolescente le miró durante un largo momento, valorando las palabras de Dillon. Finalmente, después de lo que pareció una eternidad, asintió lentamente. "Sí, entiendo."

La tensión se disipó gradualmente cuando Leo se alejó para procesar todo. Antes de desaparecer en el almacén, miró atrás a Dillon,

"Dijiste que eras humano, pero no lo eres, ¿verdad?"

Dillon apretó sus labios en una sonrisa. "No."

"Pensaba que no. Eres uno de los buenos," dijo antes de salir.

No pude evitar sonreír al ver cómo habían ido las cosas. Me giré hacia Dillon, incapaz de ocultar mi entusiasmo.

"Ha ido bien, ¿verdad? ¿Qué te parece si volvemos a mi casa para una crepe japonesa? He aprendido a hacerla y me muero por hacerte una. Me podrás decir qué te parece."

Dillon dudó, pero finalmente accedió, aparentemente perdido en sus pensamientos mientras volvíamos a mi casa. Una vez dentro, no perdí tiempo, me puse a trabajar haciendo la mezcla para las crepes. Mis manos se movieron con una precisión enérgica que no sabía que tenía.

Mezclando la masa, la vertí en una plancha redonda que había comprado para este propósito. La alisé con mi rasqueta, dejé que se cocinara un lado antes de darle la vuelta.

Una vez hecho, busqué el helado, los plátanos, la nata montada y la salsa de chocolate. Los dispuse sobre la crepe y la enrollé en forma de cono, la espolvoreé con azúcar y la doré hasta obtener un tono caramelo. Quedó exactamente como lo había imaginado.

"Toma," dije, intentando sonar lo más casual posible.

Pero mientras yo rebosaba de orgullo por mi creación culinaria, Dillon hervía de ira. Miró mi gran logro con ojos duros como el granito y no estaba segura de por qué.

"No puedes verme de otra forma que no sea como el caso de caridad que has rescatado, ¿verdad?" Dillon escupió, su voz plagada de resentimiento.

"¿Qué? ¡No! Claro que puedo. ¿Por qué dices eso?" Respondí, sorprendida por su acusación.

"Porque te aprovechaste de mí," me acusó, sus ojos suplicando comprensión.

Mi mente repasó nuestras recientes interacciones. "¿Cuándo? ¿Cómo?"

"Allí atrás. Utilizaste lo que te conté de mi infancia y me manipulaste para que usara mis habilidades para conseguir lo que querías," aclaró Dillon, el dolor evidente en su voz.

"Eso no es lo que sucedió."

"¿En serio? ¿Alguna vez consideraste que mi historia no era tuya para usarla como te pareciera conveniente?" Insistió.

"Yo…" tartamudeé, sorprendida por la acusación de Dillon.

"No lo pensé," dijo él, sus emociones a flor de piel. "No puedes verme. Todo lo que puedes ver es al patético chico a quien nadie ama."

"Eso no es verdad. No entiendo de dónde salió esto," objeté, mi corazón dolido por el peso de sus palabras.

"Remy, no puedes aprovecharte de mi dolor," exigió Dillon, su voz temblorosa.

"No lo estaba haciendo. Eso está muy lejos de lo que intentaba hacer," dije a la defensiva.

"¿Sí?" preguntó con duda.

"Sí. ¿No lo entiendes? Es por culpa de mi padre que el suyo está muerto. Su padre trabajaba para el mío. Mi padre lo llevó a la muerte. Cada noche me acuesto pensando en Leo y en todas las cosas que ha hecho mi padre. Me sofoca.

"Mi vida entera se ha construido sobre el dolor de los demás. Me ciega. Necesito ayuda. Te estaba pidiendo ayuda, Dillon. ¿No puedes verlo?" Dije con lágrimas rodando por mis mejillas. "Solo quería que me ayudaras."

Mi súplica sincera golpeó fuertemente a Dillon. La ira se desvaneció de su rostro. Sin mediar palabra, me abrazó y me sostuvo hasta que sus ojos brillaron de lágrimas.

"Solo quería que me ayudaras," repetí, mi voz entrecortada por la emoción.

"Lo haré," susurró Dillon a mi oído. "Puedes contar conmigo."

Lentamente me aparté del abrazo de Dillon, mis mejillas húmedas por las lágrimas. Me sentí vulnerable y expuesta como nunca antes.

"Lo siento," murmuré, avergonzado por mi explosión de emociones.

Ya no podía aguantar mirarle, intenté desviar la mirada. Antes de que pudiera, Dillon sujetó mi barbilla remitiendo mi mirada hacia él de nuevo. Nuestros ojos se toparon y me vi sumergido en su pura e inalterable compasión.

Mientras estábamos allí, de pie, la intensidad de nuestra conexión y la atmósfera de vulnerabilidad entre nosotros se hizo más grande. Habían desaparecido mis defensas y sarcasmo. En su lugar, estaba un deseo incontenible por él.

El pulgar de Dillon acarició suavemente el rastro de mis lágrimas en la mejilla, provocándome escalofríos por mi espalda. Incapaces de resistir la atracción emocional por más tiempo, ambos comenzamos a inclinarnos, nuestros labios cada vez más cerca.

Fue un golpe en la puerta lo que rompió nuestro frágil momento. Al borde de un beso apasionado, nuestra íntima conexión se evaporó cuando alguien golpeó la puerta otra vez.

"Debería atender eso," dije cuando quedó claro que la persona no iba a irse.

"Probablemente," Dillon estuvo de acuerdo, tan sorprendido por nuestro casi-beso como yo.

Recuperando la compostura, crucé al salón y me dirigí hacia la puerta. Estaba listo para despedazar a quien fuera que estuviera cuando abrí la puerta y encontré,

"Eris, ¿qué estás haciendo aquí?"

"He estado intentando contactarte durante días. No has contestado a mis mensajes ni llamadas. Incluso fui a tu oficina, pero no estabas allí," respondió ella, interrumpiéndome.

"¿Por qué estás aquí?" pregunté alternando entre preocupación e irritación.

Ella abrió la boca para responder cuando Dillon apareció en la puerta de la cocina. Al verlo, se quedó paralizada mirándole con veneno. Por un momento, pude percibir un ligero aroma de su loba. Pero, tan pronto como lo noté, lo descartó y dijo alegremente:

"Tenemos una boda que planificar. De ninguna manera voy a hacer esto sola."

Mi corazón se encogió al recordar el enredo que eran nuestras vidas.

"En este momento no puedo colaborar," respondí, mi voz tensa.

Sin inmutarse, Eris volvió a centrar su atención en Dillon.

"¿Te importaría traerme algo para beber, querido?" preguntó de forma condescendiente.

Dillon dudó, preguntando, "¿Qué tipo?"

Eris suspiró, fingiendo desinterés. "No me importa. Champagne si lo tienes." Luego, con una risa forzada, añadió: "Ya es hora de tomar algo en algún lugar del mundo."

Mientras Dillon desaparecía en la cocina, me preparé para el sermón que Eris estaba a punto de soltar. Al observarla, la sonrisa confiada y despreocupada que exhibía se desvaneció. En su lugar, un gesto de una seriedad mortal. Su loba estaba de vuelta. Podía olerla como si estuviera al acecho justo debajo de la superficie, esperando a que le diera la espalda para saltar.

"Remy, déjame ser clara. Si no empiezas a comportarte como el hombre que merezco, mi padre podría empezar a pensar que no estás cumpliendo con el acuerdo. ¿Y a quién crees que culparía por eso?" preguntó antes de desviar la mirada hacia la cocina.

"¿Estás amenazando a alguien?" exigí, sintiendo a mi lobo empezar a apoderarse.

Eris, impasible, se acercó un paso.

"Remy, pregúntate esto sobre mí, ¿estoy aquí porque quiero estarlo? ¿Piensas que el objetivo de mi vida era forzar a algún alpha-rechazado a un matrimonio en el que ninguno de los dos quiere estar? ¿Piensas que esta es la vida con la que soñaba de niña?" preguntó sarcásticamente.

"No lo es. Y ahora lucho por la vida que quiero, igual que tú. La única diferencia es que detrás de mí hay un lobo dispuesto a quemar el mundo para conseguir lo que quiere. Tu furioso lobo está muerto. Así que, a menos que te sumes al plan y me encuentres a mitad de camino en esto, habrá un baño de sangre. No la mía. No la tuya. Sino la de todos a los que te importan.

"¿Es eso lo que quieres? Por la forma en que me miras, voy a suponer que no. Así que, deja de poner en peligro a todos a los que quieres, y ayúdame a planificar nuestra boda," siguió con una escalofriante calma.

"Hay millones de matrimonios arreglados que terminan en 'felices para siempre'. Ayúdame a hacer que el nuestro sea uno de ellos… para que tu amigo de allá no tenga que morir."

When Dillon returned from the kitchen with Eris's drink, he noticed that my attitude had completely changed. It was as if a shadow had invaded me, the weight of Eris's words stifling my spirit.

I looked at Dillon knowing that what Eris had said was true. The men who crossed our fathers ended up dead. Like mine, his father was a raging wolf, a force of nature that could not be stopped, only endured.

I needed to protect Dillon from that storm. I was willing to do anything for it. So, erasing any trace of affection I felt for him, I looked at him coldly and said: "Dillon, you should leave."

His body crumbled at my abrupt change. Pain overflowed from his eyes. Watching him was destroying me. But I had to remain distant, I couldn't let Eris know how much he meant to me. I couldn't give him any more advantage.

"Dillon," I repeated, feeling a sharp pang in my chest when speaking. "Just go. We can speak later."

As he hesitated, I added with a steel tone: "Now!"

That's when he lowered his gaze, headed for the door, and left, leaving me in pieces.

Capítulo 9

Dillon

El sol se estaba poniendo sobre Brooklyn mientras dejaba atrás la casa adosada de Remy. Caminando hacia la estación de tren, mis pasos se hacían más lentos por el aplastante dolor en mi pecho. El aire era inusualmente fresco para finales de primavera, pero el frío no mitigaba el calor que me recorría.

¿Por qué había permitido de nuevo que Remy me hiciera esto? Había caído una vez más en la misma trampa, exponiendo mi vulnerable corazón a la misma persona que lo había destrozado antes. ¿Qué parte rota de mí seguía metiéndome en esta situación?

Hil me había advertido sobre Remy. Había dicho que Remy volvería a su vida de manada, y así fue. Demonios, incluso se estaba casando con ella.

Hil también predijo que Remy me lastimaría. No solo Hil tenía razón al respecto, sino que después de que Remy lo hizo la primera vez, volví a darle la oportunidad de hacerlo nuevamente. Era una idiota que merecía todo lo que recibía.

No es de extrañar que mi padre vampiro huyera de mí. ¿Tenía miedo de mí, o simplemente veía cuánto desastre era? No merecía nada más que lo que recibía.

Por más estúpida que fuese, finalmente había aprendido mi lección. Nunca más le daría a Remy otra oportunidad de tratarme así. Entendí, el centro de ayuda era importante. Había vidas reales que podía afectar. Hablar con Leo me había demostrado eso. Y aún quería su ayuda para descubrir lo que era. Entonces, le ayudaría.

Pero eso sería todo. Estaba harto del juego emocional que Remy estaba jugando. A partir de este punto, solo seríamos colegas. Nada más. Si pensaba que podía lastimarme y salir indemne, estaba a punto de aprender que yo también podía lastimarlo, pensé mientras sentía una energía giratoria acumulándose dentro de mí.

No, me negaba a necesitarlo. Al menos ya no. Había terminado. Realmente lo había hecho. Y a medida que la finalidad de ello comenzaba a asentarse lentamente, en lugar de explotar como una bomba sobrenatural, las lágrimas rodaron por mis mejillas.

Al subir al mismo tren en el que había decidido trabajar con Remy, cerré mi ingenua fantasía de infancia. Remy y yo no estábamos destinados a estar juntos. Ni siquiera estábamos destinados a ser amigos.

Estaba destinada a estar sola. Siempre lo había estado. Y mientras el resplandor de las naranjas quemadas se desvanecía detrás de los altos edificios del centro, me hundí en el asiento del tren y lloré.

La mañana siguiente, me desperté con un renovado sentido de determinación. Había pasado toda la noche preparándome mentalmente para enfrentarme a Remy, para demostrarle que yo podía ser igual de fría y distante como él. Mientras me duchaba y vestía, reforzaba mi resolución. Comencé a esperar ansiosa la confrontación.

Al llegar al trabajo, entré lista para el día, con la cabeza bien alta. Para mi sorpresa, la puerta de la oficina de Remy estaba cerrada. La habitación quedaba tranquila y silenciosa. No había ni rastro de él.

Intenté contener mi decepción y me concentré en las tareas a mano. Ocupándome de regar las plantas y limpiar el polvo de los estantes, miraba el reloj cada pocos minutos. Estaba segura de que Remy llegaría pronto, entonces podría poner en marcha mi plan.

Pero a medida que avanzaban las horas, el escalofriante miedo en mi estómago se intensificaba. Remy me estaba evitando, igual que el hombre que había creído que era mi padre durante todos esos años. Un trueno de dolor atravesó mi pecho. Era más dolorosa su ausencia que cuando Remy me pidió que me fuera.

Lentamente, la fría fachada que había estado manteniendo se desmoronaba. Mi otrora firme determinación ahora parecía tonta y vacía. Simplemente era incapaz de herir a Remy como él me había hecho.

Con el vacío creciendo dentro de mí, perdí la concentración. Cuando la tarde se desvanecía sin rastro de Remy, la ausencia me consumía. Me estaba sumiendo en ella.

En los siguientes dos días, Remy continuó ausente del trabajo. Mi corazón latía un poco más rápido cada vez que la puerta se abría, pero siempre era alguien más. Seguía allí, sola, sin más que hacer que contemplar la oficina vacía. Fue una tortura.

La imagen del escritorio vacío de Remy me atormentaba incluso cuando intentaba conciliar el sueño en mi cama. El dolor era como un peso físico en mi pecho, un sufrimiento omnipresente imposible de evadir.

Estaba dispuesta a darle todo lo que poseía, pero él no lo quería. Me había engañado haciéndome creer que su compromiso no era real, pero lo era. Y después de hacerme creer que era especial para él, me dejó. Ahora no iba a volver.

Este no era el modo en que tratabas a alguien a quien amas. Eso dejaba una sola conclusión. El hombre del que me había enamorado desde que tenía 14 años, no me amaba. ¿Y por qué lo haría cuando nadie más lo hacía?

Volví al trabajo cada día después de eso esperando que él no apareciera, y volviéndome a herir una vez más cuando él no estaba allí. Estaba sola.

Pasaron dos semanas hasta que la puerta se abrió a instancias de alguien que no fuera del equipo de limpieza. Así que el día que un hombre de estatura baja y vestido formalmente subió las escaleras, me levanté y lo saludé confundida.

"¿Puedo ayudarte?" pregunté preguntándome si se habría equivocado de lugar.

"Mi nombre es Robert Wendel. Soy el abogado del Sr. Lyon", dijo lleno de seriedad.

Mis habilidades emergentes se activaron sin que yo lo permitiera. El hombre frente a mí no era un lobo. Tampoco era humano o un vampiro. El nombre que apareció en mi mente fue Nymphe. No sabía qué significaba eso, pero sabía que él poseía magia. No algo que pudiera manejar, pero suficiente para afectar la suerte de las personas.

"El Sr. Lyon no está aquí", le informé.

"Sí. Tengo unos documentos para que los firme."

"¿Yo?"

"Eres Dillon Harris, ¿verdad?"

"Sí."

"Entonces son para ti."

Mirando al abogado, recordé cuando mi madre comenzó a trabajar para los Lyon. Había un hombre como este que se había presentado en nuestra puerta. Dejó muy claro que nunca debíamos hablar de nada que mi madre escuchara o viera en la residencia de los Lyon. Los papeles que firmó fueron para un acuerdo de no divulgación, pero la amenaza a nuestras vidas si hablábamos de lo que vimos no necesitaba ser escrita.

"Oh," dije dándome cuenta de cuánto Remy realmente no confiaba en mí.

Sin hacer ninguna pregunta, firmé rápidamente mi nombre donde el nymphe me señalaba. Cada vez, mi corazón se encogía un poco más. Cuando la última página fue firmada, él me entregó un gran sobre color manila.

"Esto es tuyo".

"¿Qué es?" pregunté sospechando que era mi copia de la documentación.

"Es la escritura del edificio para el centro de ayuda comunitaria."

Quedé paralizada. "Perdón, ¿qué?"

"La escritura del edificio", repitió esta vez buscando en mi rostro a ver si entendía. No lo entendía. "Lo que firmaste fue la documentación para un fideicomiso que es dueño del edificio. Ahora tienes un interés mayoritario del 51% en éste."

Mi mente se volvió un torbellino. "Lo siento, estoy confundida. ¿Qué significa eso?"

"Significa que, en gran parte, el edificio es tuyo. Parte del acuerdo es que los impuestos del edificio serán pagados por la familia Lyon durante los próximos 10 años. Así que no tienes que preocuparte por eso. Y puedes hacer con él lo que quieras. Que es, supongo, crear el centro de ayuda que propusiste al Sr. Lyon, ¿correcto?"

"Correcto", confirmé aún sin comprender completamente qué estaba sucediendo. ¿Remy había hecho esto por motivos fiscales? ¿O estaba relacionado con asuntos turbios de la manada? "Entonces, ¿puedo hacer lo que quiera con él?"

"Cualquier cosa."

"¿Aunque quisiera venderlo?"

"Podrías."

"Y solo para saber, ¿cuánto vale?"

"No podría decirte así como así. Pero incluí la tasación de la propiedad en tu paquete", dijo señalando el sobre en mis manos.

Miré el sobre como si contuviera una serpiente lista para morder. Mi corazón latía con fuerza pensando en lo que estaba dentro. Abriéndolo lentamente, metí la mano y saqué los documentos. Pasando las hojas, encontré una con números. La tasación no fue difícil de encontrar. Decía que el edificio que Remy me había dado tenía un valor de $1.5 millones.

Respiré hondo, incapaz de creer lo que estaba leyendo.

"El señor Lyon me instruyó también para que te diera esto", mencionó su abogado, apenas captando mi atención.

Sostenía una tarjeta de visita. "Me dijo que tienes una cita con esta persona", dijo el abogado, de manera críptica.

"¿Cuándo?", pregunté, aún demasiado aturdida para tomar la tarjeta.

"Creo que se refería a ahora."

Dejando la oficina, me encaminé apresuradamente hacia la dirección en la tarjeta de visita, insegura de lo que encontraría. Al llegar, una chica muy chic se presentó.

"Hola, soy Melanie. Voy a ser tu asesora de moda. El señor Lyon me pidió que te vista como representante de la familia Lyon", explicó intentando no herir mis sentimientos.

Pensé durante un instante y luego bajé la mirada hacia la ropa que llevaba puesta. Sabiendo que necesitaría vestirme de manera profesional para Remy, había ido a una tienda de descuentos. La ropa que compré allí era de la talla correcta y me quedaba como debería.

Siempre he sentido que mi ropa era una de las cosas que me hacía sentir como la mascota de Hil cuando salíamos. Él se vestía como el hijo de un jefe de la mafia multimillonario, y yo, me veía como alguien sacado de un libro de '¿Dónde está Wally?'. No había forma de ocultar el abismo que existía entre nosotros.

"¿Te importa?", preguntó Melanie al ver mi vacilación.

"Para nada", respondí mientras un montón de inseguridades se desprendían de mis hombros.

El proceso de medirme y probarme ropa cara fue un poco intimidante al principio. Después de todo, la mayoría de los trajes costaban tanto como un coche pequeño. ¿Y si se enganchaban en algo? Estaría endeudada por el resto de mi vida.

No obstante, tras unas horas, debí admitir que se convirtió en algo bastante divertido. Mis inseguridades se desvanecían al verme al espejo. Y salir con 20.000 dólares en trajes de diseñador, no pude evitar pensar que Remy intentaba decirme algo… ¿Pero qué?

Al llegar a la oficina a la mañana siguiente con un conjunto de 3.000 dólares, debí admitir, me sentía bastante bien. No esperaba que nadie más lo notara hasta que encendí mi ordenador y me vi inundada de notificaciones de citas.

A medida que avanzaba el día, arquitectos, diseñadores y profesionales de la construcción desfilaron por la oficina. Cada uno me trató como a una reina. Era surrealista. Finalmente, cuando ya no pude soportarlo más, le pregunté a uno de ellos el motivo de su comportamiento.

"El señor Lyon nos dijo que él pagaría cualquier cosa que eligieras y afirmó que era vital hacerte feliz", explicó uno de los arquitectos en voz baja. "Por cierto, hemos traído una selección de pasteles de Dominique's.

¿Te gustaría probar uno mientras discutimos los planes para la remodelación?"

"Por supuesto", admití, aún incapaz de procesar lo que estaba sucediendo.

El edificio, la ropa, todo el mundo besándome los pies, ¿por qué Remy estaba haciendo todo esto? Había dejado claro que no quería estar conmigo. ¿Acaso era este su intento de mostrarme todas las razones por las que no debía estar con él? ¿Era para probar que podía hacer todo esto por mí mientras yo no podría hacer nada de esto por él? No lo entendía.

La semana siguiente pasó en un torbellino de citas y decisiones. Cansada e insegura de su objetivo final, seguí tomando decisiones para el centro comunitario como si fuera la propietaria. Parecía que no había fin para las personas con las que debía hablar. Y aunque mis reuniones terminaban exactamente a las 6, ya fuera que hubiéramos terminado nuestra discusión o no, pasaba el resto de la noche en la oficina buscando todas las palabras que no entendía. Estaba agotada en el trayecto de vuelta a casa en tren.

Todo eso continuó hasta el día en que regresé a la oficina y vi que mi primera cita estaba programada para después del horario laboral. Hubo algo en mi interior que me decía que este era el momento. Cuando entrara al lugar, encontraría a Remy. Me estaría esperando con su sonrisa seductora y tan encantador como siempre.

¿Cómo recibiría eso? Sí, la ropa y el edificio eran geniales, parecía un cambio de vida. Pero no le había pedido nada de todo eso.

Lo único que siempre había deseado era que él me quisiera. Que me abrazara y me prometiera que siempre estaría allí para mí. No podía perdonarle todas las cosas que había hecho solo porque me hubiera obsequiado con algunas cosas. No podía. Y esa noche iba a descubrirlo.

Cuando terminó mi trabajo, me preparé para ver a Remy por primera vez en semanas. Fortalecí mi determinación. No le iba a gustar lo que tenía que decirle. Este podría ser el fin de nosotros. El final definitivo. Aquel del que no podríamos regresar.

Y, aunque sabía que eso podría ser así, no podía negar lo bien que me sentía volviéndolo a ver. Había sido un completo imbécil al hacerme lo que me hizo. Pero, le echaba de menos. La manera en que me miraba me hacía sentir vista. Remy tenía una forma de hacerme sentir como la persona más importante del mundo. Era una droga de la que era difícil desprenderme.

Al acercarme a la dirección, resultó ser un apartamento lujoso en el centro de Brooklyn. ¿Me había invitado a su nido de amor? ¿Había sido todo lo que me había comprado una forma de seducirme? ¿Era eso todo lo que yo representaba para él, una aventura de una noche?

Al descender del ascensor, en uno de los apartamentos más lujosos que había visto, busqué a quien estaba segura de que me estaría esperando.

"¿Remy?" Pregunté a una sala vacía.

Con una lentitud desconcertante, perpleja ante la belleza del lugar, no me llevó mucho tiempo localizar la mesa de cenar de madera de deriva y la nota encima de ella. Con mi nombre desafiándome. Al abrirla al cogerla, reconocí la letra.

'Considera esto un beneficio del trabajo. No más viajes nocturnos en tren. Disfruta de tu nuevo lugar. Remy'.

Continué mi recorrido y entré en el dormitorio. La vista de la ciudad era impresionante. Al abrir el armario, encontré un guardarropa lleno de ropa nueva. No solo había trajes. Había algo para cada ocasión.

Esto era todo. No había más sorpresas. No vendría. Ni esa noche. Ni nunca más. Realmente había terminado entre nosotros. Al darme cuenta de eso, salí al balcón, renuncié a la última esperanza que quedaba y lloré.

Dormir en la cama más cómoda del mundo resultaba extraño. Podrías pensar que te haría dormir más rápido. Pero, ¿quién podría hacer eso distraído por los pensamientos de cuán cómoda era?

Al amanecer, decidí quedarme a dormir un rato más. Ahora estaba a solo unas pocas manzanas del trabajo en lugar de tener que recorrer 55 millas desde

Nueva Jersey. Como si estuviese en un nuevo mundo. Mi actitud hacia la vida también era nueva. En las últimas semanas, había derramado suficientes lágrimas para toda una vida. Estaba lista para seguir adelante.

Por alguna razón, Remy me había dado un edificio. Pero no cualquier edificio. Era aquel en el que había vivido el vampiro que pensaba que era mi padre y me despreciaba. Puede que Remy no supiera cómo ser un novio de sueños ideales, pero sabía una que otra cosa sobre la justicia poética.

"Remy me dio un edificio", dije mientras volvía a procesarlo.

Tomando algo de mi nevera completamente surtida, decidí hacer una parada antes de ir al trabajo. Decidí ir a ver mi nuevo lugar. Al bajarme del tren y girar la esquina con el edificio a la vista, vi a los trabajadores de la renovación entrar y salir. Me recordé a mí misma que tenía una participación mayoritaria en él. Era algo increíble.

Como tantas veces en mi infancia, me quedé de pie al otro lado de la calle y lo observé. Tenía tantos recuerdos dolorosos asociados a ese lugar que ni siquiera podía contarlos todos. Quizás, en lugar de convertirlo en un centro de alcance comunitario, debería haberlo vendido. No sé qué estaba pensando cuando sugerí que podría ser un lugar al que tendría que ir todos los días.

Eso me recordó otra cosa que tenía que hacer: tenía que empezar a pensar en contratar personal.

Después de todo, Remy no me había pedido ayuda por mis capacidades gerenciales. Fue porque era la mejor amiga afroamericana y pobre de su hermano menor.

Lo pensé durante un instante. Remy no había solicitado mi ayuda a pesar de quién era. Había contado conmigo por ello exactamente. En esta ocasión, ser pobre y negra jugaba a mi favor.

Remy me había dicho una vez que, al aceptar tu verdadero yo, recibes recompensas. ¿Podría tener razón?

Ciertamente, no me hubiera entregado ninguno de sus regalos si no hubiera sido quien soy. Y cuantas más decisiones tenía que tomar sobre el diseño del centro, más importante se volvía mi opinión. Supongo que no es específicamente mi opinión. Sería la opinión de cualquier persona que no haya crecido con una cuchara de plata en la boca.

¿Qué estaban pensando estos diseñadores, de verdad? ¿Un campo de paintball? Sí, eso es exactamente lo que necesitan los residentes de Brownsville, una manera de dispararse entre ellos de manera recreativa. No podría salir nada mal de eso, seguro.

No, el centro iba a ser para niños. En la primera planta habría salones tranquilos donde los niños podrían sentarse y relajarse porque eso es lo que representa un verdadero espacio seguro. En la segunda planta habría tutores y asesores. Y en la tercera planta estarían los recursos LGBT.

Para eso, podríamos tener mentores que vinieran a hablar. Cada noche de la semana habría sesiones de apoyo, ya fuera para gays, bisexuales, personas trans o mujeres en relaciones abusivas.

"¿Dillon?" preguntó alguien, capturando mi atención. "¿Eres Dillon, verdad?"

"Sí", respondí, mirando atónita al joven de piel oscura frente a mí.

Habiendo estado alejada del barrio durante tanto tiempo, escuchar mi nombre me puso nerviosa. Mi vida había cambiado enormemente desde los 13 años. Para empezar, ya no fingía ser heterosexual. Eso no marcaba una diferencia en mi universidad en Nueva Jersey. Pero las comunidades pobres y negras no eran precisamente el epítome de la aceptación.

"Soy James. O Jimmy, supongo. Fuimos a la escuela juntos", dijo el hombre un poco mayor.

"¡Jimmy! ¡Claro!" dije con energía.

Él sonrió.

"No tienes idea de quién soy, ¿verdad?"

Riendo avergonzada, respondí: "Lo siento".

"No pasa nada. La verdad es que no nos conocíamos mucho en aquellos días."

"Oh, está bien", dije, desconcertada. "Pero fuimos a la misma escuela, ¿no?"

"Definitivamente", respondió con una sonrisa que sugería algo más.

Lo miré otra vez. No, no lo recordaba. Pero era guapo y su sonrisa significaba algo. Bajando la guardia, me relajé.

"¿Compartimos alguna clase o algo así?" pregunté con una sonrisa coqueta que esperaba que captara.

"No. Yo estaba dos años por delante de ti. Pero sí me acuerdo de ti."

"¿Por qué?"

"Bueno, uno, eras guapa. Muy guapa. Todavía lo eres", dijo, confirmando mis sospechas. "Y dos, fuiste la primera chica con la que… me atreví a coquetear".

"¿En serio?" pregunté, sin esperar aquello.

Se sonrojó. "Sí, siempre eras tan… no sé, segura de ti misma en aquel entonces. Siempre parecías saber quién eras. Yo estaba lleno de dudas y aterrorizado por quién podría ser. Tú simplemente eras, y te aceptabas."

Reí. "Me alegra que pareciera eso. Pero te puedo asegurar que no fue así."

"Tal vez. Pero debo decir que pensar en ti me dio esperanza, ¿sabes? Tomé muchas decisiones basadas en la chica que pensé que eras."

"Vaya", dije, ya no coqueteando con él. "Gracias."

"No, a ti gracias", le agradeció. "Entonces, ¿qué haces ahora? Te mudaste del barrio, ¿no? Fue hace unos años."

"Sí. Mi madre consiguió un trabajo. Nos mudamos más cerca de él. Y tú, ¿sigues viviendo por aquí?"

"No. Fui a un instituto comunitario en Virginia. Así que estuve allí por un tiempo."

"¿Por qué Virginia?"

"Está cerca de la sede del FBI. Quería tomar algunos programas de especialización que facilitan el ingreso al FBI."

Me quedé paralizada. "¿Al FBI? ¿Y te inscribiste, es decir…?"

Jimmy sonrió orgulloso. "Lo hice".

"Oh, felicidades. ¿En qué división?" pregunté algo tímida.

Se inclinó hacia mí y bajó la voz. "Crimen organizado."

"¡Oh!" Respondí, pensando inmediatamente en Remy. "Vaya", dije, intentando no entrar en pánico.

"Sí. Pensé, ¿qué mejor manera de contribuir a la comunidad que intentar erradicar algunas de las bandas de las calles? Y tú, ¿a qué te dedicas ahora? ¿Inmobiliaria?"

Lo miré nerviosa. "¿Por qué preguntas eso?"

"Noté que estabas observando el edificio. Parecía como si estuvieras planeando algo. Si no te conociera, estaría preocupado," bromeó.

"Oh," reí. "Quiero decir, supongo que de algún modo." Hice una pausa para elegir mis palabras con cuidado. "Estoy trabajando con la persona que está transformando el edificio en un centro de atención comunitaria."

"¿En serio? Eso es fantástico. Sabes, si alguna vez quieres hablar de algo, como cómo asegurarte de que las bandas no te molesten aquí, de lo que sea en realidad, deberías llamarme," dijo coquetamente antes de sacar una tarjeta.

Tenía que eliminar rápidamente cualquier pensamiento que tuviera sobre nosotros. Lo último que necesitaba era salir con alguien del FBI mientras trabajaba para el hijo de uno de los mayores jefes de la mafia lupina en la ciudad.

"Seré honesto, solo estoy recuperándome de un… No sé cómo lo llamarías, ¿situación amorosa complicada? Así que no estoy disponible para nada en ese sentido. Pero podría ser útil hablar sobre estrategias de seguridad para el centro."

"Por supuesto. Lo que necesites. Solo avísame. Fue, eh, bueno verte de nuevo, Dillon," dijo, asegurándose de que su interés quedara claro.

"Tú también, Jimmy. Quiero decir, James. Te avisaré," dije, sosteniendo su tarjeta mientras se alejaba.

Al dejar el barrio, pensé en mi conversación con Jimmy. Era increíble pensar que podría haber tenido tal efecto en él. En aquel entonces, siempre me sentí miserable por ser gay y no encajar. Sin embargo, Jimmy había encontrado la fuerza para ser quien era al observarme a mí.

"¿Cómo?" Pregunté en voz alta, tratando de entenderlo todo.

Al regresar a la oficina, añadí algo nuevo a mi calendario. Necesitaba comenzar a contratar. Los programas que imaginaba para el centro tenían que ser diseñados, y no tenía idea de por dónde empezar.

Sabiendo que Remy tenía acceso a mi calendario, decidí ponerlo a prueba. Bloqueé un tiempo y lo etiqueté como 'Iniciar Proceso de Contratación.' Al guardar los cambios, miré fijamente la pantalla esperando una reacción. Cuando nada sucedió, me reí de mis expectativas poco realistas y seguí con mi día lleno de reuniones.

Después de revisar innumerables diseños, y luego buscar todas las palabras nuevas que había escuchado, estaba agotado. Caminando hacia mi nuevo lugar, pensé de nuevo en mi encuentro con Jimmy. No podía quitarme de la cabeza la sensación de que había algo importante que había pasado por alto en esa conversación. Mientras preparaba la cena con los sofisticados dips que abarrotaban mi nevera, repasé nuestra conversación.

No fue hasta que me acosté en la cama, a punto de dormirme, que finalmente me di cuenta. Remy había dicho que aceptar tu verdadero yo trae recompensas. Y a pesar de mis luchas personales, Jimmy se había inspirado en mi verdadero yo.

Al surgir el pensamiento, una sonrisa tiró de mis labios. Remy tenía razón. Aceptar tu verdadero yo trae recompensas. Dándome la vuelta sintiéndome más sabio, abracé una almohada y rápidamente me quedé dormido.

Al llegar a la oficina la mañana siguiente, encontré nuevas reuniones programadas en mi calendario. Una avalancha de cazatalentos, reclutadores de empleo, y representantes de sitios web de ofertas de empleo llenaban la agenda. ¿Cómo había logrado Remy hacer todo esto en una noche? No había forma de que pudiera permitirme sentir algo por Remy de nuevo, pero tenía que admitir que no era del todo malo.

Conforme pasaban las semanas, Remy y yo nos acomodamos en una rutina de comunicación indirecta. Yo ingresaba solicitudes en mi calendario, y él las hacía realidad, generalmente al día siguiente. No estaba seguro de por qué, pero nuestros intercambios eran extrañamente reconfortantes. Estaba empezando a creer que podría manejar todo.

Durante un almuerzo con Hil cuando había volado a la ciudad para visitar a su madre, le puse al tanto de mi trabajo y todos los beneficios que venían con él.

"Remy dice que estás haciendo un trabajo increíble," dijo Hil orgulloso.

Quizás lo estaba. Pero no podía evitar pensar en los beneficios de Remy como una especie de pago por culpa.

"Gracias. Es agradable escucharlo," dije con humildad.

"¡No, en serio! Lo que estás haciendo es maravilloso. ¿Eres consciente del efecto que vas a tener en la gente? Yo amaba a mi padre. De verdad. Pero, hizo muchas cosas mal.

"Como si no tuviera conciencia. Las historias que Remy me contaba…," dijo, perdiéndose en sus pensamientos y conteniendo las lágrimas. "Solo diré que lo que estás haciendo significa mucho… para toda la familia," concluyó Hil con una sonrisa enraizada en la emoción.

Mirando a Hil, me di cuenta de que lo que estaba haciendo significaba más para su familia de lo que había considerado. Todavía pensaba que era un proyecto de vanidad de una familia rica. Pero tanto Remy como Hil habían llorado cuando hablaban del legado de su padre.

¿Qué podría haber hecho que requería un centro de atención comunitaria como penitencia? ¿Y cómo era yo la que podía ayudarles? Yo era una don nadie que venía de la nada.

Era todo lo que nadie quería ser. Demasiado homosexual para el mundo heterosexual, demasiado negra para el mundo blanco, demasiado blanca para el mundo negro, y mi madre era una trabajadora doméstica. El hecho de que pudiera tener ese tipo de impacto en una familia que lo tenía todo no tenía sentido.

"Tenías razón, ya sabes," le dije a Hil cambiando de tema.

"¿Sobre qué?" preguntó secándose los ojos.

"Sobre todo. Cuando te pregunté acerca de aceptar este trabajo, estaba muy segura de que Remy había dejado atrás el mundo en el que todos habíais crecido, pero en cuestión de días, estaba comprometido con la hija de vuestro rival familiar."

Hil apartó la vista con tristeza. "Sí."

"Y dijiste que si me permito tener sentimientos por él, me rompería el corazón."

Fue mi turno de derramar lágrimas.

"¡Ay, Dillon!" Dijo Hil al instante tomando mi mano para consolarme. "No quería tener la razón en eso. No vas a dejarme, ¿verdad?"

Me puse una sonrisa decidida en el rostro. "Jamás. Nunca te dejaré", afirmé sinceramente.

Hil apretó mi mano y sonrió.

"¿Al menos él ha podido ayudarte a descubrir de dónde vienes?"

"Él dijo que soy un cambiaformas."

"¿Qué es eso?"

"Por lo visto, a veces, los fae dejan a sus hijos con humanos para que los críen. Parece que mis padres fae tampoco me quisieron."

"Dillon, no digas eso. Sabes que tienes mucha gente que te quiere. Toda mi familia te adora. ¿Y qué hay de tu madre? ¿Has hablado con ella de todo esto?"

"No lo he hecho y no sé si lo haré. Si el vampiro tiene razón, entonces ella todavía cree que me dio a luz. ¿Cómo la alteraría si le dijera que el hombre del que creía estar enamorada solo la estaba usando como alimento mientras algún poderoso tirano me arregló para que me criara?"

"Definitivamente no lo hubiera formulado así, pero entiendo lo que quieres decir."

"Así que, sabes que eres un fae. ¿Has conocido ya a algunos otros?"

"No, pero creo que he conocido a una ninfa. No sabía que existían."

"¿Qué es una ninfa?", preguntó Hil con confusión.

"¡Ni idea! El pensamiento que me llegó cuando lo vi fue que podría tener algún poder relacionado con la suerte."

"¿En serio? ¡Guau! ¿Dónde lo viste?"

"En la oficina. Es el abogado de Remy."

"¿Sabe Remy que su abogado es un ninfa?"

"No lo sé. No he hablado con Remy desde que lo vi."

Hil me miró sin entender. "¿Cuánto tiempo hace de eso?"

"Han pasado unos meses".

"¿Pero trabajas con Remy?" preguntó Hil intentando juntar las piezas.

"Sí".

Hil me miró con dolor en la mirada. "Confía en mi hermano para descubrir cómo usar a alguien sin tener que hablar con él. Siento mucho eso, Dillon. De todos modos, ahora sabes a qué te enfrentas."

"Lo sé."

"Lo que no te mata te hace más fuerte, ¿verdad?"

"Él está contribuyendo a convertirme en la persona más fuerte que existe", concordé con una sonrisa forzada.

"Ay, Dillon", dijo, alcanzando mi mano a través de la mesa. "De todos modos, déjame pagar esto para que podamos ver en lo que has estado trabajando tan duro."

"No hace falta. Ya lo he pagado yo", le dije con orgullo.

Hil parecía preocupado. "¡Dillon! ¿Sabes que no tenías que hacer eso?"

"Lo sé. Quería hacerlo. Ahora tengo dinero. Y si alguna vez voy a superar mis complejos, necesito ser yo quien invite de vez en cuando. Permíteme hacer esto por ti."

Hil todavía parecía dudar.

"Por favor. Lo necesito."

Finalmente, Hil sonrió y cedió. "Por supuesto. Gracias", dijo mirándome bajo una nueva luz.

Meses después, con la inauguración del centro de ayuda renovado a un día de distancia, me encontré trabajando hasta tarde en lo que solía ser la oficina de

Remy. Solo e inmerso en mis pensamientos, me sorprendió el sonido de la puerta chirriando al abrirse.

Yendo alrededor del escritorio, me quedé congelada ante la incredulidad. Remy venía hacia mí mirándome a los ojos. Me quedé muda de asombro. Cuando él estuvo a un brazo de distancia, un torbellino de emociones me embistió.

Cuando pude hablar de nuevo, mis palabras salieron planas. "Estoy enfadada contigo".

"¿En serio? No puedo imaginar por qué. Tu nuevo status parece que te sienta bien", replicó Remy, dejando sus ojos vagar por mi atuendo.

Sonrojándome ligeramente, miré mi lujoso conjunto y luego lo miré fijamente a él. "¿Crees que me preocupa esto?"

"Sí. Al menos un poco", admitió.

Quería negarlo. Pero en el fondo sabía que tenía razón.

"¿Esperas que te agradezca por todo lo que has hecho?" Pregunté tensa.

"No voy a mentir, tenía un poco esa esperanza", respondió Remy, su encanto volviendo lentamente.

Me acerqué a él. "Pues no lo haré. Estoy enfadada contigo."

"Vale, vamos a escucharlo. ¿Qué hice?"

Fruncí el ceño. "No me trates como si mis sentimientos no importaran."

"No estoy haciendo eso. Sé que importan. Y, lo siento."

"Me dejaste. Hiciste que pensara que algo estaba surgiendo entre nosotros y luego desapareciste… durante meses. Me rompiste el corazón."

Remy se detuvo mientras el dolor lo inundaba. "Hice eso. ¿Me perdonarías si te dijera que había una razón muy buena?"

"¿Porque tenías que planificar tu boda?" Escupí.

Remy apartó la mirada para arrancar mi daga de su corazón. "Supongo que sí."

"¿Y sabes lo que me enfurece aún más?"

Remy, ahora parado a centímetros de mí, preguntó, "¿Qué es?"

"Es lo hipócrita que eres."

"¿Soy un hipócrita? Tendré que admitir que de las miles de veces que imaginé este momento, que me llamaran hipócrita no me lo esperaba."

"Pues lo eres."

"Entonces ilumíname. ¿Cómo es que también soy un hipócrita?"

"Eres un hipócrita porque haces un gran revuelo respecto a los beneficios de ser uno mismo y luego, en el momento en que te toca tomar la misma decisión, haces todo lo contrario."

"¿Piensas que mi distanciamiento es negar mi verdadero yo?"

"No lo pienso. Lo sé."

"Eso es interesante porque creo que mi verdadero yo es alguien que hace lo que sea para mantener a salvo a las personas que quiere. Para sufrir, para soportar, para lastimarse con tal de asegurarme de que nada les pase a aquellos a los que amo. ¿Estás diciendo que eso no es realmente quien soy?"

"¿A los que amas?" pregunté con vulnerabilidad.

"A la que amo", aclaró Remy.

Me suavicé con sus palabras, pero aún mantuve mi resolución, "Pero tú no eres insensible."

"¿Quién dijo que era insensible?"

"Tú lo hiciste. Con tus acciones."

"Por favor, ilústrame."

"Crees que puedes vivir tu vida con tu corazón encerrado, negando todo lo que necesitas y deseas, pero no puedes. Eres amable y vulnerable. Eres gentil y maravilloso. Sé que piensas que deberías ser este gran y mal lobo, pero no eres como tu padre. Eso es algo bueno. Y como un hombre sabio me dijo una vez, cuando eres tu verdadero yo, eres recompensado."

Con eso, Remy se inclinó hacia adelante. Fijando sus ojos en los míos, los cerró y lentamente redujo el espacio entre nosotros. Mientras su cálido aliento rozaba mi mejilla, podía oler el tenue aroma de su colonia, una mezcla de sándalo y cítricos que enviaba escalofríos por mi columna vertebral. Mi corazón latía con fuerza mientras mis labios hormigueaban de anticipación.

Como si hubiera esperado toda una vida, nuestros labios se encontraron, suaves, tiernos, como la suave caricia del terciopelo. Fue todo lo que había soñado que sería. Cerré los ojos y me permití estar en ese momento. Cada nervio de mi cuerpo se despertó cuando le devolví el beso.

Sus dedos rozaron mi mejilla antes de deslizarse suavemente por mis rizos y acunar la parte trasera de mi cabeza. Sintiendo su toque, mis brazos se envolvieron alrededor de su cuello. Cuando su cálido cuerpo se presionó cómodamente contra el mío, nuestros cuerpos se balancearon.

A medida que nuestro beso se profundizaba, el sabor de él persistía en mi lengua. Era tan dulce como la cereza más jugosa y yo hormigueaba como la menta. Con la respiración contenida en mi garganta, mi pecho se hinchaba de emoción. En su abrazo, finalmente comprendí lo que era cierto: aquí es donde pertenecía.

"Espera," dije, alejándome.

"Me pediste que fuera mi verdadero yo. Este soy yo y quiero besarte. Siempre he querido besarte. Viéndote jugar con Hil cuando éramos niños, quería besarte. Nunca he sido otra persona."

"No puedo ser la otra mujer… o hombre… o persona," insistí.

"No lo eres. Eres la única persona. Siempre lo has sido."

"¿Y qué pasa con Eris?"

"¿Y ella qué? Es la loba con la que me veo obligado a casarme para mantener con vida a todos los que me rodean. No es con quien quiero estar. Ciertamente no es con quien quiero tener relaciones sexuales."

"¿Pero lo haces?"

"¿Hacer qué? ¿Tener sexo? ¿Con ella? Sería como meter mi miembro en una trampa para osos. Eso no va a suceder. Nunca pasará. Ella cree que podría. Pero te lo digo, no pasará."

"¿Qué, simplemente nunca volverás a tener sexo?" pregunté con escepticismo.

"Ha pasado tanto tiempo," dijo Remy con una sonrisa frustrada.

"¿Cuánto tiempo ha pasado?"

"¿Desde que tuve sexo?"

"Sí."

"Desde el momento en que me di cuenta de que tú eras la indicada."

"¿Y cuándo fue eso?"

Remy pensó. "Bueno, yo diría que desde el momento en que nos conocimos. Pero oficialmente… ¿recuerdas cuando secuestraron a Hil y fui a tu casa a buscarlo?"

"Sí."

"Desde el momento en que abriste la puerta y miré a tus ojos. Fue entonces cuando supe que ya no podía negarlo. Era tuyo y haría lo que fuera necesario para hacerte mía."

"Oh", dije mientras un calor se esparcía por mí.

Sin saber qué hacer, pregunté, "¿Vas a la apertura del Centro de Alcance mañana?"

"Ese era mi plan."

"Bien."

"¿Te importaría si hiciéramos algo para celebrar después?"

Me quedé helado. ¿A qué se refería con celebrar? No es que no quisiera que estuviera allí o celebrar con él. No había nadie con quien preferiría estar. Este logro era tan suyo como mío. Incluso cuando me dejó, estuvo allí para mí. Ahora quería estar con él.

"Nada ostentoso," concedí.

"Sin garantías."

"Todo lo que dijiste fue realmente bonito. Pero, no quiero darte la impresión de que te he perdonado por dejarme así."

Remy asintió, entendiendo mi vacilación. "Entendido."

"¿Entonces, nada ostentoso?"

Remy sonrió. "Sin garantías."

Capítulo 10

Dillon

Hil y Cali salieron de las escaleras agitando sus manos con entusiasmo para llamar mi atención. Alcé la mirada y vi el rostro luminoso de Hil, sus ojos brillaban debido a las lágrimas contenidas.

"Acabo de estar en el centro LGBT de arriba," exclamó Hil, claramente emocionada. "Has hecho un trabajo asombroso, Dillon."

"Bueno, no fui solo yo," respondí, conmovida por su reacción. "Muchas personas aportaron su granito de arena. Es increíble la cantidad de trabajo y cooperación que se requiere para organizar algo así."

Luego, a regañadientes, añadí, "Remy también merece gran parte del crédito."

Hil me interrumpió al instante. "No te atrevas a darle crédito a mi hermano por algo en lo que no tuvo nada que ver. No después de cómo te trató."

Cedí, consciente de que Hil no estaba al corriente de los sucesos recientes desde el beso de anoche. Pero incluso a pesar de eso, no podía ignorar el rol de Remy en la creación del centro.

No fue solo su idea, sino que yo era una chica de 21 años que no sabía nada. Él encontró los diseñadores, los arquitectos, los reclutas, todos. Y después de convertir la concepción del centro en un cuestionario de opción múltiple, puso a personas a mi lado que me marcaban las respuestas correctas.

Me hubiera perdido si no hubiera sido por él. En realidad, eso no es cierto. Ni siquiera lo hubiera intentado si no hubiera sido por él. No hubiera tenido la confianza o la motivación para enfrentar mis inseguridades. Sin comunicarse conmigo en meses, Remy cambió el rumbo de mi vida.

"Hablando de acaparadores de crédito," murmuró Hil.

"¡Mierda!" exclamó Cali al verlo a continuación.

Cuando giré para mirar a Remy, el deseo inundó mi ser. Me odiaba por ello, pero había renunciado a luchar contra mis sentimientos hacia él. No importaba lo que Remy hiciera, yo le perdonaría. Porque, a pesar de todo, Remy era un buen hombre y no había nada que me impidiera amarlo.

"¡Mierda, en efecto!" coincidí, aunque por una razón muy diferente.

Hice un gesto para llamar a Remy, reprimiendo mis emociones. Al acercarse, nos saludó con una sonrisa socarrona. "Hermanito," dijo, dirigiéndose a Hil. "Vaquero pillín," añadió, mirando a Cali.

Cali rodó los ojos, con la mandíbula apretada. "Voy a por una copa. ¿Alguien más quiere? ¿No? Perfecto," declaró antes de irse.

"¿Por qué siempre lo tratas así? Eres un capullo," replicó Hil antes de seguir a su novio.

"¿Por qué siempre lo tratas así? ¿Sabes que él es bueno para Hil, verdad?" le pregunté a Remy.

"Es el mejor hombre lobo que conozco. Recibió un disparo por mi hermano. Quiero decir, Jesús."

"¿Entonces por qué le dices esas cosas?"

"¿No te resulta un poco molesto lo perfecto que es?" respondió Remy con una sonrisa. "Quiero decir, o eres una gran persona o tienes un pelo espectacular. Elige una."

"Ya sabemos lo que elegiste," dije, toqueteando sus brillantes mechones negros.

"Sí. ¡Gracias!" dijo decidido.

"Dillon," dijo Jimmy, aproximándose a nosotros.

Al recordar quién era él y quién era Remy, me tensioné. "Oh, Jimmy. Quiero decir, James. Este es Remy, el propietario del edificio y el patrocinador del centro de ayuda."

Una ceja de Remy se alzó mientras me miraba, confundido. "Yo no soy el dueño del centro. Pensé que lo sabías…"

Lo interrumpí. "James y yo fuimos al instituto juntos. Ahora trabaja en el FBI."

Las cejas de Remy se alzaron hasta su perfecta línea de pelo. "¿En serio?"

"¿En qué sección otra vez?" le pregunté.

"Principalmente en la división de crimen organizado," respondió con alegría. "Pero te sorprendería cuánto se superponen el crimen organizado y lo sobrenatural."

"¿Eh?" pregunté, al escuchar eso por primera vez.

"Sí. Desde que aquel tipo fue absuelto por matar a su esposa al alegar que su hijo era un cambiaformas de lobo, el FBI ha estado vigilando."

Remy, incómodo, dijo: "Sí, escuché sobre ese caso. Nunca creí nada de eso."

"Quizás deberías," replicó Jimmy. "Porque parece que los hombres lobo cambiaformas podrían parecerse a cualquiera de nosotros. Incluso podrían parecerse a ti, Remy," manifestó con una sonrisa.

"¿De verdad?" preguntó Remy, volviéndose hacia mí, estupefacto. "Bueno, por suerte, tú estás en el caso. Buena suerte con eso. Y estoy muy emocionado de que vayas a ser una parte permanente del centro de ayuda."

"Crecí por aquí. Sé cuánto se necesita un lugar como este."

"¡Bien dicho!" exclamó Remy, ocultando el pánico detrás de sus ojos. "¿Y le has nombrado socio oficial del centro?" preguntó dirigiéndose hacia mí.

"Sí," respondí, mirando a los ojos de Remy.

"¡Excelente! Mantén a tus amigos cerca. ¿No es cierto?"

"Lo es," dijo Jimmy por primera vez, insinuando que sabía quién era Remy.

Remy apretó los labios, intentando sonreír. "¿Dónde estará Cali con esa bebida?"

"Disculpen," dije siguiendo a Remy cuando se marchó.

Cuando estábamos fuera del alcance de Jimmy, Remy susurró, "¿Te has asociado con la división de sobrenaturales del FBI?"

"No con el departamento. Con James. Y, para ser precisa, solo pensaba que trabajaba en el crimen organizado."

"Claro. Porque eso es mucho mejor. Y nada de lo que descubra mientras use esto como base de operaciones saldrá de esta habitación," respondió Remy, genuinamente alterado.

"Remy, querías un centro comunitario donde ayudara a la gente. Esto es. Y asociarme con alguien como Jimmy es un mal necesario. ¿Preferirías que, en lugar de él, fuera un traficante de drogas de una de las bandas locales? Porque esas eran mis dos opciones."

Remy se calmó. "No estoy cuestionando tus decisiones, Dillon."

"Ciertamente parece que lo estás."

"No lo estoy. Créeme, creo que has hecho un trabajo asombroso. Este lugar nunca hubiera existido sin tu esfuerzo y todo lo que has hecho. Gracias, Dillon. Eres increíble."

Permitiendo que su cumplido se asentase, una sonrisa brotó desde lo más profundo de mí.

"Te agradezco que digas eso." Le miré a sus hermosos y agradecidos ojos. "Y reconozco lo duro que has trabajado en esto también. Nadie más lo ve, pero yo sí."

Remy quería envolverme en sus brazos. Lo sentía. En cambio, su mano subió para tocar mi brazo.

"Lo agradezco," dijo sinceramente. "Y, supongo que no soy el único a quien le gusta vivir al límite," dijo con una sonrisa.

Sonreí sabiendo que era cierto. "Supongo que no."

"A medida que avanzaba el día, presenté a Remy a todos allí. Con cada introducción, sentía cada vez más como si estuviera presentando a mi novio. Sabía que no lo era y que nunca lo sería. Pero, esa era la energía entre nosotros.

La forma en que su lobo me miraba no ayudaba. Era como si Remy estuviera imaginando lanzarme a una cama, voltearme y tomar lo que quería.

Además, el hombre utilizaba cualquier excusa para tocarme. Quiero decir, yo hacía lo mismo, pero no era yo quien estaba planeando mi boda; él lo estaba. Yo era la que era demasiado tonta para dejar de enamorarme de un chico que planeaba su boda. Así que me lo permitía.

De pie frente a todos después de que Hil insistiera en que diera un discurso, pensé en qué decir. Mirando a mi madre, que había estado hablando con la madre de Remy, se me ocurrió.

"Me gustaría agradecer a todos por estar aquí", comencé. "También, me gustaría agradecer a todos los que han acordado trabajar y ser voluntarios para el centro. Nací muy cerca de aquí. Solía ver este edificio casi todos los días. Nunca podrían haber imaginado que se convertiría en un lugar que pudiera mejorar las vidas de los niños".

Hice una pausa, bajando la cabeza recordando cómo solía mirar las luces, deseando que "mi padre" me aceptara.

"Creo que es importante que todos aquí sepan que soy gay. Estoy seguro de que muchos de ustedes ya lo habían deducido", dije ante algunas risas. Sonreí. "No soy muy buena ocultándolo". Volvieron a reír. "Pero, creí que era importante declararlo. Creciendo en este barrio, no siempre creí que podría.

"Quiero que este lugar sea el primero de muchos en esta comunidad donde la gente se sienta cómoda declarándolo. Alguien una vez me dijo que cuando aceptas tu verdadero yo, eres recompensada. Bueno, soy gay, y soy mestiza, con una madre negra y un padre blanco que no quería nada conmigo." Hice una pausa. "Al menos creo que soy mestiza. Soy mestiza, ¿verdad, mamá?" Le pregunté a mi madre quien observaba orgullosa.

"Hasta donde yo sé", dijo ella ante las risas de la multitud.

En verdad ya no estaba segura teniendo en cuenta que era una cambiaformas. Pero dado que la gente me trataba como si fuera mestiza, supongo que no importaba si era humana o no.

"Esos fueron los aspectos que me han formado. En el pasado, huía de ellos. Ahora, los acepto. Quiero que este centro sea un lugar donde todos se sientan seguros siendo ellos mismos. Todos, no importa lo que sean. Porque creo que si eres fiel a ti mismo, la vida te recompensará", dije mirando a Remy.

Alejándome entre aplausos, fui felicitada por todos, comenzando por Hil.

Mirándome con lágrimas en los ojos, me veía de manera diferente.

"¿El hecho de ser mestiza juega realmente un papel tan grande en tu vida como el hecho de ser gay?", me preguntó, sorprendido.

Reí. "Sí, lo hace. Quizás más".

"No lo sabía".

"Porque nunca preguntaste".

"Supongo que siempre solo te vi como un humano. ¿Estuve equivocado?"

"Considerando que ni siquiera soy eso, ¿quién sabe?" Suspiré. "Pero sí, sea humana o no, no me dejan olvidar cómo me veo".

"Oh, Dillon," me dijo, abrazándome. "¿He sido un buen amigo para ti?"

"Hil, has sido el mejor amigo que podría haber pedido. Gracias por todo lo que has hecho por mí".

"No creo que hubiera sobrevivido a mi vida sin ti", respondió Hil, con la voz temblorosa.

"Por favor, no llores. Si lo haces, yo seré la siguiente, y nunca terminaré hoy", bromeé.

Hil me soltó y rió. "Ve y haz lo que debes hacer. Tienes esto", me despidió empujándome.

Cuando las cosas empezaron a calmarse, el único con el que no había hablado era Remy. Lo había mantenido a la vista todo el día. Había sido su encantador yo de siempre. La mayoría de las señoras mayores y todos los hombres gays con los que habló se enamoraron de él, porque, por supuesto, ¿quién no lo haría? Y después de que todos se habían ido, excepto el equipo de limpieza, Remy se acercó a mí, radiante.

"Hoy has sido increíble", dijo su lobo dándome esa mirada de nuevo.

"Gracias."

"Sabes, cuando sugerí que hicieras esto, realmente no pensé que lo harías".

Lo miré, sorprendida. "¿No creías en mí?" Pregunté, golpeando su brazo.

"No, quiero decir, sabía que podías. Simplemente no pensé que lo harías. La única razón por la que sugerí esto fue como excusa para verte todos los días.

"Bueno, eso no pasó", dije, sarcástica.

"Nope, eso no sucedió."

"Nope."

Pude ver sus pensamientos dando vueltas. Estaba a punto de preguntarle en qué pensaba cuando preguntó,

"¿Estás lista para tu sorpresa ahora?"

Una ola de emoción recorrió mi cuerpo.

"¿Qué es? ¿Preparaste una cena elegante para mí en la azotea?" pregunté, buscando spoilers.

"No. Pero esa habría sido una gran idea", dijo en serio. "Yo, um, simplemente iba a compartir una barra de chocolate contigo en mi coche".

Mi boca se abrió.

"Dijiste que no querías que hiciera algo ostentoso, ¿verdad?"

"No, tienes razón. Eso es lo que dije", estuve de acuerdo, sin saber si estaba bromeando.

"Entonces, ¿quieres comer esa barra de chocolate ahora?"

Miré a mi alrededor, preguntándome si me estaban gastando una broma. Cuando no vi a un equipo de cámaras saltar, volví mi mirada a Remy.

"¿Ah, seguro?"

"Genial", respondió Remy, guiándome hacia fuera. "No me malinterpretes, es una barra de chocolate sabrosa. La encontré en una tienda especializada. Creo que te gustará."

"Está bien", dije, siguiéndolo a través de la calle hasta su elegante coche.

Entrando, preguntó, "¿Estás lista para esto?"

"Supongo", dije, tratando de ocultar mi decepción.

Remy extendió el brazo por delante de mi regazo y abrió la guantera. Mirando en su interior, estaba vacía.

"¡Mierda!" exclamó con los ojos cerrados. "Lo dejé en la encimera. No puedo creer que lo olvidé. Lo siento mucho", dijo Remy sinceramente. "¿Te importaría mucho si lo recogiéramos? Si no te sientes cómoda yendo de vuelta a mi casa, podrían traértelo mañana".

Remy no estaba bromeando. Hablaba en serio. Después de todo su discurso sobre celebrar, esto era todo lo que se le había ocurrido. Si lo hubiera sabido, habría hecho algo con Hil. ¿Cuántas veces tendría que decepcionarme Remy antes de que aprendiera?

"Quiero decir, podríamos ir ahora mismo", dije, ya no ocultando mi decepción.

"No tenemos por qué hacerlo", respondió él, observando la expresión en mi rostro.

"No, no tengo nada más que hacer", repliqué con firmeza.

"Genial", dijo él con una sonrisa suave. "Te prometo que valdrá la pena".

"Solo espero que esa barra de chocolate tenga un sabor excepcional", murmure, sin siquiera mirarlo.

"Lo tendrá", aseguró él, poniendo en marcha su coche y emprendiendo la marcha.

Mientras viajábamos, miré por la ventana del copiloto, perdida en mis pensamientos. ¿Cómo había permitido volver a enamorarme de él? No era más que una decepción. De hecho, era mi propia culpa. Efectivamente, era patética.

"Ya hemos llegado", anunció Remy, interrumpiendo mis pensamientos. Al mirar por la ventana, me percaté de que no estábamos en su casa. Estábamos en el aeropuerto. Pero no era LaGuardia o JFK, sino uno para aviones privados. El coche estaba estacionado unos 10 metros de un jet.

"¿Qué está pasando?" pregunté, desconcertada.

Remy me miró, igualmente perplejo. "¡Ah! Pensaste que te estaba llevando a mi casa en Nueva York. No." Fue en ese momento cuando dejó escapar una risita. "¿Sigues dispuesta a continuar?"

No sabía qué pensar. "Yo…"

"Solo sí o no", me instó, mirándome fijamente a los ojos.

"Sí."

La palabra salió antes de que pudiera procesarla.

"Bien", dijo él, saliendo del coche y entregando las llaves a un empleado.

Cuando se detuvo para ofrecerme su mano al pie de la escalera, miré hacia arriba, al avión. No era pequeño.

"Remy, ¿qué está pasando?"

"Vamos a buscar esa barra de chocolate. Dijiste que no querías nada ostentoso, así que estoy manteniéndolo simple", comentó él, sin poder ocultar su sonrisa maliciosa.

Sentí una ola de emoción al darme cuenta de que Remy era como yo pensaba que era. Sonreí, le tomé la mano y subimos los peldaños. El interior del avión era lujoso; estaba decorado con elegantes asientos de cuero beige y cálida y sutil iluminación ambiental. A pesar de su tamaño, el ambiente era íntimo y acogedor. Acomodándome en uno de los asientos mullidos, Remy me susurró al oído.

"Ponte cómoda".

"Supongo que no me vas a decir a dónde vamos", le pregunté mientras él se abrochaba el cinturón en el asiento opuesto al mío.

"A buscar la barra de chocolate", respondió él, complacido consigo mismo.

Una vez que ya estábamos en el aire, miré al exterior. Pronto nos encontramos rodeados de agua. No sabía qué pensar. Pero, afortunadamente, no tuve mucho tiempo para hacerlo. Con el avión ya estabilizado, una azafata preparó una mesa delante de mí. Una vez que estuvo fijada, Remy tomó el asiento al otro lado.

"Supongo que a estas alturas debes tener bastante hambre. Espero que no te moleste que haya planificado la cena."

"Para nada", le contesté antes de que él hiciera una señal al auxiliar.

No había viajado en avión muchas veces, por lo que no tenía mucha experiencia con la comida en vuelo. Pero no tenía ni idea de que podía ser tan deliciosa. Nos sirvieron una ensalada cuyo nombre era de un emperador, un filete con un nombre de un jugador de baloncesto, y como postre, un helado con nombre de un estado. ¿Acaso todo lo que se servía en un avión llevaba el nombre de algo?

"No sé, parece que estás a punto de romper la regla de 'nada ostentoso'".

"¿Esto? No, simplemente es lo que tenían a bordo. Créeme, si hubieran tenido perritos calientes, eso es lo que estaríamos comiendo. Si algo soy, es un hombre que siempre cumple las reglas", afirmó él, con un encanto que le era natural.

Reí. "Sí, claro. Dime una vez en tu vida en que decidieras seguir las reglas".

Remy tuvo que pensarlo, pero finalmente tuvo una respuesta. Dio varios ejemplos. Y lo que sucedió a continuación fue la conversación más extensa que jamás había tenido con él. Al observarlo, nunca habría adivinado lo profundamente que pensaba.

¿Cómo fue crecer como lo hiciste?" le pregunté.

"¿A qué te refieres? ¿Al hecho de tener acceso a una cantidad ilimitada de dinero porque estaba escondido en cada rincón de nuestra casa? ¿O trabajar para mi padre, que también era el jefe de la mafia más temida de Nueva York? ¿O tener que demostrarme día tras día frente a lobos que literalmente podían oler tu miedo?"

"Háblame de las chicas", le dije, sabiendo que en todos los años que le conocía, nunca había mencionado a ninguna.

"¿Por qué querrías hablar de eso?"

"No sé. Quizás me excite", sugerí coquetamente.

"¿Por qué no me hablas de tus chicas?" dijo él, inclinándose hacia adelante con interés.

"Tuve una gran relación a largo plazo con mi madre. Y… Ahí lo tienes, ya terminé."

Remy se rió. "¿Ni siquiera una?"

"Puaj, no."

"Bueno, si tienes la oportunidad, te recomiendo los coños."

"¿Para qué? ¿Para guardar mi bálsamo labial? Porque esa es la única cosa para la que alguna vez necesitaría uno."

Remy se rió de nuevo. "Entonces, ¿no eres del tipo 'metérselo'?"

"¿Parezco del tipo 'metérselo'?"

"No lo pareces", admitió. "¿Es por eso que nunca pasó nada entre tú y Hil? ¿Porque ninguno de los dos sois dominantes? ¿O ha pasado algo?"

"¿Entre Hil y yo? ¡No!" dije enfáticamente. "Sería como tener sexo con mi hermano."

"Vale", dijo Remy, luciendo aliviado.

"Pero no esquives la pregunta, Sr. Escurridizo. Pregunté por tus chicas. Sé que ha habido muchas."

Remy parecía sufrir al hablar de ellas.

"¿Qué quieres que diga?"

"¿Ha habido alguien especial?" pregunté, ocultando el terror que sentía por su respuesta.

"No".

"¿Nadie?"

"No realmente."

"¿Por qué no?"

Remy tomó una profunda respiración.

"Supongo que hay muchas razones. Una era que nunca me sentí cómodo arrastrando a nadie a mi mundo. Parecía mucho pedir a alguien, incluso si era un lobo. Así que no permití que ninguna de ellas se acercara demasiado."

"De ahí la ofensiva con el encanto."

"¿A qué te refieres?"

"Eres muy encantador, Remy. No pretendas que no lo sabes. Pero es como cuando siempre te burlas de Cali, ¿verdad? Es porque no quieres revelar quién eres realmente, un hombre sensible y cariñoso."

"¿Qué estás intentando hacer, que me maten? Porque en el mundo en el que crecí, eso es lo que le pasaría al lobo que describes."

Mi corazón se rompió por Remy.

"¿Cómo fue crecer pensando eso? Debe haber sido una tortura."

Los ojos de Remy se desviaron de los míos. Por primera vez, vi su verdadero yo, el que se protegía a sí mismo por autopreservación y lo odiaba. Su encanto había desaparecido. Sus defensas, caídas. Solo era él, el hombre del que había percibido destellos desde que tenía 14 años.

"No es divertido", admitió, mostrando la tensión del peso que llevaba.

"Lo siento", le dije, apoyándome sobre la mesa y pidiéndole su mano.

Mirando mis manos, no pensé que las cogería. Pero a regañadientes, lo hizo. Y por un momento, me senté con el hombre que siempre supe que estaba escondido dentro. Era una versión de Remy que amaba.

Nos sentamos en silencio durante un rato antes de que el asistente nos ofreciera bebidas, rompiendo el ambiente. Eso estaba bien porque permitió que nuestra conversación continuara. Cuando lo hizo, Remy me contó sobre sus hobbies y sus programas de televisión favoritos. Incluso hablamos sobre nuestro estilo favorito de ropa interior. El suyo eran los bóxers ajustados. ¡Delicioso! El mío, un bikini.

"Agradable", dijo con suficiente insinuación que me hizo sonrojar. "Tendrás que modelarlos para mí. Quizás me harás cambiar."

"Tal vez lo haga", dije, sintiendo el alcohol y deseando sus grandes manos sobre mí.

Cuando el avión descendió, estaba oscuro afuera. ¿Cuánto tiempo había pasado?

"¿Dónde estamos?" pregunté, viendo las luces de la ciudad debajo de nosotros. Escaneando el paisaje, lo supe de repente. "¡París! ¡Estamos en París!"

"¿Lo estamos?" preguntó Remy inocentemente.

"¡Esa es la Torre Eiffel!" exclamé.

"¿Estás segura de que no es Las Vegas?" preguntó, bromeando con mi corazón.

Rápidamente volví a mirar por la ventana. Mientras lo hacía, el avión giró, dándome una mejor vista.

"Ese es el Arco de Triunfo… y el Louvre", dije, volviéndome hacia él emocionada.

"Entonces supongo que estamos en París", dijo casualmente.

Lo miré como una niña en Navidad. Estaba sin palabras. Él simplemente se quedó allí, complacido consigo mismo. No podía decidir si quería golpearlo o arrancarle la ropa y montarlo a pelo.

Al aterrizar, había un coche en el aeropuerto esperándonos. De camino a donde sea que íbamos, no podía dejar de mirar todos los lugares que pasaban volando.

"¿Qué hora es?" pregunté, observando las calles vacías.

Remy echó un vistazo a su reloj.

"Son las 5:30 de la mañana."

Miré nuevamente por la ventana. Todavía no podía creer lo que veía. Esta no era mi primera vez fuera del país. Había ido a las Bahamas con Hil y su familia unos años atrás. Pero debido a que estaba tan cerca, no se sentía tan extranjero. Esto sí. Estaba llena de emoción.

Cuando llegamos a un impresionante edificio de piedra y aparcamos en un garaje subterráneo, el sol ya había comenzado a salir. Tomamos un ascensor hasta un apartamento con un techo de doce pies de alto, ventanas del tamaño de una pared y un balcón bordeado de árboles que podía albergar a veinte personas.

"¡Ahí está!" exclamó Remy, llamando mi atención hacia la mesa de café llena de golosinas. La mesa estaba situada entre los dos chaise-longue seccionales más grandes que jamás había visto.

Al acercarse, Remy me mostró un envoltorio rojo.

"Se llama Côte d'Or. ¿Quieres probar?" preguntó
con un tono pícaro.

"Vaya, hemos venido todo este camino",
respondí con una sonrisa.

Remy desenrolló el chocolate y rompió un trozo.

"Cierra los ojos", sugirió, acercándose más a mí.

Y así lo hice.

"Ahora abre la boca. Solo quiero que te
concentres en el aroma y el sabor. Nada más."

Cuando elevó el dulce hasta mis labios, el
chocolate dejó de ser mi foco de atención. En su lugar,
me perdí en la sensación de la cálida respiración de
Remy sobre mi piel y en el delicado aroma de su colonia
llenando mis fosas nasales. La anticipación me volvía
loca.

Cuando el chocolate tocó mi lengua, su rica y
aterciopelada textura empezó a derretirse. Una explosión
de sabores danzó en mi boca con el equilibrio perfecto
entre dulzura y amargura. Fue una sinfonía de
sensaciones.

"Vaya" susurré, con los ojos aún cerrados.

"¿Te gusta?" preguntó Remy suavemente.

"Es increíble"

"Puedes abrir los ojos."

Cuando lo hice, encontré a Remy mirándome con
intensidad, lleno de deseo. La profundidad de su mirada
me envió un escalofrío por la espalda. No pude hacer
otra cosa que corresponderle la mirada.

"Podemos volver ahora si quieres."

"¿A Nueva York?" pregunté, divertida.

"Si así lo deseas."

"Ya que estamos aquí sería una lástima no echar un vistazo a París."

"Será un verdadero placer mostrarte la ciudad" respondió con un tono seductor en su voz que me recorrió hasta el núcleo.

"Me gustaría eso" le repliqué, incapaz de resistirme a sus sugerencias.

"Te mostraré tu habitación. Deberías descansar. Hay mucho por ver."

Al cruzar una puerta en medio del pasillo, entramos a un elegante dormitorio con ventanas que iban del suelo al techo, y una iluminación tenue que proyectaba un cálido resplandor en la estancia.

"¿Y tú, dónde dormirás?" pregunté, esperando que dijera en la misma habitación.

"Mi dormitorio está al final del pasillo" respondió, dejándome sin aliento. "Encontrarás ropa de cambio en el armario. Deberías tener todo lo que necesitas."

"¿Y si te necesito?" pregunté, mirándolo fijamente a los ojos, tan seductores.

"Ya sabes dónde encontrarme" respondió, causando que me derritiera por dentro mientras se alejaba.

Estuve a punto de explotar al verlo alejarse. Nunca antes había deseado tanto a alguien. Parte de mí quería correr tras él por el pasillo y saltarle encima como un potro en celo. ¿Habría intentado detenerme? ¿Podría haberme contenido?

Afortunadamente, no tuve que averiguarlo. Al desaparecer en su habitación y cerrar la puerta, rompió el control que ejercía sobre mí. Cuando se fue, me refugié en mi habitación.

"¿Cómo he terminado aquí?" me pregunté a mí misma, con el corazón latiendo a mil por hora.

Mirando la habitación para intentar orientarme, no pude evitar notar el lujo que la rodeaba: la mullida alfombra, el robusto mobiliario y la vista al exuberante balcón. Mi respiración se entrecortó al tomar todo en cuenta.

Al acercarme al armario, abrí lentamente las puertas. Tan pronto como lo hice, un aromático aroma a cedro envolvió todos mis sentidos. Cerré los ojos y me dejé llevar, logrando relajarme.

Al abrir los ojos ya más tranquila, exploré la ropa que había frente a mí. Había algo para cada ocasión. Pasé mis dedos sobre las prendas, todo parecía carísimo. Los trajes de lana, las camisas de seda, incluso los pantalones casuales resultaban inesperadamente suaves. Y lo más sorprendente, todo era de mi talla.

Volviendo del armario a la cama, quedé igualmente impresionada. No solo era tan grande que tendría que subirme a ella, sino que la sábana flotaba sobre el colchón como si envolviera un marshmallow. Parecía increíblemente confortable. Y no pudiendo resistir, salté sobre ella sintiendo un cosquilleo en mis oídos al ser envuelta por el edredón.

No pensé que sería posible conciliar el sueño con toda la excitación que recorría mi cuerpo, pero supongo que estaba equivocada. Conforme mis músculos se relajaban y mi mente se soltaba, el cansancio de la gran apertura, el viaje en avión, y el cambio horario tomaron el control. Mientras mis párpados se volvían pesados, no opuse resistencia. Había llegado al lugar que siempre quise estar. Y con mi corazón cada vez más lleno, dejé ir mis pensamientos y sucumbí al sueño.

Cuando desperté, lo primero que sentí fue un golpe de pánico. ¿Cuánto tiempo había pasado? Saltando de la cama en un torbellino, salí de mi habitación en dirección a la de Remy. Al oír una cuchara en una taza de café, cambié de rumbo. Al volver a la sala, encontré a Remy sentado en el sofá cerca del balcón, absorto en un libro. Alzando la vista y viéndome, me observó con preocupación.

"Dillon, ¿qué ocurre?" Preguntó, su rostro dispuesto a acercarse al mío.

"Dormí todo el día," le dije angustiada. "¡Me he perdido de todo!"

Remy me sonrió con una calidez en sus ojos que deshizo mi ansiedad.

"Relájate, Dillon. Nada importante sucede en París antes del mediodía", me dijo, calmándome. "Todavía tenemos todo el día por delante."

Exhalé un aliento tembloroso sintiendo una leve vergüenza por mi sobrerreacción. Remy rió.

"No te rías. Estaba preocupada," le dije sinceramente.

"Sé que lo estabas. Eso es lo que lo hace gracioso," Remy dijo con picardía.

Solté un resoplido ante su burla y a cambio, él extendió sus brazos.

"¡Ahh! Ven aquí," dijo llamándome.

Quizás todavía estaba un poco aturdida. Quizás estaba sucediendo algo más. Pero en cualquier caso, al ver sus brazos abiertos, me acurruqué en ellos. Recostándome contra él, me abrazó. Podría haberme quedado allí para siempre.

"Dos preguntas," dije cuando la emoción de estar en París me arrastró de vuelta.

"¿Cuáles son?"

"Primero, ¿tú lees? Segundo, ¿desde cuándo lees?"

Miré a Remy, quien sonrió. Pasando la tapa dura en sus manos, dijo, "Sí, leo, y siempre he leído. Mi siesta fue más corta que la tuya, así que decidí prepararme un café y ver si podía avanzar en mi lista de lectura en francés."

Miré fijamente a Remy.

"¿Cómo nunca te he visto leer antes?"

"No me has visto hacer muchas cosas. Por ejemplo, ¿sabías que también me ducho?"

"Te he visto hacer eso," le dije casualmente.

"¿Qué? ¿Cuándo me viste ducharte?"

"La casualidad de tu familia hacia cerrar las puertas del baño es asombrosa," le dije recordando todas las veces que lo interrumpí a él y a Hil.

Remy rió. "Supongo que sí. Somos franceses."

"Quiero decir, más o menos. No sé si puedes afirmar que eres francés si creces en América. En mi opinión, eres tan americano como yo. Y los americanos cierran la puerta del baño."

Remy rió. "Tendré que recordarlo."

"Dije que lo hacen. No dije que deberías," aclaré con coquetería.

"¿Ah sí? ¿Y por qué no debería?"

"No lo sé. ¿Y si hay una emergencia o algo así?" Expliqué.

"¿Una emergencia? ¿Como cuál?"

"¿Qué pasaría si alguien necesita verte en la ducha? ¿Cómo lo haría si la puerta está cerrada?" Le pregunté mientras mi cuerpo se inundaba de calor.

"Supongo que tendrían que preguntar. Todo lo que tendrían que hacer es preguntar," dijo mirándome a los ojos.

Tragué saliva preguntándome si esto iba a ser todo. Había sido difícil no pensar en nuestro beso en cada momento desde que sucedió. Pero había tenido la gran inauguración para distraerme. Después de eso, habían traído en un jet privado a París. Ahora, todo eso quedaba detrás de mí. Frente a mí estaba Remy con sus ojos chispeantes y sus suaves labios rosados.

"Deberíamos comer algo," le dije usando toda mi autodisciplina.

Por mucho que lo deseara, y lo deseaba muchísimo, no podía olvidarme de que él no era mío. Quisiera o no, estaba comprometido y no quería ser esa persona. No quería ser su ocurrencia tardía.

"¿Tienes hambre?" Preguntó Remy, soltándome un poco.

"Sí," respondí, notando cómo se alejaba e inmediatamente me pregunté si había cometido un error al no besarle.

"Sé el lugar perfecto," dijo, gesticulando para que me levantara. "¿Quieres darte una ducha primero?" preguntó con una sonrisita pícara.

"Debería," contesté mientras me ponía de pie.

"¿Y la puerta del baño estará abierta?" preguntó sugerentemente.

Haciendo el gesto de cerrar una puerta con llave, me di la vuelta y me alejé. No tengo ni idea de por qué hice eso. Claro, pensé que sería divertido dado lo que había dicho sobre los americanos. Pero lo último que quería que él pensara es que no sería bienvenido en mi ducha.

¿O sí lo sería? me pregunté mientras me retiraba a mi habitación y entraba en el cuarto de baño privado adjunto. Desvistiéndome, me observé en el espejo ovalado y amplio que se curvaba hacia mí en ambos extremos. Me quedé mirando a mi cuerpo delgado y desnudo. Pasando mi mano por mi pecho, imaginé cómo se verían las grandes manos de Remy en contraste con mi piel bronceada.

Eso me excitó. Tomé mi miembro y lo apreté imaginando que era Remy quien lo hacía. Mi cabeza se echó hacia atrás de puro placer.

Con los ojos cerrados me lo imaginé inclinándose para besar mis labios. Era cuidadoso, pero a la vez insistente. Y cuando abrí mi boca, su lengua entró.

De pie detrás de mí, desnudo, podía sentir su gran miembro. Sería aún más grande de lo que había visto cuando lo sorprendí siendo aún un chaval. Y probando mi orificio, se deslizaría dentro como si estuviera hecho para él.

Masturbándome, imaginé a Remy haciéndolo mientras me poseía. Gemí de placer. Era tan grande. Todo de él me hacía sentir tan pequeña.

Levantándome en el aire, mis piernas se doblarían alrededor de las suyas. Y perdiéndome en el ritmo de sus embestidas, me haría el amor cada vez más fuerte hasta que explotara.

"Ahh," gimió, el sonido resonó en la gran y escasa habitación.

Recobrando el aliento, me incliné hacia delante, apoyándome en el lavabo. Mi mente estaba en turbulencia. Quería desesperadamente refugiarme en sus brazos. Pero la realidad volvía a golpearme.

Al abrir los ojos, lo primero que vi fue mi reflejo en el espejo. La chica desesperada que me devolvía la mirada me entristecía. Durante tanto tiempo, nadie me había amado. Había tenido rollos con chicos en la universidad, pero nunca fui más que un cuerpo caliente para ellos.

Solo había habido dos personas que habían dicho que les importaba más. Pero más allá de Hil y mi madre, nadie lo hizo. Podría perderme en las calles de París y nunca volver, y solo dos personas me echarían de menos.

Mirando las huellas de mi placer, las limpié rápidamente y me dirigí a la bañera independiente con su ducha de mano. Mientras el agua recorría mis rizos hasta el cuero cabelludo, reconsideré lo que acababa de pensar.

¿Podría desaparecer y nunca volver? Eso podría haber sido cierto antes de ayer, pero acababa de abrir el centro comunitario. ¿Era eso cierto todavía?

Mientras el agua caliente recorría mi cuerpo, pensaba en lo que pasaría si desapareciera y nunca regresara al centro. Sí, había puesto todo en orden para que se pudiera gestionar sin mí, pero aún así tenía responsabilidades. La gente dependía de mí. Si volvía o no, importaba.

Dejé que ese pensamiento diera vueltas en mi mente. Era una nueva forma de verme a mí misma. Durante tanto tiempo, no fui importante para nadie. Ni siquiera la persona que pensaba que era mi padre se preocupaba por si estaba viva. Pero eso ya no era cierto. Me necesitaban… y se sentía bien.

Remy me había dado esto. El trabajo, la ropa, el piso de lujo, nada de eso se comparaba a este regalo. Y probablemente ni siquiera sabía lo que había hecho.

Terminando, me sequé con una toalla y me vestí. Cuando volví al salón, llegué justo a tiempo para verlo salir de su habitación. ¿Cómo es que, de repente, había algo en él que lo hacía parecer aún más atractivo? Ya era guapo antes, pero ahora, todo lo que podía hacer era morderme el labio y esperar que no notara el enrojecimiento en mis mejillas.

"Pareces fresca," dijo, mirándome divertido. "¿Cómo estuvo la ducha? ¿Bien?"

"Sí," dije, esforzándome por hablar.

"¡Genial! Como probablemente te habrás dado cuenta, mi puerta estaba abierta, por si acaso había una emergencia. Supongo que no surgió ninguna."

Me reí nerviosamente como una niña de diez años. Él se dio cuenta y se rió a carcajadas. Tenía que controlarme. Podría ser un idiota, pero no tenía por qué actuar como tal.

"Quiero decir, el lugar no estaba ardiendo, así que…" respondí, intentando recuperar mi dignidad y fracasando.

"¿Voy a tener que prenderle fuego al lugar para que entres? Vale. Bueno, recuérdame que luego compre cerillas."

Respondí con una risita nerviosa. Vale, ahora me estaba haciendo reír a propósito. ¿Le estaba dando un enfermizo placer ver cómo me humillaba? Era un cretino, un cretino irresistiblemente guapo.

"Comida," dije, cambiando de tema con la única palabra que pude pronunciar.

"¡Exacto! Y otra vez, sé el lugar perfecto," me dijo con una sonrisa.

Como dije, el tipo era un cretino. Porque el lugar que eligió era un café con vistas al río. Sentados en la terraza, compartimos un tostado francés y una cesta de cruasanes mientras tomábamos nuestros cafés. Era como una película. Y con cada segundo que pasaba, me enamoraba más de él.

Al salir del café, Remy me llevó al famoso Champs-Élysées, donde insistió en que hiciéramos algunas compras. Pensé que se refería para él hasta que entramos en la tienda más cara que había visto y dijo,

"Vamos a encontrar algo audaz para ti. Siempre vistes de una forma tan conservadora. Necesitas algo que atraiga todas las miradas. Deben verte como yo lo hago", dijo, guiándome por una tienda de alta gama en la Avenue Montaigne que hacía llorar a mi cartera.

"Esto", dijo, eligiendo una chaqueta y unos pantalones de un perchero.

"¿Sin blusa?" pregunté, mirando la selección.

"¿Con un cuerpo como el tuyo?" me dijo con burla. "Sería un desperdicio. Ve", me instó, invitándome a marcharme.

Al probar ese y otros conjuntos, y luego modelarlos para él, me sentí como una muñeca. Cada vez que pasaba su mano por las costuras para comprobar cómo quedaba, mi corazón latía con fuerza. Tenía que saber lo que me estaba haciendo, ¿verdad?

Estar ahí sin poder tocarle también era tortura. Y la manera en que me miraba cuando encontraba un atuendo que le gustaba me ponía en la cabeza pensamientos de él empujándome hacia el probador, desnudándome y teniendo su camino conmigo.

"Quizás estas gafas, para mostrar tu lado intelectual", sugirió, mientras se acercaba y colocaba un par de gafas de sol ligeramente tintadas en mi cara. Su aroma me envolvía. Mis rodillas flaqueaban al sentir su aliento en mi mejilla.

"O esta chaqueta para realzar esa fina cintura tuya", continuó, cubriendo mis costados con sus grandes y poderosas manos.

Al mirarle en el espejo, su irritante y encantadora sonrisa me devolvía la mirada. Sí, sabía exactamente lo que me estaba haciendo. Bueno, jódete, no iba a ceder a eso. Resisitiría a todo.

Crearía un muro entre nosotros de cincuenta pies de altura. No le dejaría entrar.

Pero, con cada momento que pasábamos juntos, mi determinación se desmoronaba. Con cada toque, el estar desconectada de Remy se volvía insoportable. Me acercaba a un territorio peligroso y no podía detenerme. Así que cuando abandonamos las tiendas con el sol dibujando hermosas rayas de amarillo y naranja en las calles de París, entrelacé mis dedos con los suyos.

Fue suficiente para acallar los molestos gritos en mi cabeza. Por un breve momento, le tenía. Era mío. Era todo lo que me permitiría con el hombre ocupado a mi lado. Y por el momento, era suficiente.

"Este es uno de mis lugares favoritos", dijo Remy mientras nos acercábamos a un restaurante casual pero concurrido para cenar.

"¿Qué lo hace tu favorito?", pregunté, queriendo conocer todo sobre él.

"No lo sé. Es sencillo."

Me reí. "Pensé que te gustaba lo pretencioso."

"¿Yo? ¿Estás bromeando? Todo lo que necesito es una botella de Château Pétrus Pomerol y un poco de Époisses de Bourgogne en una galleta y no podría estar más feliz." Remy hizo una pausa. "Vale, lo escuché. Pero aún lo niego."

"Ahh, el pobre niño rico no puede reconocer sus privilegios", bromeé.

Eso le desconcertó. "Te traje aquí por la sopa de cebolla francesa. ¿Qué podría ser menos pretencioso que eso?"

"¿Que la sopa de cebolla francesa?", pregunté, sorprendida. "¿Cómo qué?"

"Pero estamos en Francia. Aquí solo se llama sopa de cebolla."

Le miré y negué con la cabeza. Era tan ingenuo que resultaba adorable. Y mientras me deleitaba con lo que debía ser la sopa más increíble de mi vida, me divertí observando a esa malcriada y grande, sentada frente a mí, haciendo pucheros.

Seguía haciendo pucheros cuando salimos del restaurante y nos dirigíamos a por el postre.

"¿Estás bien?", le pregunté, cogiendo de nuevo su mano.

"¿Has visto cuánto queso añadí a la sopa? No soy pretencioso. No podría ser más básico aunque lo intentara."

"Remy, pediste un extra de Gruyère", señalé.

"¿Y qué? Ese es el queso que ponen en la sopa de cebolla."

Me eché a reir. "Remy, eres pretencioso. Acéptalo. ¿Por qué te molesta tanto?"

"Porque no quiero que haya una distancia entre nosotros."

"¿Una distancia? ¿A qué te refieres?"

"No quiero que haya una parte de mi vida en la que tú no te sientas cómoda", dijo, enrollando mi mano alrededor de su brazo.

"Quizás está bien que no seamos exactamente iguales. Quizás nuestras diferencias son lo que el otro necesita. Y siendo sinceros el uno con el otro, alcanzaremos un lugar al que no podríamos llegar por nosotros mismos", dije vulnerablmente.

"Entonces, ¿estás diciendo que hay un "nosotros"?", respondió Remy con arrogancia.

"¿No has escuchado nada de lo que acabo de decir?"

"¡No! Pero he confirmado que hay un "nosotros". ¿Has dicho algo después de eso?", preguntó, complacido consigo mismo.

Rodé los ojos y negué con la cabeza. "¡Hombres!"

"¿No te encantan?", bromeó Remy.

"¡Apenas!", bromeé.

Probando un surtido de postres, caminamos a lo largo de las farolas, encontrando nuestro camino de regreso al Sena. Caminando por las adoquinadas orillas del río mientras el bullicio de la ciudad se desvanecía en el fondo, nos perdimos explorando los dulces. Cada uno era mejor que el anterior. Y al final de todo, ambos estábamos llenos y en silencio.

"No podría haber imaginado un día mejor", le dije mientras las luces de la calle centelleaban en el agua ondulante.

"Este podría ser mi día favorito de todos los tiempos", admitió Remy, sin mirarme mientras lo hacía.

"¿Qué pasa?" Le pregunté, tirando de su brazo contra mí.

"Deberíamos volver. Hay lugares que quiero mostrarte por la mañana y ninguno de los dos hemos dormido mucho."

"No estoy segura de que el sueño esté en mi futuro muy pronto. ¿Estás seguro de que no quieres parar en un bar para una degustación de vinos franceses?" pregunté, sin querer que el día terminara.

Se volvió para mirarme. Había tristeza en sus ojos. No entendía. ¿Dónde estaba el incesante flirteo que me había vuelto loca todo el día?

"No. Deberíamos dar por terminada la noche. Pero, mañana", dijo con melancolía.

"Claro", dije, ocultando mi decepción.

¿Estaba sucediendo de nuevo? ¿Había hecho que me enamorara de él antes de quitarme la alfombra de debajo de mí?

No, no iba a ir por ahí. Había más en Remy que un simple flirteo o provocación. Durante los últimos meses, había hecho más por mí de lo que podría soñar. Si su humor había cambiado, o si decidía que ya no quería estar conmigo, tenía que haber una buena razón para ello.

No iba a permitir que eso me afectase. Pero tampoco podía dudar más de que le importaba. Tenía que dejarle ser él.

"¿No estarás molesta, verdad?" me preguntó Remy, señalando lo mal que estaba ocultando mis sentimientos.

"Remy, aunque lo estuviera, espera un minuto, cambiará."

"¿Tus sentimientos y el clima, huh?"

Sonreí dolorosamente, admitiendo que era cierto.

Con eso, Remy pasó su brazo alrededor mío, apretándome fuerte. Fue un buen consuelo. "Caminando de vuelta a su exquisito apartamento, sostuvo mi cara entre sus manos y me miró con anhelo en los ojos.

Un calor recorrió mi cuerpo. No podía decir si venía de él o de mí. De cualquier modo, podía ver que me deseaba tanto como yo a él. Entonces, ¿por qué no se acercaba más? ¿Por qué no me besaba?

"Buenas noches", dijo, sus labios rozando mi frente.

"Buenas noches", le contesté, haciendo mi mejor esfuerzo para sonreír antes de que me soltara y desapareciera en su habitación.

Escuché en silencio. ¿Había cerrado la puerta con llave? No parecía que lo hubiera hecho. ¿Era esa mi invitación? No lo creía así.

Decepcionada, me dirigí a mi habitación, me desvestí y me metí en la cama. Soñé con Remy. En el sueño, probó la manija de mi puerta. Al encontrarla desbloqueada, entró y me encontró desnuda y durmiendo.

Incapaz de resistirse a la vista, se subió encima de mí y recorrió mi cuerpo. Viéndolo hacerlo como si mi cuerpo fuera de otra persona, lo anhelé. Y los gemidos que los dos emitimos mientras me dominaba, me enloquecieron.

Al abrir los ojos sola en mi cama, mi corazón latía con fuerza. Dándome la vuelta para escapar de la luz de la mañana, descubrí que mis sábanas estaban húmedas. ¡Dios mío, parecía que volvía a tener 14 años soñando con el chico que siempre quise.

Remy siempre había sido ese chico. Realmente anhelaba a ese hombre.

Fue entonces cuando me percaté de algo. Quieranme o no, nunca dejaré de sentir lo que siento por él. Tenía que aceptarlo.

Y al hacerlo, perdoné a mi madre. Antes de descubrir que el hombre que pensaba que era mi padre era un vampiro, siempre veía a personas en la ventana de su apartamento. Pensaba que esa era su familia. También pensaba que yo era el producto de una aventura.

No estoy segura de por qué albergaba esa idea. Quizás fue algo que el vampiro me hizo creer una de las tantas veces que lo enfrenté. Quizás pensó que eso me haría dejar de aparecer en su puerta.

Cualquiera fuera el motivo, había crecido pensando que era el producto de una relación extramatrimonial y resentía a mi madre por ello. Simplemente formaba parte de mi realidad. Si era cierto o no, se había convertido en algo con lo que tenía que tratar. Y ahora lo hice. Al estar con Remy, por fin entendí cómo la gente puede enamorarse de alguien que ya tiene una relación.

Tumbada en la cama preguntándome qué iba a hacer, miré el intrincado patrón del techo. Me perdí en él. Cuando volví al presente, lo hice con pensamientos de compartir mi cama con Remy. Imaginándonos a los dos mirando el techo juntos. Mi pecho se encogió al pensar en ello.

Esto dolía demasiado. Necesitaba levantarme. Al salir de la cama, me paré frente a la puerta de vidrio que daba al balcón, dejando que la luz de la mañana tocara mi piel desnuda.

Mirando hacia afuera, admiré la terraza de madera rodeada de cómodos muebles de patio seccionales. Ojalá pudiera salir y tomar el sol desnuda. Podría haberlo hecho si más de un lado hubiera tenido una pared de árboles.

Por otra parte, ¿acaso los franceses no son menos pudorosos con la desnudez que los estadounidenses? Si alguien salía a su balcón y me veía tomar el sol desnuda, ¿le importaría?

Decidiendo que era mejor no averiguarlo, en vez de ello me dirigí al armario. Al abrirlo, me sorprendió encontrar los atuendos que me había probado el día anterior añadidos a la selección. ¿Cuándo los había comprado Remy, y cuándo los había enviado aquí?

Escogiendo el que más impacto había causado en Remy, me vestí y me dirigí al salón emocionada de ver su reacción.

"Buenos días", dijo con una sonrisa mientras sus ojos me recorrían.

"Buenos días", respondí, satisfecha con su reacción.

"¿Dormiste bien?"

Recordando mi sueño, sentí cómo mis mejillas se sonrojaban. "Supongo", contesté, comparándolo con la intranquilidad que me había provocado. "¿Y tú?"

"Fue una mezcla", admitió.

"¿Por qué?"

"No dejé de pensar en ti toda la noche", dijo, volviendo a sus maneras coquetas."

Lo miré fijamente. "Sabes, si sigues hablando así, más vale que estés preparado para seguir con ello, señor", dije, acercando mi cuerpo a pocos centímetros del suyo.

Esperaba que me besara. Al menos, eso esperaba. Pero en lugar de eso, abandonó su coquetería y dijo con calma: "Tomada nota".

Me desilusionó. ¿Significaba esto que su flirteo siempre había sido solo un acto?

"He planeado un buen día", dijo caminando con indiferencia. Mi pecho dolía al verlo alejarse.

"¿Ah sí? ¿Quieres contármelo?"

"¿Eres de las que les gusta saber cómo terminará una historia o prefieres la sorpresa?"

Pensé en ello. Era una buena pregunta. Si supiera que nunca ocurrirá nada entre nosotros, ¿querría saberlo?

"Sorpréndeme", le contesté, esforzándome por sonreír.

"Vale", respondió, sonriendo débilmente de vuelta.

Recogiendo nuestras cosas, nos dirigimos a un restaurante. Nuestro desayuno fue salmón con huevo frito sobre un donut. ¡Guau!

Después, fuimos a un museo llamado Orsay. Allí estaban las pinturas de las que había oído hablar toda mi vida. Van Gogh, Monet y Gauguin solo habían sido nombres hasta ahora. Pero allí estaban sus pinturas frente a nosotros. Y nos hicimos selfies con ellas, actuando de manera ridícula.

A continuación, recorrimos la exposición itinerante del museo. Contenía "El grito", una obra de arte que estoy bastante segura de que mencionaron en Barrio Sésamo. Me mareaba pensar que ahora, de alguna forma, estaba delante de ella.

Por mucho que todo me fascinara, cuando salimos del museo ya era tarde. Todo el día había volado. Al principio me sentía demasiado elegante y consciente de mí misma entre los turistas. Pero rápidamente me perdí en el arte. Había mucha más belleza en el mundo de la que jamás había considerado.

"Gracias por mostrarme esto", le dije a Remy al salir, pasando por delante del enorme reloj y la pared de cinco pisos de ventanas que recordaban a la Estación Central de tren de Nueva York.

"Pensé que te gustaría", dijo él con una sonrisa.

"Dado que ha sido un poco pretencioso, ¿supongo que es uno de tus lugares favoritos?", bromeé.

Remy se ruborizó. "Lo es".

Sonreí. "Ahora es uno de los míos también".

Remy me miró, emocionado. Fue entonces cuando cogió mi mano. Nunca antes lo había hecho. Yo había cogido la suya y él me había besado, pero nunca antes había hecho algo tan íntimo. Me encantó. Quería más.

"¿A dónde vamos ahora?", pregunté, deseando que este día no acabara nunca.

"Es sorpresa", respondió, pareciendo complacido consigo mismo.

Cuando llegamos allí, tuve que admitir que su aire de superioridad estaba justificado. Porque allí estaba, delante de nosotros, el icono más representativo de Francia, la Torre Eiffel. Estaba estupefacta.

Era exactamente como en las fotos. Y con la puesta de sol, sus luces la iluminaban.

Mientras la contemplaba, una lágrima cayó por mi mejilla. No sabía por qué estaba llorando, pero lo estaba haciendo. Todo era simplemente perfecto. Sin apartar los ojos de ella, apoyé mi cabeza en su hombro.

"Gracias", susurré, incapaz de decir algo más.

"De nada", respondió, envolviéndome en sus brazos.

No podía esperar más, tenía que besarlo. Necesitaba estar más cerca de él. Así que, con mi corazón latiendo y mi puño apretado, estaba a punto de atraerlo hacia mí cuando…

"¿Qué ha sido eso? ¿Qué está pasando?", pregunté mientras la Torre Eiffel empezaba a centellear.

"Eso es para nosotros", dijo él.

"¿Qué?"

"Les dije que me avisaran cuando nuestra mesa estuviera lista. Ahí está", señaló hacia la torre.

"No lo hiciste", dije, sin saber ya qué creer.

"Ahí está", repitió, señalando de nuevo. "Nuestra mesa está lista."

"¿Nuestra mesa dónde?"

Sonrió.

Subir en el ascensor hasta el restaurante de la Torre Eiffel ya era increíble de por sí. Sin embargo, la vista desde el restaurante era impresionante.

Sentada junto a la ventana, París brillaba bajo nosotros. Apenas podía apartar la mirada. Cuando lo hice, fue para ver a Remy sonriendo.

"Había venido aquí por primera vez como un niño con mi familia", comenzó a decir para captar mi atención. "No supe apreciarlo. Debo admitir que, al experimentarlo ahora a través de tus ojos, estoy empezando a ver todo lo que me perdí. Estoy comenzando a entender que el privilegio tiene sus inconvenientes."

Quise rebatir, pero no pude. ¿Cómo sería dar por sentado vistas como esta? ¿Cuándo tu vida es tan increíble que no puedes apreciar esto, que espacio dejas para la maravilla?

Por primera vez desde que conocí al apuesto hombre que se encontraba delante de mí, sentí lástima por él. No de una manera desdeñosa. Más bien sentía empatía.

No era un dios, por mucho que se pareciera a las estatuas de ellos en el museo. Tampoco era el estereotipo de un hombre lobo. Era un hombre lleno de esperanzas, sueños y miedos. Quizás los dioses de la leyenda eran igual. Tal vez, eso es todo lo que somos, independientemente de cuánto poder o dinero tengamos.

Extendí mi mano sobre la mesa hacia Remy. La tomó. Lo amé por eso. No se la solté hasta que el camarero trajo nuestra comida, los cuatro platos.

"Eso fue increíble", le dije, más feliz que nunca.

"Me alegra que te haya gustado. Es tradición finalizar con un vino de postre. ¿Puede interesarte?"

Lo pensé. "Sí. ¿Vi algunos en la estantería de vinos en tu casa?"

"Buen ojo. Efectivamente, lo hiciste."

"No lo hice. Solo estaba suponiendo", admití.

Remy rió. "Buen supuesto. ¿Te gustaría volver y probar un poco?"

"Creo que me gustaría", le dije, no queriendo perderlo de vista.

"Entonces deberíamos ir", dijo, sus mejillas coloreadas.

Al salir del restaurante y entrar en el ascensor, tomó mi mano. Una ola de calor me recorrió. Me sentí electrizada. Vestida como estaba, no había forma de ocultar lo que él me hacía sentir. Mi cuello y pecho descubiertos brillaban, anhelando su caricia. Mi corazón latía anhelando su beso.

Cuando el frío aire de la noche acarició mi piel cálida, tuve escalofríos. No podía pensar. Mi cerebro dejó de funcionar. Lo único que podía hacer era seguir su guía y eso haría. Porque mientras los cosquilleos danzaban alrededor de mi cuerpo, haciéndome estremecer, sabía que ya no podía resistirme a él.

Con el corazón latiendo al unísono con el cierre de la puerta de su departamento detrás de nosotros, no podía respirar. Cuando se giró hacia mí con una mirada ardiente, le correspondí. Estaba a punto de abalanzarme sobre él.

"¿Vino?", preguntó mientras se dirigía hacia la cocina.

"Sí", respondí sin aliento.

Incapaz de moverme, lo observé. Él se movía con gracia. Tomando una botella y dos copas, me guió hacia el sofá. Sentada, ardía por dentro.

"¿A qué brindamos?" me preguntó, su voz tenía un tono profundo que hizo vibrar mi ser.

No pude evitar reír. Era todo lo que podía hacer. Remy replicó con una carcajada.

Pasándome una copa, la llenó. Al llenar la suya, dijo: "Sabes, Dillon, siempre me lo pones difícil."

Me tomó por sorpresa. "¿Cómo?"

"Siempre supe cuál era mi destino. Era el primogénito y un Lyon. Mi futuro estaba trazado. Pero desde el instante en que te conocí, quise ser mejor persona. Quise ser digno de ti. Y eso significaría hacer cosas que sabía que no eran correctas."

"Eres una buena persona," logré decir.

"No lo soy. Y el problema es que sé que no lo soy. Podría haberme alejado de la vida de la manada antes. Podría haber tomado mejores decisiones una vez que me di cuenta de que estaba dispuesto a arrancar puertas por ti. Y ahora, sabiendo lo que una buena persona haría, quiero abrazarte tan desesperadamente que quemaría el mundo para tenerte. Yo…"

Y fue entonces cuando lo besé. Lanzándome sobre él, nuestros labios se cruzaron. Con mi gesto, Remy fue liberado.

Tomando el control, sentí su poder debajo de mí. Envolviendo sus brazos alrededor de mí, sujetó la parte de atrás de mi cabeza. Rodando sobre mí y presionando mi espalda contra el sofá, apretó nuestros cuerpos juntos y exploró mi boca.

Mientras su calor me envolvía, su lengua buscó la mía. Rápidamente al encontrarla, invitó a la mía a bailar. Mi cabeza daba vueltas mientras ambas se entrelazaban. Y cuando su otra mano agarró mi trasero y apretó, empecé a chillar de placer.

Lo deseaba. Lo necesitaba. Clavé mis uñas en su espalda, y comencé a desnudarlo. Quería quitarme de encima esa barrera de tela que nos separaba. Cuando empujé su camisa lo suficiente como para que no pudiera ignorarlo, tuve espacio suficiente para quitársela.

Al arrancarle la camisa por la cabeza, sus labios se despegaron de los míos. Su cuerpo desapareció un instante antes de regresar, pero ese breve momento bastó. Pude apreciar que su pecho era perfecto. Los surcos de sus abdominales eran comparables a los de un océano en tormenta. Su pecho tallado superaba la belleza del mármol. Su cuerpo me embriagaba.

Con una nueva chispa en nuestro beso, enroscé mis piernas en su torso y él me alzó. Mi piel ardía por tocar la suya. Juntamos nuestros cuerpos desesperadamente, y la sensación superó todas mis fantasías.

Cuando caímos en la cama y el suave edredón se amoldó a nuestro alrededor, me hundí en el colchón, relajada. Él se posó encima de mí, se alejó suficiente para quitarme la camiseta. Mientras lo hacía, admiraba mi cuerpo.

"Preciosa," dijo, fijando su mirada en mí.

Mi respiración se entrecortó. Estaba completamente embriagada por su tacto. Moviendo mi cuerpo bajo el suyo, tiré del edredón, ansiando sentir su piel de nuevo. Al verme retorcerme bajo él, sonrió de medio lado.

"Dime que me quieres," exigió.

Por un momento, no pude hablar. Lo deseaba. Quería todo de él. Pero las palabras parecían haber abandonado mi boca.

Su mirada desafiante se clavó en mi mirada esquiva hasta que dijo: "Dígalo o no, te voy a hacer mía," declaró, provocando que mi cuerpo se estremeciera de anticipación.

Fue entonces cuando lo hizo. Reclamando mi cuerpo, desplazó sus yemas por mi pecho desnudo. Su poder era inmenso, mantenía mi cuerpo pegado al colchón sin esfuerzo. No podía, ni quería, escapar.

Con mi cuerpo sometido a su control, aligeró su contacto con mi piel y recorrió con sus dedos el camino que dibujaban mis abdominales. Exploró cada curva, cada cavidad. Parecía fascinado con lo que percibía. Su placer se convirtió en mi droga.

Sin detenerse ahí, su yema se desplazó hasta la cintura de mis pantalones. Estaba sin aliento. Dubitativo, jadeé cuando comenzó a desabrocharlos. ¿Se detendría? ¿Habría cambiado de idea?

No hizo ninguna de las dos cosas. Sin pedir permiso, exploró aún más. Sabía dónde iba, y a dónde quería llegar. Cerré los ojos, centrada en cada sensación.

Fue delicado, pero directo. La presión de su mano contra la tela de mi ropa interior revelaba su cercanía. Estaba tenso, necesitaba que me tocara. Pero se rehusó.

En lugar de eso, se concentró en mi contorno. Me sumí en un frenesí de deseo. Cuando finalmente me tocó, lo hizo con tal agresividad que resultó abrumador. Era como si una presa hubiera cedido. Había terminado de jugar. Estaba reclamando lo que consideraba suyo.

Al apretar y presionar contra mi cuerpo, gimió. Anhelaba sentir su piel desnuda contra la mía. Así que cuando finalmente desabrochó y bajó mis pantalones, me derrumbé en la cama, mientras mi deseo era liberado.

Cuando sus labios envolvieron mi excitación, pensé haber alcanzado el paraíso. Esto era lo que había ansiado durante tanto tiempo. Remy Lyon me estaba mostrando el cielo, y yo era suya.

Con sus manos sujetando mis caderas, su lengua recorrió cada parte de mí. Estaba acercándose al límite. Sujetando fuertemente las sábanas, arqueé mi cuerpo.

Moviéndose lentamente, me devoró, y después se retiró. Incitada, volvió a repetir el proceso. Iba y venía, jugueteaba conmigo. Parecía disfrutar tanto como yo. Y cuando finalmente me llevó hasta el precipicio del placer, se detuvo, nos despojó a ambos de nuestras prendas y se posicionó sobre mi cuerpo.

Con la parte trasera de mis muslos presionada contra su torso, mis caderas se alzaron invitándolo. Inclinándose para besarme, se adentró en mi boca. Pero no solo estaba buscando la escala más profunda de mi boca, también la de mi cuerpo. Cuando su miembro encontró mi entrada, se detuvo.

Cautivo de su deseo, no podía moverme. Era suya. Lo ansiaba.

Así que cuando bajó sus manos a ambos lados de mi cabeza y se deslizó dentro de mí, solté un gemido. Dolió, pero también se sintió divino. Sabía cómo era él, lo había visto desnudo. Él era grande. Pero descubrir cómo se sentía al estar en mi interior, el sentimiento era completamente indescriptible.

Esperando que Remy mostrase misericordia, no lo hizo. Se me estaba tomando. Con su miembro desgarrándome por dentro, conocí al verdadero Remy, esa parte de él que había mantenido oculta.

Este Remy era dominante e implacable. Habría intentado alejarme si hubiera podido, pero él no me lo permitía. Yo era suya, a su merced para hacer conmigo lo que quisiera. Era arcilla en sus grandes y poderosas manos y él iba a moldearme a su formidable imagen.

Al penetrarme, gemí. Podía sentir cada centímetro. Arraigado en mí, mi cuerpo se moldeaba al contorno de la punta de su miembro y cada una de sus prominentes venas. Mi trasero ya no me pertenecía, él lo poseía. Y ahora que era suyo, hizo lo que me había prometido, me poseyó.

Al principio despacio, su ritmo aumentó. Tan grande como era, su ingle aún golpeaba mi trasero. Estaba profundamente dentro de mí, pero habiéndome moldeado alrededor de él, me ajustaba perfectamente.

Perdida de placer mientras un cosquilleo trepaba por mi muslo, mis ojos revolvieron. Estaba llegando. Por el sonido de él, él también. Estábamos llegando juntos y yo ni siquiera había tocado mi miembro. Todo sucedía solo por su embestida.

Respirando más fuerte, mi pecho se contrajo con la siguiente oleada de tensión en mis testículos y mi pene.

"Ahh," gemí.

No pude contenerlo. Me arrancó un golpe eléctrico que me desgarró por dentro. Mis uñas se enterraron en su espalda, arañándole. Se arqueó bajo mí. Y cuando mis gritos alcanzaron un crescendo, los suyos también.

El aluvión de semen que liberó dentro de mí fue reflejo del que cubría nuestros cuerpos. No podía dejar de eyacular, los espasmos eran violentos.

Agotado, Remy se desplomó sobre mí. Mi pene continuaba palpitando. Había sido la mejor experiencia sexual de mi vida y no quería que terminase.

Ebrio de placer, envolví con mis brazos a mi hombre. Nunca quise apartarme de él de nuevo, y nunca lo haría. No lo permitiría.

Le amaba. Siempre lo había hecho. Y fue entonces cuando escuché las palabras que me desgarraron el corazón cambiando la dirección de mi vida.

Capítulo 11

Remy

No podía creerlo. Estaba acostado desnudo sobre el hombre de mis sueños con mi miembro aún erecto en su trasero. ¿Cuántas veces había fantaseado con esto? Hubo semanas después de conocerlo en las que él era lo primero que pensaba al despertar y lo último antes de dormir.

Durante tanto tiempo, él había sido mi todo. Y ahora, aquí estábamos. Lo tenía. Era mío. Ya no sabía cómo vivir sin él.

Estaba listo para huir con él. A cualquier lugar a donde quisiera ir, yo estaría dispuesto a llevarlo. Estaba más que listo para dejar todo atrás.

Que le dieran a mis responsabilidades, a mis obligaciones. No había nada que me importara más que Dillon. Con él en mis brazos, mi vida se sentía completa.

"¡Remy!" Escuché que llamaban desde la puerta detrás de mí.

En el momento en que lo escuché, mi pecho se contrajo. Mi fantasía había durado tanto como mi orgasmo.

"¿Qué coño, Remy?" Dijo suavemente, matándome un poco.

Saliendo rápidamente de Dillon, la oscuridad me cegó mientras me giraba y me enfrentaba a la realidad completamente desnudo.

"¿Qué coño haces aquí?" Dije mirando a mi prometida.

"¿Qué coño hago yo aquí? ¿Y qué estás haciendo tú? ¿Follándolo? Después de todas las veces que me dijiste que no pasaba nada entre vosotros dos, y cómo él era solo un proyecto de caridad…"

Sus palabras eran como agua en acero fundido. Hirviendo de furor, salté de la cama a mis pies. Señalándola, deseando arrancarle la cabeza, gruñí: "Nunca dije eso. Nunca lo llamé mi proyecto de caridad. ¡Nunca!"

"Vale", dijo retrocediendo al darse cuenta de que había cometido un error. "El novio de tu hermano, o lo que sea".

"Nunca te he hablado de Dillon. No te atrevas a fingir que sí", dije listo para defender lo que había que proteger.

"Bien. No has hablado de él. Pero eso no te da permiso para huir y follártelo por detrás."

Mi voz interior retrocedió.

"Quiero decir, mírate. Entro y te encuentro follándolo y tienes la desfachatez de decirme algo."

"No te debo nada", respondí trastornado por la situación.

"¡Me debes todo! Tu vida y la de todos los que te importan están en mis manos. ¿Quién crees que matará primero mi padre cuando se entere de esto, eh? ¿Crees que será la persona en quien encontré tu pene?"

"No le llames de esa forma", dije con mi faceta feroz resurgiendo de nuevo.

"¿O tal vez a tu hermano? ¿O a tu madre? ¿O crees que simplemente contratará a alguien para asesinaros a todos y acabar con ello? Has conocido a mi padre. ¿Cuál de esas cosas crees que él es capaz de hacer?"

Por mucho que la odiara, sabía que decía la verdad. Su padre era un psicópata. Lo sabía porque, por mucho que mi padre amara a su familia, él también lo era. Nada se interponía en su camino para conseguir lo que quería y su venganza era de leyenda.

"Sí, eso pensé", dijo Eris cuando supo que me tenía.

Estaba dispuesto a sacrificar mi vida por cualquiera de los que Eris había mencionado, especialmente por Dillon. Pero no estaba dispuesto a poner en peligro ni un solo cabello de su cabeza para salvarme.

Para protegerlos, tendría que vivir condenado. Lo odiaba, pero era cierto. No había salida sin que alguien muriera. Y si yo tenía que ser el verdugo, sería a costa de perder a Dillon.

Dillon creía saber quién era yo. Pero lo que él no… no podía saber, es que yo era un Lyon. Venía de la sangre de mi padre. Era capaz de hacer lo que mi padre había hecho y más. Estaba seguro de ello.

Nunca había llegado tan lejos. Soñar con algún día tener una vida con Dillon me había limitado. Nunca quise cruzar esa línea y convertirme en un hombre con el que él nunca podría estar. Y para liberarme de mi condena, tendría que convertirme en ese hombre.

"¿Voy a convertirme en ese hombre ahora, con las puertas de acero cerrándose tras de mí? Sería sencillo. ¿Quién sabe siquiera que Eris está aquí? Con ella fuera, tendría ventaja sobre su padre. En unas horas, su imperio podría ser mío. Podría ser el hombre más temido de Nueva York. Y todo lo que me costaría sería la forma en que Dillon me miraba.

Observé de nuevo al atractivo hombre que yacía temeroso en mi cama. Sus grandes ojos, su piel cremosa, los necesitaba para respirar. El precio de mi libertad era demasiado elevado. Al darme cuenta, bajé la cabeza.

"Esto es lo que va a pasar", comenzó Eris. "Mírame."

Sin pensarlo, me giré hacia ella.

"Como no soy un monstruo, te daré una hora. Cuando esa hora termine, le dirás adiós y luego nunca más lo verás. ¡Nunca! ¿Me comprendes?"

Mirándola, quería asesinarla. No lo hice. En lugar de eso, desvié la mirada, derrotado.

"Bien. Ves, puedo ser razonable. Tengo corazón. Pero no confundas misericordia con debilidad porque así es como la gente acaba muerta. Dime que me entiendes."

Intenté apartar la mirada como signo de humillación, pero no pude. No podía porque ya no era yo quien tenía el control. Antes de que pudiera evitarlo, mis huesos se tensaron. El pelo espinoso emergió por todo mi cuerpo. Él estaba liberado, y podía escuchar todo lo que pensaba.

Procedería a hacer lo que yo me negaba. Mataría a Eris. Y nada podía detenerlo.

Con sus ojos entrecerrados clavados en la asustada mujer frente a él, mostró los dientes y se agachó listo para saltar. Pronto todo habría terminado. Mi lobo me convertiría en el hombre contra el que había luchado tanto tiempo.

"¡No!" Escuché una voz suave.

Mi lobo reconocía esa voz. La deseaba. Girando hacia ella, vimos a Dillon. Se parecía a él.

Pero era distinto. Había alguien más detrás de sus ojos. Y se levantó atontado.

"Vas a matarla. Si lo haces, todos los que amas morirán. Lo veo. No miente. Vino aquí con un plan. Sabía a lo que se enfrentaría."

Mi lobo volvió la mirada a Eris. Sus ojos abiertos confirmaron lo que Dillon explicaba. No parecía haber sido sorprendida mintiendo, estaba sorprendida ante la realidad.

"Correcto", admitió asustada al encontrar su voz. "Exactamente eso. Sabía a lo que me enfrentaría. Y preparé un plan por si acaso."

En un instante, mi lobo se desvaneció. Me encontraba desnudo en el suelo, y dije:

"Estás loca."

"Tal vez," respondió ella, a mitad camino entre la confesión y la amenaza.

"Está bien, Remy. Creo que por fin entiendo. Comprendo todo", dijo Dillon mirándome con ojos tristes que volvían a parecerse a los suyos.

"Bien, ya era hora", respondió Eris recuperando lentamente su fortaleza. "Ahora os dejaré a los dos. Y cuando termine, espero con ansias empezar mi vida con mi futuro esposo."

Con sus palabras desgarrándome, no fui capaz de verla partir. Aguardando oír la puerta principal abrirse y cerrarse, me encontré atado al pensamiento de que por una vez podría tener lo que deseaba.

El silencio entre Dillon y yo se extendió. Estaba demasiado avergonzado para mirarlo.

"No es tu culpa, Remy", dijo Dillon con su voz suave.

"Es toda mi culpa", repliqué.

"¿Cómo? Dime cómo es tu culpa todo esto", insistió Dillon.

Lo miré preguntándome cómo podría cuestionarlo siquiera.

"Podría haber hecho más."

"¿Más qué?"

"No lo sé. Más".

"Remy, tú no pediste nacer como el hombre que eres, del mismo modo que yo no lo hice. Ambos somos hijos del destino."

¿Podría ser eso cierto? ¿Sería eso la razón por la que sentí que lo conocía cuando todo lo que sabía era su nombre?

Dillon abrió la boca como para hacer una última súplica. "Por favor, quédate conmigo. Si sólo nos queda una hora para estar juntos, déjame pasarla en tus brazos", dijo partiendo mi corazón.

Lo miré desde el suelo. "No quiero que termine así. No lo permitiré."

"Entonces, yo lo haré. Lo terminaré. No porque tenga miedo de lo que su padre podría hacerme.

Sino por miedo a lo que él haría contigo… y con Hil, y con tu madre. No puedo ser la causa de que todos vosotros salgáis lastimados. No puedo", dijo con lágrimas en sus ojos.

"No lo permitiría…"

"Por favor", dijo cortándome. "Sólo quédate conmigo. Hagamos de esta la noche perfecta", dijo limpiándose la cara con el dorso de la mano.

Sin decir una palabra más, me levanté y volví a la cama. Al abrazar su desnudo cuerpo contra el mío, encajó a la perfección. Con los brazos recogidos al frente, mis alas lo cubrieron convirtiéndonos en uno.

Con el paso de la hora, no hablamos. Cuando nuestro tiempo terminó, se separó con gracia y buscó su ropa. Para mi sorpresa, parecía aceptarlo todo.

"Dijiste que entiendes todo. ¿Fue porque lo viste?"

"En parte", admitió.

"¿Podrías decirme cómo supo ella que yo estaba aquí?"

"El reloj", dijo con tristeza. "La vi pagar para ponerle un rastreador".

"Esa maldita perra", dije levantándome de un salto, arrancándolo de mi muñeca y aplastándolo con una esfera de mármol que hasta ese momento no había tenido ningún propósito.

"¿Acabas de destruir dos millones de dólares?"

"Así que era real", le pregunté a Dillon.

"Sí", confirmó Dillon. "Y ella pagó casi lo mismo por ponerle el rastreador".

"Pues me importa un carajo".

"Vale", dijo observándome completamente vestido. "Entonces, ¿esto es todo?"

"¿Algún día será definitivo entre nosotros?", pregunté con una sonrisa.

"Sí. Porque esta vez no eres tú quien lo dice, soy yo", dijo luchando por encontrar la valentía. "Se acabó. No quiero volver a verte nunca más. Nunca", dijo suavemente rompiéndome el corazón.

Y con eso, salió de mi habitación y de mi vida mientras lo veía marchar desnuda.

El dolor punzante en mi pecho no cesaba. Miré la puerta cerrada de la habitación mientras el adiós de Dillon resonaba en la sala. Los recuerdos de él quedaban esparcidos por todo mi apartamento como su sutil perfume persistente.

Por mucho que quisiera regodearme en ello, perderme completamente en el recuerdo de él, no podía. No había terminado. No podía ser. Mi corazón se resistía a aceptarlo.

Entre el silencio ensordecedor de la habitación, un nombre atravesó mi mente. Lucien era un lobo y había sido lo más parecido que tuve a un amigo durante mi crecimiento. Vivía en París y mi loba necesitaba correr.

Cogiendo mi teléfono, marqué su número, ahora poco usado.

"Vaya hora para llamar, Remy", la voz cándida de Lucien resonó aligerando la tensión que apretaba fuertemente mi pecho.

"Estoy en la ciudad. ¿Te apetece correr?"

"Hace tiempo que no lo hacemos. ¿Qué tal si tomamos algo primero?"

"Vale, está bien", dije intentando desesperadamente escapar de los ecos del adiós de Dillon.

"¿Le Bar Diamant?" Lucien propuso con una calidez genuina, como en los viejos tiempos.

"Allí estaré", le murmuré, colgando.

Me puse una camisa blanca y unos vaqueros oscuros y me largué de allí. Al entrar en Le Bar Diamant, miré a mi alrededor. El bar estaba envuelto en una oscuridad aterciopelada.

Al ver a mi primo por primera vez en años, conseguí su atención. Nos dirigimos a una mesa en la esquina. El zumbido de las conversaciones a nuestro alrededor nos envolvió en soledad. Me dieron un vaso nada más sentarme, tomé un trago y observé a mi viejo amigo.

"Me dijeron que te vas a casar", comenzó Lucien, revolviendo el líquido ámbar en su vaso.

"Me acorralaron", admití antes de tomar otro trago.

Sus agudos ojos verdes me estudiaron. Podía ver su empatía brillar bajo la superficie endurecida por la educación en la manada de lobos. Viendo mi incomodidad, Lucien cambió de tema.

"Tengo algo que hacer. ¿Te gustaría acompañarme? Podemos salir a correr después", dijo, su voz tomando un giro misterioso.

"¿Ah, sí? ¿Qué es eso?" Pregunté esperando que implicara una pelea.

"Voy a una subasta".

"En serio, Lucien, ¿cuántos trastos inútiles necesitas?"

Se encogió de hombros y sonrió con un indicio de picardía brillando en sus ojos.

"Está bien. Vamos", le dije, acabándome de un trago lo que quedaba de mi bebida.

Siguiendo a mi primo fuera del bar y hacia la fresca noche parisina, finalmente llegamos a la subasta. Al entrar por las pesadas puertas metálicas del almacén, me di cuenta de que esto no se parecía a las subastas a las que me había arrastrado en el pasado.

Entramos en una sala apenas iluminada; la multitud que esperaba estaba conformada por los más ricos y caprichosos de la sociedad francesa. Aunque solo conocía algunos de sus nombres, a todos los reconocía. Todas las personas aquí eran humanas.

Al volverme hacia mi primo para averiguar lo que estaba sucediendo, parecía tenso. Sus ojos verdes saltaban de una persona a otra en busca de alguien.

Al observarlo con cautela, mi lobo se puso en alerta. Esta era una faceta de Lucien que nunca había visto. Su intensidad silenciosa y extraña inquietud le brindaban el aspecto de un lobo en cacería.

Los murmullos de la multitud se silenciaron al comenzar la subasta. Cuando se presentaron los primeros artículos, comprendí al menos en parte lo que estaba ocurriendo. Las máscaras indígenas y las espadas antiguas no eran piezas que pudieran ser vendidas en una casa de subastas respetable. Porque, incluso si no se habían robado de un museo, debían haber sido sacadas de su hogar cultural sin el permiso de la gente nativa.

Observando a Lucien conforme los artículos se volvían más interesantes, él no se movía. La despreocupación que había mostrado tan solo una hora antes se había esfumado. En su lugar, había una seriedad mortal que no reconocía en mi amigo. Y cuando los ahogados de asombro por el premio final de la noche llenaron la sala, pude oler a la loba de Lucien luchando por salir.

Volviéndome hacia el estrado de subastas, lo vi. El último artículo de la subasta era un tigre de Bengala. Paseándose de un lado a otro en su jaula, se veía tan peligroso como asustado.

No podía apartar la vista de él, era asombroso. Su majestuosidad estaba devastadoramente fuera de lugar en el sórdido mundo en el que se encontraba. Al mirar a

Lucien para conocer sus pensamientos, vi cómo la concentración de mi primo se endurecía.

Con cada nueva oferta, sus ojos se fijaban en la persona que pujaba. Prácticamente podía ver sus cálculos. Por eso había venido. Estaba allí con una misión.

Bajo el peso de mi revelación, las apuestas de repente parecían increíblemente altas. Mientras se apagaba el ruido de la sala, el subastador anunció al ganador. Era alguien con quien mi padre había tratado. Un notorio y cruel jefe de la mafia humana que conocía el mundo sobrenatural y conservaba partes de sus presas cambiantes como trofeos.

Instintivamente eché un vistazo a Lucien. La chispa en sus ojos brillaba con más intensidad.

"Lo compró para cazarlo y convertirlo en una alfombra", susurró Lucien, sus ojos verdes oscurecidos por la determinación. "¿Qué tal si me ayudas a robárselo?"

Al escuchar sus palabras, mi lobo se paseaba inquieto.

"Y si lo conseguimos, ¿qué harías con él?" pregunté, sin tener muy claro a qué venía todo esto.

Él sonrió misteriosamente, fijando su mirada en la mía. "¿A quién no le gustan las alfombras?"

Reí sin saber si hablaba en serio. No solo habíamos crecido en la vida de la manada, sino que proveníamos de una línea de alfas que aún gobernaba el inframundo francés. La frialdad era el precio de entrada al liderazgo en nuestra manada. ¿Estaba bromeando mi amigo de la infancia? ¿O me estaba mostrando una parte de él que no quería conocer?

A pesar de que su propuesta me inquietaba, una parte de mí admiraba su audacia. Más que eso, había un fuego en sus ojos al que mi lobo respondía.

"Bien, entro", dije finalmente.

La sorpresa en el rostro de Lucien no tenía precio. No estaba seguro de lo que esperaba que dijera, pero al mirarme, sonrió con entusiasmo.

Al interpretar todo lo que sugería la sonrisa de Lucien, volví a pensar en lo que había accedido a hacer. Estaba a punto de ayudar a mi amigo a robar un tigre a un jefe de la mafia rival. Luego, si sobrevivíamos a eso, tenía que convencerle de que entregase la bestia a un zoo en lugar de colgar su cabeza en su pared. Nada de esto sería fácil.

Mientras escuchaba a Lucien detallar su plan, mi lobo salió a la superficie. No era una broma que se le había ocurrido al vuelo. Estaba tremendamente serio. No solo conocía la disposición del edificio, sino que también se había memorizado todas las puertas y alarmas.

¿Había trabajado aquí para recopilar información? Porque Lucien estaba preparado. Y yo solo tenía que seguir su guía y ayudar a empujar la jaula cuando llegara el momento.

Deslizándonos por los corredores traseros del almacén, el plan de Lucien se desplegó como una bruma en expansión. Nos pegamos a las paredes con sigilo y nos deslizamos por debajo de complicadas alarmas. Salimos por una ventana, nos lanzamos a un balcón que parecía demasiado lejos. Habiendo vivido toda una vida de momentos de emoción extrema, este tenía que superarlos a todos.

De vuelta dentro y siendo impulsados por la adrenalina, el plan de Lucien había funcionado. Al menos hasta que un simple traspiés hizo sonar una alarma. Nos quedamos inmóviles, listos para transformarnos. Mi mente estaba a mil. ¿Nos habían descubierto? Los segundos se convertían en una eternidad antes de que la alarma se cortase de repente.

Lucien suspiró aliviado, con una media sonrisa dibujada en su rostro. Yo solo pude sacudir la cabeza, mi estómago se tensó por la emoción. Esta imprudencia, este vaivén entre la vida y la muerte se sentía agonizantemente familiar. Y, si sabía algo sobre situaciones como estas, era que el peligro apenas había comenzado.

Solo pasaron unos segundos antes de que me dieran la razón. Mientras descendíamos por los corredores, un hombre corpulento vestido con un esmoquin barato dobló la esquina dirigiéndose directamente hacia nosotros. Había venido a investigar la alarma y, cuando su chaqueta ondeó a su lado, vi que iba armado.

Antes de que pudiera reaccionar, Lucien respondió lleno de encanto. Hablando en francés, tejió una elaborada historia sobre confusiones de papeleo y repartidores ausentes. Llegó hasta el punto de presentar una identificación para corroborar su relato. Fue una actuación impresionante.

El guardia de seguridad, tranquilo pero molesto porque no habíamos seguido el código de vestimenta, pidió mi identificación para confirmar nuestra historia. Cuando abrí la boca para hablar, Lucien me interrumpió.

"Oh, él es mi nuevo novato. Aún no tiene identificación. Tiene muchas ganas, pero aún no distingue su izquierda de su derecha."

Finalmente, su encanto y brillante sonrisa desarmaron por completo al guardia de seguridad. Cuando Lucien terminó con él, nos estaba escoltando hasta el tigre. Tuve que hacer un esfuerzo para no sonreír mientras le seguía.

Cuando surgió más confusión frente al hombre que custodiaba la jaula, Lucien también se encargó de ello. Al final, fue el guardia de seguridad quien insistió en que el guardia nos entregara al tigre. Fue una obra maestra.

Riendo mientras empujábamos la jaula por el oscuro pasillo, dije: "Eso ha sido más fácil que entrar a los clubs americanos cuando éramos jóvenes".

"Ayuda cuando ambos parecemos que ya hemos pasado la pubertad", respondió Lucien en tono de acusación. "Pero no tentemos a la suerte, Remy, aún no hemos terminado", dijo, manteniendo la concentración.

"Por cierto, ¿cómo planeas sacar esto de aquí? ¿El Metro?"

Él sonrió maliciosamente y luego señaló hacia un furgón discreto en el estacionamiento.

"Genial. ¿Ese es tuyo o también vamos a robarlo?" pregunté, confuso.

Sin decir una palabra, Lucien rodeó el furgón cuando nos acercamos y abrió de golpe las puertas traseras. Colocando unas rampas metálicas, me miró esperando que cumpliera con mi parte.

"¿Así que me trajiste por mis músculos?" bromeé.

"Desde luego no te traje por tu cerebro", respondió Lucien bromista.

"Cabrón".

"Americano".

"¿Cómo te atreves?" exigí, frunciendo los ojos listo para pelear.

Aguantándome tanto como pude, pronto rompí a reír. Este era nuestro habitual desafío verbal.

Su familiariadad era un alivio en medio de toda la locura que estaba sucediendo. Y no solo me refería al tigre que miraba mi mano en la jaula como si fuera un salchichón.

Riéndose conmigo, Lucien se agachó y me ayudó a empujar la jaula al interior del furgón. Conforme nos alejábamos, mi mente volvió al animal en la parte trasera. Era mi turno de llevar a cabo una misión. Tenía que persuadirlo de que lo entregásemos a un zoológico en lugar de a cualquier otra locura que tuviera en mente.

Consideré apelar a su orgullo y luego a su conciencia. Pero antes de que pudiera decir una palabra, giró hacia un callejón y apagó el motor. Tan pronto como todo quedó en silencio, un hombre africano más pequeño se aproximó al furgón.

"Lucien", declaró, "¿Dónde está?"

"Está atrás".

"Muéstramelo", insistió el hombre con un marcado acento africano.

Seguí a Lucien fuera del furgón, rodeándolo hasta la parte trasera. Al abrir las puertas, la bestia inquieta rugió.

"Es hermoso. Prometo que le ayudaré a recuperar su capacidad para transformarse".

Los ojos de Lucien se cruzaron brevemente con los míos.

"Cumple tu palabra y no tendré que ir a buscarte".

El hombrecito levantó la mirada a mi robusto primo sin intimidarse.

"No te preocupes. Lo haré. Es uno de los nuestros".

Tan pronto como Lucien dijo eso, inhalé buscando ese ligero aroma que a menudo acompañaba a los cambiaformas. Estaba ahí.

"Bien", dijo Lucien extendiendo las llaves del furgón para que el hombre las cogiera.

Al estar lo suficientemente cerca para tomarlas, la atención del hombre se desvió abruptamente hacia mí. Me miró intrigado. Introdujo las llaves en su bolsillo, y su mano volvió con algo pequeño.

"¿Puedo?" preguntó sosteniéndolo entre nosotros.

Lo examiné de cerca.

"¿Es eso un hueso?" Pregunté perpleja.

"Es un sangoma".

"¿Qué es eso?"

"Piensa en ello como en un hechicero africano".

"¿Quién guarda huesos en su bolsillo?" Pregunté inquieta.

"Los huesos me conectan con los antepasados de mi pueblo".

"Los interpreto como las brujas leen las cartas del tarot y las hojas de té."

"Ya veo. ¿Y quieres leerme a mí?" Le pregunté.

"Si me lo permites".

Miré a Lucien.

Él se encogió de hombros.

"Vale", accedí divertida.

El hombre de piel oscura sacó un puñado de huesos de su bolsillo y se arrodilló. Los lanzó delante de sí, tocándolos uno a uno y anotando su posición en relación a los demás.

"Dicen que estás enamorado…"

Estaba a punto de impresionarme cuando añadió,

"… de una profecía".

Reprimí una risa por respeto.

"Ya veo".

"No sabes de qué hablo, pero lo sabrás. Cuando lo descubras, te sorprenderás".

"Espero con ganas ese momento", le dije dándole la razón. "Lucien, ¿no había algo que teníamos que hacer esta noche?"

"Quieres escapar", dijo el hombrecito mientras recogía sus huesos. "Pero no puedes huir de esto. Mis ancetros lo han presagiado."

Miré a Lucien preguntándome qué se suponía que debía decir a continuación.

"Te agradecemos tu lectura", respondió Lucien preparándose para irse. "Cumple tu promesa con el cambiaformas."

"Restauraré su orden natural", dijo el hombre observándonos tranquilamente.

"Bien. Vamos", dijo Lucien llevándome lejos.

Cuando habíamos caminado lo suficientemente lejos por el callejón como para que el hombre subiendo a la furgoneta no pudiera oírnos, le pregunté,

"¿Qué ha sido eso?"

"Ya conoces a las brujas. Siempre están rumiando alguna profecía. Aunque, esta es la primera vez que oigo que alguien está enamorado de una. ¿Es algo pasajero o piensas asentarte?" bromeó.

"¿Yo? ¿Asentarme con una sola profecía? Tú me conoces mejor que eso", le dije sonriendo.

Lucien rió.

"Pero, en serio", empecé. "¿Cómo sabías que el tigre era uno de los nuestros? No podía olerlo. Ni siquiera de cerca."

"Es una larga historia."

"Tengo tiempo."

"Pensé que dijiste que querías irte", dijo Lucien cambiando de tema y apresurándose.

Mientras lo alcanzaba avanzando rápidamente por el callejón, observé a mi amigo de la infancia. No era la persona que había conocido.

Crecí con Lucien. Durante un tiempo, los dos éramos prácticamente inseparables. Él conocía todos mis secretos y yo los suyos. Incluso le había contado que había estado con chicos.

"A veces me gusta cambiar de aires", le había dicho para quitarle importancia.

"Eres francés", había contestado sin inmutarse.

Pero eso fue en el pasado. Nada de lo que sabía sobre él me podría haber preparado para esta noche. ¿Se había convertido en algún tipo de salvador de cambiantes? Considerando la complejidad de su plan, esto no podía haber sido su primer golpe.

¿Esta era la verdadera identidad de Lucien? ¿Era esto lo que le proporcionaba su mayor felicidad? Quizás nunca había conocido realmente a mi primo. ¿Fue eso mi culpa? ¿Era también mi culpa que él no me conociera a mí?

Pasaron las semanas, y la continua ausencia de Dillon parecía grabarse cada vez más profundamente en mi alma. Se acabaron los momentos robados, los regalos que le hacían sonreír, y la creencia de que eventualmente estaríamos juntos. Todo lo que quedaba eran amargos recuerdos de lo que habíamos tenido y lo que podríamos haber sido.

Eris, por supuesto, estaba ajena a cómo me sentía. Todo lo que le interesaba era planificar nuestra boda. Tenía que saber que todo era una farsa, ¿verdad? ¿Que yo solo estaba allí para salvar la vida de todos los que amaba?

Quizás ella se dio cuenta y era mejor actriz que incluso yo. Una vez dijo que tenía tan poco elección en casarse como yo. Pero la forma en que sus ojos brillaban mientras elegía los cubiertos y los centros de mesa me hacía dudar.

Sentado en mi mesa de comedor junto a Eris con nuestra planificadora de bodas moldeando mi condena, volví a cuestionar cada decisión que había tomado. Mientras lo hacía, Eris extendió su mano a través de la mesa para alcanzar la mía. Sus dedos apenas rozaron los míos antes de que yo retirase mi mano.

No había sido intencional. Tenía que estar completamente concentrado para hacer que mi cuerpo actuara en contra de lo que quería y hoy mi mente estaba en otro lugar. Simplemente había reaccionado.

Al mirar a Eris, vi un destello de dolor en sus ojos. ¿Por qué? Más que nadie, ella sabía que lo que teníamos era una mentira. Estaba tratando de hacer lo mejor de las cosas. Estaba tratando de hacer lo correcto.

¿No podía ver el esfuerzo que estaba haciendo? Estaba aquí, ¿no? En ningún momento había pensado en matarla a ella o a su padre para salir de esto. Entonces, ¿qué derecho tenía ella a actuar lastimada por algo que yo no podía evitar?

Horas después, cuando el tormento de la planificación de la boda había terminado, me encontré a solas con Eris. Habíamos estado aquí antes. Nunca había tenido que pedirle a Eris que se marchase. Siempre lo había hecho sin que yo le pidiese. Pero esa noche había algo diferente en ella. Esta vez mientras se sentaba mirándome, vi un brillo distinto en sus ojos.

"Ich möchte etwas für dich tun", dijo ella con una sonrisa.

"¿Quieres ofrecerme otro reloj?"

La mandíbula de Eris se tensó antes de relajarse. "No. Esto es mejor. Te va a gustar."

"¿De verdad?"

Ella negó con la cabeza antes de levantarse. Buscó el mando a distancia del equipo de sonido y lo encendió. La música que emanaba no era de ninguna de mis listas de reproducción. Ella la había programado. ¿Qué estaba tramando?

Cuando los sonidos lentos y sensuales brotaron de los altavoces, bajó las luces. Estaba creando una atmósfera. ¿Para qué? Al situarse al alcance de mi brazo frente a mi silla, lo descubrí.

El cuerpo de Eris no estaba mal. Todo lo contrario. Sus suaves curvas, las sutiles líneas que cruzaban su abdomen, ella era el sueño de cualquier adolescente de 14 años. Y la forma en que movía sus caderas al ritmo de la música me hacían tener pensamientos no deseados. No podía evitarlo. Incluso un hombre gay apreciaría lo que estaba contemplando.

En ella no había dudas de lo que pretendía. Se había cansado de esperar a que yo diera el primer paso, así que me estaba intentado seducir. Extrañamente, estaba teniendo éxito.

Antes de que Dillon se convirtiera en mi mundo, mujeres como la que tenía enfrente eran mi escape. En otro tiempo y lugar, Eris y yo podríamos haber pasado un buen rato juntos.

Extendí la mano para coger mi copa y tomé otro sorbo mientras Eris se quitaba la camiseta.

Llevaba un sujetador que apenas cubría nada. Dios, estaba muy bien. Objetivamente hablando, la mujer estaba ardiendo. Tomé otro sorbo y, antes de que me inclinara hacia adelante y cometiera algo de lo que me arrepentiría, consideré mi copa.

¿Cuántas copas había tomado? Sin duda había tenido una para ayudarme a soportar la planificación de la boda, ¿pero cuántas después de eso? ¿Sólo una? No había rellenado mi vaso.

Recordando la noche, podía recordar a Eris preguntándome si necesitaba otra. A regañadientes, había dicho que sí. Después de eso, nunca hubo un momento en que mi vaso estuviera medio lleno. ¿Cuántas había bebido sin darme cuenta, siete? ¿Ocho? ¿Cuánto alcohol tenía en la sangre?

Miré a Eris que ahora estaba desnuda excepto por dos piezas de tela transparente que cubrían sus pezones y sus hinchados senos. Sí, estaba muy bien. No había duda. Pero, ¿la deseaba?

¿Quería que esta mujer me llevara al éxtasis como su padre había estado haciendo durante demasiado tiempo? No lo quería. Así que, cuando se arrodilló frente a mí acariciando mi pecho como un gato, me tensé. Mi excitación podría haberle dado una impresión equivocada, sin embargo. Acariciándola y apretándola, ella se puso excitada.

"Acompáñame", dijo levantándose y caminando de manera seductora hacia mi habitación.

Sin apartar la vista de mí, se quitó lo que quedaba de su sujetador y lo dejó caer. Sí, tenía un buen busto. Y, al quitarse lo que quedaba de sus bragas, se apoyó en el marco de la puerta completamente desnuda.

"Podrías tenerme como quisieras", dijo antes de desaparecer dentro.

¿La deseaba? ¿Deseaba algo de ella? ¿Cómo sería mi vida si simplemente dijera que sí?

Capítulo 12

Dillon

Las escaleras crujían bajo mi peso mientras descendía hacia la cocina repleta de chucherías de Cali. El aroma del tocino y los waffles me atraía hacia ella. Podía olerlos desde mi habitación.

¿Puedes imaginar mi sorpresa cuando entré y encontré a Hil en la estufa? Estaba cocinando todo por sí mismo. Ajustando el tocino con una mano, apilaba una montaña de waffles con la otra.

"¿Quién diría?" le comenté bromeando, tratando de aliviar mi propio estado de ánimo mientras entraba. "Hil Lyon, príncipe de la mafia convertido en maestro cocinero."

Fue Cali quien rió primero. Sus hombros se agitaban mientras vertía café en un conjunto de tazas desparejadas. "Deberías haberle visto cuando nos conocimos."

"Oh, puedo imaginarlo. Hil, ¿le has contado a Cali sobre la vez que vine y decidiste que querías huevos revueltos?"

"¡Dios mío!" gimió Hil.

Con toda la atención de Cali, comencé a contar la historia.

"Mi madre estaba de compras por algo. No sé qué."

"Necesitaba nata para hacer los tortellini favoritos de mi padre." Hil levantó la vista, divertido por un recuerdo. "Y ahora sé qué significa cada una de esas palabras."

"¿Tortellini?" preguntó Cali bromeando

"Nata. Recuerdo que nos lo dijo y yo pensé, ¿qué tiene que ver el peso con esto? ¿Era crema para los gordos?"

"En fin", interrumpí. "Hil decidió que iba a hacernos huevos. Así que cogió dos huevos de la nevera y los puso en el microondas porque era lo único que sabía hacer."

"Los microondas cocinan cosas y yo quería que los huevos estuvieran cocidos. Así que los puse en el microondas", explicó Hil entre nuestras risas.

"¡Oh,no!" exclamó Cali.

"¡Oh,sí!" confirmé. "Mi madre tuvo que pasar el resto del día limpiando huevos explotados por todas partes."

"¿No hizo que Hil lo limpiara?" preguntó Cali.

"¿El príncipe?" le provoqué.

Hil miró al suelo avergonzado. "Lo habría hecho si me lo hubieran pedido. Me sentía terrible."

"No, mi querida, mi madre quería que estuviera limpio. Si te lo hubiera pedido, todavía estarías trabajando en ello hoy."

"¿Y quién habría hecho este increíble desayuno?" Cali intervino como el buen novio que era.

"Os odio a los dos", bromeó Hil, lanzando un trapo de cocina a Cali.

Observé la interacción entre Hil y Cali. La envidia anudaba mis entrañas. Ellos reían. Se provocaban. Estaban contentos.

Pasé mis dedos sobre la desgastada superficie de la mesa mientras mi mente volvía a Remy, la causa de mi pena. Su ausencia resonaba en la hondura del vacío que sentía. El peso de ese sentimiento me agotaba.

"Detesto lo que te ha hecho, Dillon", murmuró Hil después de un breve silencio.

"¿Quién?"

"Sabes quién. Remy debería haberse comportado mejor."

"No dejaré que le eches la culpa a él, Hil", respondí, mis palabras más duras de lo que había pretendido. Ante la expresión confundida de Hil, solté un suspiro, pasándome la mano por los rizos sueltos.

"Me advertiste exactamente de lo que pasaría si me dejaba llevar por él. Me lo dijiste y elegí ignorarlo.

Así que lo que sucedió es tanto culpa mía como de Remy. Si no más."

Jugando con los cubiertos, evité la mirada empática de mis dos amigos. Cali juntó sus manos, dándome una mirada seria. "No, Dillon. Y lamento decir esto sobre tu hermano, Hil, pero ese hombre es un patán y un imbécil."

"¿Así que estás diciendo que se joda él mismo?" Pregunté tras pensarlo.

Cali se quedó paralizado pensando en lo que había dicho antes de prorrumpir en una carcajada. Hil y yo nos unimos a él.

"Sí, que se joda él mismo", aclaró Cali.

"Pero, si pudiera hacer eso, ¿por qué iba a salir de mi casa?" una voz nos hizo voltear hacia la entrada.

"¿Remy?" pregunté de inmediato, inmersa en todas mis dolorosas emociones.

Saltando por la cocina y agarrando la elegante camisa de Remy con los puños, Cali estaba furioso.

"Tienes mucho valor apareciendo aquí después de la mierda que has hecho", espetó Cali.

No lo había visto desde que lo abandoné desnudo en su habitación en París. Sin embargo, allí estaba, su figura iluminada por el sol de la mañana. Sus hombros anchos llenaban el marco de la puerta, y a pesar del estrangulante agarre de Cali en él, sus oscuros ojos buscaron los míos.

Parecía… destrozado como si una tormenta hubiera maltratado su espíritu. Estaba muy lejos de su habitual compostura. Incluso su camisa, normalmente impecable, colgaba de él de manera descuidada.

"No te pongas nervioso, hick. Solo vine a hablar con Dillon", dijo sin su habitual combatividad.

"No", escupió Hil, colocándose delante de mí como para protegerme de la mirada de Remy. Cuando Hil volvió a hablar, su voz estaba llena de ira. "No, has perdido ese derecho."

La negativa abierta de Hil derribó la fachada de Remy. Su expresión normalmente controlada se suavizó. La tristeza parpadeó en sus ojos. "Hil, no comprendes", comenzó Remy, el tono ronco de su voz tirando de mis emociones.

"¿Qué? ¿Que hiciste lo que tuviste que hacer porque Armand había amenazado sutilmente con matarnos a todos?" Dijo Hil fríamente.

"No, que no soy nuestro padre", corrigió Remy.

"¿Qué?" Preguntó Hil sorprendido.

Remy suspiró.

"Padre sí habría solucionado algo como esto. Habría tomado a unos cuantos de sus hombres y habría comenzado una guerra que habría dejado un rastro de sangre en las calles", dijo Remy, con el ceño fruncido.

"Sé que crees que yo también soy así. Y quizás durante un tiempo, yo también lo creí. Pero no soy yo.

No sé hacer eso. Quiero poder proteger a las personas que amo así, pero no soy él. No soy nuestro padre."

Con su admisión, Cali soltó a Remy y se echó atrás. Libres, los dos hermanos se miraron el uno al otro. No podía saber lo que cualquiera de ellos estaba pensando.

Sabía lo que significaba para mí. Remy estaba reconociendo lo que siempre supe de él. Era un buen hombre que nunca había querido la vida a la que fue forzado.

"Remy, nadie aquí quiere que seas nuestro padre", interrumpió Hil el silencio mientras apretaba el hombro de su hermano mayor.

"No tienes idea de cuánto he sacrificado por esta familia, Hil. Pero, por más que lo he pensado, solo hay una cosa que lamento."

"¿Qué es?" Pregunté atrayendo su atención.

Remy dejó a su hermano para pararse a centímetros de mí.

"Lamento no haberte dicho lo que sentía antes", declaró Remy lleno de emoción.

Mi respiración se entrecortó.

"Dillon, llevo tanto tiempo enamorado de ti. Desde el momento en que te conocí, nunca tuve suficiente. Cada vez que venías a pasar el rato con Hil, me preguntaba si me veías. Entonces, cuando te tuve tan cerca, cuando tenía todo lo que siempre quise en mis brazos, fui el hombre más feliz que jamás podría ser.

"Cuando me dejaste, intenté vivir sin ti. Sabía que haciéndolo mantendría a salvo a todos aquí. Pero la petición fue demasiado. No puedo alejarme de ti, Dillon. Te necesito. Estoy aquí para decirte que si me aceptas, nunca te abandonaré de nuevo."

Reprimí mis emociones, intentando controlar la abrumadora ola que amenazaba con estrellarme.

"Remy", empecé suavemente, "te dejé por una razón. Tienes que estar con Eris. La vida de todos depende de ello. Y aunque no fuera así, no puedo ser el otro hombre. Si pudiera, lo haría por ti. Pero no puedo. ¡Lo siento!"

"Pero por eso estoy aquí", explicó Remy. "Sé que no puedo simplemente alejarme de Eris. Pero tampoco puedo vivir sin ti", declaró Remy exponiendo su corazón. "Así que estoy aquí para pedirte nuevamente tu ayuda. No tengo todas las respuestas como las tenía mi padre. Y no soy él, no puedo hacer esto solo. Necesito la ayuda de las personas que amo. Y te amo a ti."

Cada palabra de Remy era como un bálsamo para mi alma dolorida. Me amaba. Exhalando un suspiro que no me di cuenta de que había estado conteniendo, me rendí a él.

"Yo también te amo, Remy", confesé.

Con eso, Remy deslizó su mano detrás de mi cuello y me atrajo hacia él. Un placer inundó mi ser como una cascada. Sus labios familiares eran mi hogar. Sintiendo su calor mientras abría mi boca, me perdí en él. Y cuando su lengua entró en busca de la mía, no quería que se fuera nunca.

La electricidad fluía entre nosotros. ¿Cómo creí que podría mantenerme alejado de él? No podía. Y mientras nuestras dos lenguas bailaban y su otra mano encontraba mi trasero, el momento fue roto por la reacción de mi mejor amigo ante verme besar a su hermano por primera vez.

"¿Deberíamos marcharnos?" Hil preguntó de manera sincera.

Mordisqueando mi labio mientras se separaba de mí, nuestras dos frentes se tocaron mientras volvíamos a aterrizar en la realidad. Nos miramos fijamente a los ojos y soltamos una risa contenida.

"De nuevo, ¿deberíamos marcharnos?"

"No, no lo hagas", dijo Remy incorporándose. "Voy a necesitar también tu ayuda". Se giró de Hil a Cali. "Y la tuya también", dijo de manera vulnerable.

Cali lo observó.

"Sigo pensando que eres un gilipollas", concluyó Cali.

Remy soltó una carcajada. "Es mi mejor cualidad", bromeó.

"Pero, me has ayudado a recuperar a Hil", admitió Cali, sus ojos dulcificándose. "Así que, te ayudaré con esto."

"Los dos lo haremos", Hil estuvo de acuerdo. "Es hora de que el resto de nosotros en esta familia también asumamos responsabilidades. No todo depende de ti. Estamos todos juntos en esto."

Un alivio inundó a Remy. "Gracias. No sabéis lo mucho que esto significa para mí. ¿Alguna idea brillante?"

Reflexioné sobre ello, mi mente llena de posibilidades. "¿Crees que Armand tiene algo que pueda derribarlo?"

"¿No lo tenemos todos?", dijo Remy con una sonrisa maliciosa. Al notar nuestras caras en blanco, añadió: "Mal público. Sí, hay muchas posibilidades de que Armand tenga algo que pueda derribarlo. Lo que podría ser y dónde podríamos encontrarlo, no tengo ni idea."

"¿No jugáis todos los capos de la mafia con el mismo manual?", Cali se mofó.

"Por supuesto, pero devolví mi copia a la biblioteca. Si no hubiera sido por las malditas multas por retraso…", Remy contestó con sarcasmo.

"Como he dicho, gilipollas", concluyó Cali.

"Y como he dicho, mejor cualidad", Remy se burló volviéndose hacia el hombre que amaba.

"En serio, ¿crees que tiene algo que podamos usar en su contra?", repetí lentamente formando una idea.

"De nuevo, sí. Pero no es que siga al hombre como su sombra. Podría ser cualquier cosa y estar en cualquier lugar. No sabría por dónde empezar."

"¿Qué si hay alguien que lo sepa?", pregunté.

"¿Eris? No hay manera de que me ayude a derribar a su padre. Está bastante enfadada conmigo en este momento."

"¿Qué ha pasado?", pregunté sin poder evitarlo.

"Digamos simplemente que la dejé en un momento inoportuno."

"¿Por qué?"

"Porque cuando te das cuenta de que quieres pasar el resto de tu vida con alguien, quieres que empiece de inmediato", dijo Remy apoderándose de mi alma.

"Cali, ¿por qué nunca me dices cosas así?", Hil le preguntó a su novio.

Cali gimió y miró a Remy. "Gilipollas".

"Follador de hermanos", dijo sin perder el ritmo.

"Vale, vosotros dos", dije poniendo fin a las cosas antes de que empezaran. "Estoy pensando en Jimmy."

"¿El agente del FBI?", Remy preguntó sorprendido.

"¿Eres amigo de un agente del FBI?" Hil preguntó confundido.

"Oh, no solo del FBI. Está en la división de crimen organizado sobrenatural", explicó Remy contento de encontrar a alguien con quien pudiera relacionarse.

"¿Eres amigo de un agente del FBI que trabaja en crimen organizado sobrenatural?" Hil dijo, dejando a Cali para que me interrogara.

"Es un amigo de la escuela primaria. Crecimos en el mismo edificio. Me encontré con él cuando estaba buscando una ubicación para el proyecto de Remy", intenté explicar.

"Y luego le pidió que formara parte del consejo del centro comunitario", añadió Remy disfrutando un poco demasiado de esto.

"¿Invitaste a un agente del FBI a formar parte del consejo del centro comunitario?" Hil preguntó estupefacto.

"¡Es lo que yo dije!" Remy añadió jubiloso.

"Hay muchas bandas en el área. Ofreció ayudarme a convertir el centro en un lugar seguro."

"¿No ves cómo eso podría haber sido una decisión cuestionable teniendo en cuenta quién pagaba todo?" Hil insistió.

"Tú también, Hil. Mira, hice lo que pensé que era lo mejor para todos. Y, para que conste, no mencionó la parte sobrenatural cuando me dijo dónde trabajaba", dije comenzando a arrepentirme de mi decisión. "Pero, si quieres que lo retire del consejo, lo haré."

Al verme empezar a sudar, Remy intervino.

"No, no. Estoy seguro de que cualquier decisión que tomes será la correcta. Y ofrecen visitas conyugales en prisión, ¿no? No es como si 10 a 20 años de separación pudieran separarnos."

Cediendo bajo la presión, chillé. "Lo siento. Lo eliminaré de inmediato."

"Te estamos tomando el pelo", explicó Remy con una sonrisa. "Hil, dile a Dillon que solo estás jugando con ella."

Cuando Hil no respondió, Remy lo dijo de nuevo. "Hil, dile a tu mejor amiga que era una broma."

"Fue una broma", dijo con poca convicción.

Miré a Remy, cuyos ojos iban y venían entre su hermano y Cali.

"Vale gente, solo lo voy a decir una vez más. No soy mi padre. Soy un businessman legítimo. Nuestra familia es ahora completamente legal. No hay nada que el amigo del FBI de Dillon pueda sacar, por mucho que Dillon quiera que lo haga."

"¿Remy?"

"¡Bromeando!"

"¡Imbécil!"

"Pueblerino."

Hil nos miró. "Ya que hemos sacado eso de la mañana, ¿qué sigue, Remy?"

"¿A qué te refieres?"

"Has encontrado a Dillon. La has recuperado. ¿Y ahora qué?"

"Supongo que idear un plan", dijo Remy inseguro.

"Bueno, has dicho que necesitas nuestra ayuda para elaborarlo. ¿Qué tal si te quedas aquí con nosotros?"

"¿Con nosotros?", protestó rápidamente Cali.

"Dillon ya está aquí. Se quedará en su habitación". Hil se dirigió a los dos. "¿Correcto?"

Miré a Remy. "Eres bienvenido a quedarte. Nos llevará unos días elaborar un plan."

"¿Estás sugiriendo que me quede en Pueblucho?"

"Si va a faltar al respeto a nuestra ciudad así…"

"Estoy bromeando. ¿Qué tienen los de pueblo que no pueden soportar una broma? ¿Es todo el incesto?"

Cali se abalanzó hacia Remy y agarró su camisa como si quisiera transformarse. Remy lo miró con una sonrisa.

"Está intentando provocarte", explicó Hil.

"Lo está consiguiendo", afirmó Cali.

"No dejes que lo haga."

"Y Remy, dijiste que necesitas la ayuda de todos nosotros. Eso incluye a Cali. ¡Así que sé amable!"

"Vale, de acuerdo. Seré amable. Estoy seguro de que tenéis un encantador pueblo lleno de gente encantadora."

La intensidad de Cali se desvaneció eventualmente y dejó de sujetarlo.

"Y estoy seguro de que solo la mitad de vosotros compartís al mismo padre", añadió Remy sin poder contenerse.

La cabeza de Cali se volvió hacia Remy, pero esta vez él no reaccionó. Simplemente lo miró.

"¿Remy?" le reprendí.

"Está bien, un cuarto de vosotros."

"¡Remy!"

"Solo hay tanto…"

"Remy, necesitas su ayuda."

Él suspiró y se recompuso.

"Esto", dijo señalando el bed 'n breakfast. "Esto es… encantador. De verdad, es encantador. Deberías sentirte orgullosa de haber crecido en un lugar así. Hil y yo no lo hicimos, y estoy seguro de que eso nos perjudicó."

Remy se volvió hacia mí.

"¿Estás feliz?"

"Lo estoy", dije nuevamente sorprendida por su lado más dulce.

"Gracias", respondió Cali, repentinamente confuso y desarmado. "Eh… ¿quieres desayunar? Tu hermano se maneja muy bien en la cocina."

"¿De verdad?" preguntó Remy con sorpresa encantada. "Eso es algo que necesitaré ver para creer", dijo mi chico antes de sentarse a la mesa y convertirse, por primera vez, en parte de nuestro grupo.

Después de disfrutar del impresionante desayuno de Hil, Cali se encargó de los platos mientras los cuatro ideábamos un plan. Remy describió las ideas de Hil y las mías como ridículamente ingenuas, aunque se aseguró de hacer un cumplido cuando venían de mí. Mi chico describió las ideas de Cali como sociopáticas, pero para ser justo, lo eran.

"Podríamos simplemente bombardear el lugar y terminar ya", sugirió Cali mientras lavaba un plato.

"Esa es una opción", respondió Remy antes de hacerme con la boca un gesto que decía '¿va en serio?'

Miré a Hil para la respuesta. Los ojos de Hil saltaban entre los dos, con una expresión que decía que él tampoco lo sabía.

"Eso es lo que hizo con nosotros", aclaró Cali. "¿No es eso lo que la gente como él hace?"

"Verdaderamente. El asunto de la bomba en el maletero", recordó Remy, haciendo recordar a todos lo que el matón de Armand había intentado para asesinar a Hil. "Entonces, pongamos por caso que ponemos una bomba en su casa y lo asesinamos. Habríamos matado a un hombre. Tú, con tu cortesía de pueblo pequeño, y tus exclamaciones de '¡Santa mierda!', 'por favor' y 'gracias', ¿crees que podrías vivir con eso?"

"¿Por qué tendría que importarnos lo que le suceda?" inquirió amargamente Cali.

"De acuerdo", dijo Remy sintiéndose incómodo. "Sé que te disparó…"

"Sí, él me disparó", interrumpió Cali con veneno.

"Sé que te disparó", repitió Remy intentando calmarlo. "Pero no habría manera de que pudieras vivir contigo mismo si fueras parte de ello. Sí, Armand es un despojo que no merece vivir. Pero no quieres ser quien provoque eso. Créeme."

Se me formó un nudo en el estómago al escuchar la súplica de Remy. Mientras hablaba, una triste realidad se hizo evidente para mí. A Hil y a Cali les ocurrió lo mismo.

"¡Nunca he matado a nadie!" exclamó Remy, bajo la mirada de todos. "¡Por Dios! ¿Qué piensan todos de mí?" preguntó antes de levantarse y salir por la puerta.

Miré a Hil y a Cali mientras ambos me devolvían la mirada. Remy tenía razón. Todos lo pensábamos.

"Supongo que debería hablar con él", dijo Hil con cautela.

"No. Yo lo haré", respondí, esperando que el tiempo que habíamos pasado juntos me facilitara la conversación.

Al salir de la cocina y del bed and breakfast, vi a Remy sentado en su coche. Medio esperaba que se hubiera ido, pero no lo hizo. Simplemente se quedó allí, detrás del volante. Así que me uní a él.

"Hacer que la gente pensara eso fue mucho más fácil cuando no me importaban ni siquiera las insignificancias", confesó Remy cuando mi puerta estuvo cerrada.

Me acomodé en el asiento para mirarlo y puse una mano en su rodilla.

"¿Cómo fue crecer de la manera que lo hiciste? No debió ser fácil."

"Nuestro padre se preocupaba por dos cosas, su familia y su manada. Nunca dudé de su amor. Lo decía constantemente. Pero mi padre no era un buen hombre. Lo vi hacer cosas a otras personas por las que ardería en el infierno si existiera."

"¿Como qué?" pregunté con cautela.

"No querrías saberlo."

"Tienes razón. No quiero. Preferiría pensar en tu padre como el hombre que trató bien a mi madre y pagó para que yo pudiera ir a la universidad. Nunca recibí más que amabilidad de tu padre y me gustaría creer que ese era él."

"Y es así como deberías recordarlo."

"No, no debería."

"¿Por qué no? Él ya se ha ido. ¿Qué importa?"

"Importa porque tú no deberías tener que cargar tú solo con el peso de lo que has visto."

Remy me miró suavizándose. "No podrías soportarlo. Las cosas que he visto…"

"Sabes, no soy tan frágil como la gente cree. Soy delgada, pero soy bastante fuerte."

Remy sonrió. "Lo sé. Eres la persona más fuerte que conozco. Pero tienes tus propias batallas. Al menos yo tenía un padre, por muy loco que fuera. Tuviste que criarte tú sola."

"Tuve a mi madre", añadí rápidamente sintiéndome a la defensiva.

"Sí, pero no tenías a nadie que te enseñara a ser una mujer."

Eso me calmó. Como chica homosexual, crecer sin padre siempre ha sido un tema delicado para mí. Cuando era niña y quedó claro para todos lo que era, oí a una de las amigas de mi madre decir que si ella no traía un hombre a mi vida, me volvería lesbiana.

Mi madre inmediatamente salió en mi defensa diciendo que no habría nada malo si terminaba siendo lesbiana. Que estaría orgullosa de mí de cualquier manera. Eso la silenció.

Pero, oírlo de niña, la idea de que era lesbiana porque no tenía un padre, perduró. Incluso podría haber sido la razón por la que comenzara a observar al vampiro desde el otro lado de la calle.

Desde entonces he aprendido que sentirme atraída por hombres es más un asunto genético que cualquier otra cosa. Y ver lo gay que es Hil, teniendo un padre como el suyo, también ayudó. Pero las cosas que escuchas al principio son difíciles de olvidar. Todavía me persiguen hasta el día de hoy.

"En eso tienes razón. No tuve a nadie para enseñarme qué significa ser un hombre. Pero, ¿el hecho de que tu padre te enseñara a ti, ha mejorado tu vida?"

Remy bajó la mirada en un momento de reflexión.

"Tal vez no. Mira, yo no quería decir…"

"No lo has hecho," lo interrumpí, sabiendo que no fue así. "Solo trato de decirte que quiero estar ahí para ti. Quiero ayudarte con lo que te agobia. Soy lo suficientemente fuerte. Puedo hacerlo. Y no quiero que te sientas solo. No si estás conmigo," concluí apretándole la rodilla.

Remy me miró pensativo. Cuando finalmente llegó a una decisión, dijo: "Una vez vi a mi padre mutilar a un vampiro."

"¿Qué quieres decir con eso?"

"Quiero decir que empezó cortándole los dedos, uno por uno, con unas tijeras de podar antes de pasar a sus extremidades con una sierra de mano."

Sintiéndome súbitamente mareada y náusea, no conseguí hablar de inmediato. "No entiendo. ¿Por qué?"

"No se permite la entrada a vampiros en el territorio lobuno."

"¿Y él solo le mutiló como castigo?"

"Y me obligó a mirar," admitió Remy, el dolor evidente en sus ojos.

"¿Qué?"

"No solo yo. Fue toda la manada. Creo que quería que presenciáramos de lo que era capaz si alguien se cruzaba en su camino. Y sé que era un vampiro y, por lo tanto, ya estaba muerto, pero gritaba como si aún estuviera vivo."

Tuve que controlarme mientras asimilaba la información.

"¿Estás bien?" me preguntó Remy esta vez tocándome la rodilla.

"Dame un segundo," le pedí sincera.

Lo hizo, y eso fue suficiente para empezar a procesar lo que acababa de escuchar.

"Así que, cuando Hil o tú piensan que soy como mi padre, significa algo un poco diferente para mí."

"Lo comprendo," dije con compasión. Hice una pausa. "Espero que eso sea lo peor que viste hacer a tu padre."

Remy sonrió amargamente. "¿Qué tal si lo dejamos aquí por hoy? Estamos hablando de toda una vida de cosas. He tenido tiempo para asimilarlo. Podría ser demasiado oír todo de golpe."

"Tienes razón," admití, aliviada de no tener que escuchar más.

Remy se giró hacia el edificio colonial de vivos colores que teníamos delante y lo miró fijamente.

"¿En qué estás pensando?" pregunté, temerosa de lo que podría escuchar.

"Estabas en lo cierto. Contarte todo esto me ha ayudado." Se giró hacia mí. "Es mucha información, ya lo sé. Pero me siento un poco más aliviado," dijo sonriendo.

"Me alegro," respondí, intentando ocultar mi propio malestar.

"No debería haberte contado todo eso, ¿verdad? Te he traumatizado," se arrepintió.

"No," mentí, bajando la vista. "Quiero decir… sí, es demasiado. Pero eso es justamente lo que implica compartir una carga. Ninguno de nosotros debería cargar con todo. Compartimos la carga. Y yo soy fuerte. Puedo con ello. Aunque tal vez aún no esté lista para volver a entrar," confesé, esforzándome por sonreír.

Remy me miró durante un segundo, arrancó el coche y nos marchamos.

"¿Adonde vamos?"

"Creo que podemos darnos el resto del día libre. Hay unos cuantos lugares por aquí que estudié cuando planeaba cómo secuestrar a Hil."

"¿Quieres decir durante tu plan de secuestrarlo?"

"Mismo perro, diferente collar," respondió Remy encogiéndose de hombros antes de arrancar.

Condujimos durante lo que me parecieron 30 minutos hasta que finalmente nos detuvimos al lado de la carretera.

"¿Dónde estamos?" pregunté, observando a través del parabrisas un mar de árboles frente a nosotros.

"¿Sabías que hay más cascadas en esta región que en cualquier otra parte del país?"

Me volví hacia Remy sorprendida. "¿Cómo sabes eso?"

"Tuve que pasar unos cuantos días aquí esperando el momento adecuado para acercarme a Hil. Tenía mucho tiempo libre."

"¿Así que estudiaste el pueblo?"

"Le di una búsqueda rápida en Google."

"¿Y luego qué? ¿Empezaste a hacer senderismo?"

"Por tu tono diría que no comprendes cuánto tiempo tuve que matar."

Me recliné en mi asiento, meditando sobre eso.

"Entonces, ¿después de que Hil te atrapó estacionado a las afueras de su casa, qué hiciste?"

Remy lo pensó. "Probablemente desayuné algo en la cafetería. Podría haber hecho una caminata de las que guardé en mi aplicación de senderismo".

"¿Tienes una aplicación de senderismo?"

"La descargué cuando estaba aquí. Hay demasiadas rutas aquí".

"Así que déjame ver si entendí bien. ¿Después de hacerle creer a Hil que alguien estaba aquí para matarlo, te ibas a dar una caminata por los senderos naturales?"

"En primer lugar, había alguien aquí para matarlo y no era yo. En segundo lugar, no tienes idea de cuán hermosos son estos senderos. Te lo voy a mostrar. Vamos", dijo dándole una palmada a mi pierna y luego saliendo del coche.

Siguiendo a Remy a los bosques, tuve que admitir, tenía razón. Me había resistido a hacer algo de esto cuando Hil lo sugirió porque, ya sabes, los bichos. Pero, nunca había visto en mi vida un lugar más hermoso.

Los exuberantes árboles que parecían infinitos, la corriente que cruzamos varias veces, me tranquilizaron. Y cuando, después de un kilómetro, nos acercamos a un estanque alimentado por una cascada, estaba preparado para sentarme y disfrutarlo todo.

"No sabía que existían lugares como este", admití, abrumado por todo.

"Pensé lo mismo".

"Pero siempre te burlas de Cali por ser de aquí".

"Estar en un lugar hermoso no le impide ser un paleta. Ambas cosas pueden ser ciertas", dijo Remy con una sonrisa pícara.

No quería, pero reí.

"Cali es un buen tipo" aclaré.

"Lo sé, lo sé. Es perfecto. Jamás se ha quedado mirando a su padre descuartizar a un exhumano. Lo pillo. Es mejor que yo."

"No es mejor que tú. Simplemente, no es tan malo como te haces parecer a ti mismo. Sabes que podría terminar siendo tu cuñado, ¿verdad?"

"Y no me importaría que lo fuera. Tendría que idear unos cuantos chistes de paletos más para añadir a la rotación. Pero es lo que haces por la familia", dijo con una sonrisa satisfecha antes de desabotonarse la camisa.

"¿Qué estás haciendo?"

"¿Creías que te había traído aquí para mostrarte los árboles? Estamos aquí para desnudarte", dijo con una pícara sonrisa.

Riéndome nerviosa, no estaba segura de si hablaba en serio. Resultó que sí lo hacía. Observé a

Remy desnudarse hasta quedarse en nada y luego saltar de cabeza al agua. Me quedé asombrada.

"Ven, el agua está perfecta."

Miré a nuestro alrededor preguntándome si Remy se había vuelto loco.

"¿Estás bromeando? Estamos en medio de la nada. Podría comernos un oso o algo."

"Creo que te has saltado la parte más importante de lo que acabas de decir. Estamos en medio de la nada. No hay nadie alrededor en kilómetros", dijo zambulléndose en el agua.

"Exacto, por lo que no habría nadie alrededor para oírme gritar."

"Exactamente. No hay nadie alrededor para oírte gritar", dijo finalmente dando en el clavo.

Mi corazón latía con intensidad mientras contemplaba al hombre que había deseado toda mi vida. Era hermoso. Con sus pómulos agudos y mandíbula cincelada, parecía esculpido en mármol.

"¿Te unirás a mí?" Preguntó Remy con insinuación.

"No debería", dije sintiéndome confundido.

"¿Pero lo harías? Me gustaría mucho si lo hicieras", dijo seductoramente.

Las ardientes ojos de Remy se clavaban en mí. Sentía como si ya no estuviera en control. Necesitaba unirme a él. Tenía que estar cerca de él. Así que, levantándome y quitándome la ropa, lo hice.

"¡Esta agua no es perfecta. Está helada!" exclamé cuando emergí.

"Entonces, déjame calentarte", dijo Remy arrastrándome hacia él.

Buscando un lugar donde pudiera mantenerse de pie, Remy me atrajo hacia sus brazos. Su desnuda carne presionada contra la mía. Podía sentirle por completo, su pecho musculoso, su abdomen plano y su crecientemente erecta polla.

"Yo, ehhhh… no quiero darte una idea equivocada", le dije mientras iba perdiendo el control de mis pensamientos.

"¿Y cuál sería esa idea?" dijo con sus labios tan cerca de mi oreja que podía sentir su caliente aliento.

"Que quiero que ocurra algo entre nosotros."

"Nunca haría más de lo que tú quisieras que hiciese. ¿Qué quieres que haga, Dillon?" preguntó enviando escalofríos por mi espalda.

De repente, me sentí ardiente. Contrayéndose contra su vientre, él me sintió.

"¿Qué quieres que haga, Dillon?"

Si no estuviéramos en agua fría, estaría sudando.

"Quiero que tú…"

"¿Qué?"

"Bézame", dije temblando.

Presionó su mejilla contra la mía, nuestras barbillas se encontraron. Fue suficiente para que acercara sus labios a los míos. Sintiendo su cálido cuerpo presionar contra el mío, no reaccioné. No sabía por qué, pero me sentía tímida. Era como si fuera mi primera vez. Y sin preguntar, se convirtió en mi dispuesto instructor.

Suavemente separando mis labios, sentí su lengua tocar la mía. Chispeaba en mi cerebro. Deslizándose y presionándola contra la mía, invitó a la mía a unirse a la suya. Cuando ambas danzaron, su dominio sobre mí fue evidente. Era suyo para hacer lo que quisiera y quería todo.

Perdiéndome en nuestro beso, fui alertada de nuevo al sentir su erección frotándose contra mí. No soy pequeña, pero la sensación de que su tamaño eclipsaba el mío acabó con mi voluntad.

Su mano inferior rodeó mi trasero. Sus dedos rozaron levemente mi entrada. Los usó para guiar mis caderas.

"¿Qué más quieres que haga?" preguntó de nuevo, susurrándome al oído.

No respondí.

Frotó su erección contra mí llenándome de pensamientos eróticos.

"Dime lo que quieres", insistió debilitando mi resistencia.

"Quiero…"

"¿Qué quieres?"

"Quiero…" empecé de nuevo, embriagada instantáneamente por la idea.

"Dímelo," exigió. "Quiero oírte decirlo."

"Quiero que me hagas tuya", dije sabiendo que era cierto.

Inmediatamente me alzó en sus brazos y me aferré a él. Con mis brazos alrededor de su cuello, mi timidez desapareció. Mientras nos dirigía hacia la cascada, besé sus labios. No sabía a dónde me llevaba, pero mientras estuviera con él, no me importaba.

Al entrar en la cascada, la agua nos envolvió. La sensación fue intensa. Mi corazón latía a mil por hora. Mientras estábamos allí parados, pude sentir la punta de su erección entre mis piernas. Buscaba mi entrada y yo quería que la encontrara. Cuando lo hizo, relajé mis piernas sintiendo su glande presionando contra mí. Me volvió loca.

Necesitando más, balanceé mi cadera intentando que entrara en mí. Todo lo que sentí fue la presión. Dejando caer todo mi peso sobre su erección, rogaba silenciosamente sentirle dentro. Pero no ocurrió. Era el agua. La fricción era demasiado.

Fue entonces cuando, todavía con mi trasero en su brazo, cruzamos por debajo de la cascada hasta su otro lado. El eco de las gotas de agua me indicó que estábamos en una caverna. El estanque era más superficial aquí.

Sacándome del agua, Remy me colocó en la mullida tierra de la orilla. Sin querer terminar nuestro beso, me aferré a él el mayor tiempo posible. No duró mucho. Y con la conexión rota, agarró la parte trasera de mis rodillas y levantó mi trasero al aire.

La sensación de la lengua de Remy en mi intimidad fue eléctrica. Nunca había sentido algo así. Si no lo hubiera estado ya, habría llegado a la excitación otra vez. Moviendo mi trasero bajo su toque, se abrió para él. Y cuando la punta de su lengua acarició el interior de mi entrada, ambos supimos que estaba lista.

Deslizando su cuerpo sobre el mío, colocó mi pie en su hombro, inclinándose para besar mis labios. Su lengua volvió a entrar en mi boca. Fue bienvenida.

Mientras separaba mis labios, su erección rozó mi entrada. Enredando mi lengua alrededor de la suya, mi mente giró cuando empujó.

El dolor se extendió a través de mí. Su tamaño dolía hasta que con un chasquido, él estaba dentro de mí. Mis entrañas apretaron su miembro.

Lentamente se fue adentrando en mí, me quedé paralizada sintiendo cada centímetro de él. Sentía tan bien que podría haber llorado. Con su pelvis contra mi trasero y su miembro enterrado en mis profundidades, comenzó a retroceder. No solo era un hombre grueso, sino que era largo. Parecía una eternidad hasta que la cabeza de su miembro saliese.

Pero cuando lo hizo, se reposicionó encima de mí y volvió a empujar. Remy me hacía suya.

No estaba preparada para ello, pero no quería que se detuviera. Me llenó completamente. Mis ojos se revolvieron del placer. Y cuando tomó mi dura pedida en su mano y me estimuló al ritmo de sus embestidas, perdí el control.

"Ahhh", gemí diciéndole que estaba cerca.

"Sí", gimió dándome permiso para llegar.

Embistiéndome más duro, bramé. No había nadie alrededor así que podría haberlo hecho. Liberé todo lo que tenía dentro de mí.

"Sí, sí", grité.

"Así es. Quiero oírlo".

"Embísteme. Embísteme más duro".

Remy obedeció de inmediato. Nunca me habían embestido tan duro en mi vida. Si no me estuviera sujetando, me habría desplazado. Y cuando el hormigueo recorrió mi cuerpo, danzó por mí asentándose en mi centro.

"Voy a llegar, voy a llegar", grité mientras mis dedos de los pies se curvaban casi al romperse.

"Ahhhh", grité cuando mi cuerpo se contrajo dolorosamente y luego se liberó.

Mientras mojaba a Remy con mis jugos, Remy llenaba mi interior. No tardó mucho en colapsar encima de mí. Estaba agotado. Yo también lo estaba.

Por mucho que sentir su cuerpo tocar la piel sensible de mis senos me hiciera estremecer, envolver mis brazos alrededor de Remy me relajaba. Todo se sentía tan bien que apenas podía pensar con claridad. Era cálido y cómodo y no había otro lugar en el mundo en el que quisiera estar. No quería que esto terminase nunca.

"Te amo", susurró Remy a mi oído.

"Yo también te amo", le susurré de vuelta.

"No quiero estar nunca más lejos de ti", dijo con una emoción desgarradora.

"Eres el único hombre que he querido", le dije sabiendo que no podría dejarlo aunque lo intentase.

Parecía que habíamos estado allí juntos toda una eternidad, pero finalmente, tuvimos que levantarnos. Sabiendo que teníamos que limpiarnos, volvimos al estanque gélido. Duchándonos bajo la cascada, no pude apartar la vista de Remy. Tenía que ser el hombre más hermoso del mundo y era mío. Estaba dispuesta a luchar hasta la muerte por tenerlo. Remy se había convertido en mi todo.

Al volver al bed and breakfast horas después de haber salido, encontramos a Cali y a Hil en el patio trasero hablando con dos muchachos.

"Estos son mis hermanos, Tito y Claudio", dijo Cali para nuestra sorpresa.

No fue que no se parecieran a él. Lo hacían. Más bien era que Claudio era negro y era más oscuro que yo.

Buscando de nuevo el parecido familiar, era inconfundible. Cuando sonrieron, sus carnosos hoyuelos se comieron su rostro. Dios, estaban buenísimos. Y si entendí correctamente su comentario al pasar, Tito también estaba saliendo con un chico. ¡Vaya!

"Estaba pensando que podrían ayudarnos con eso en lo que estabas trabajando", Cali le dijo a Remy.

"¿Por qué piensas eso?", respondió Remy empleando la sonrisa que usaba para enmascarar su enfado.

"Ayudaron a mantener a Hil a salvo cuando…"

"¿Cuando fui a buscarlo?"

"Cuando casi somos asesinados por un bomba", dijo Cali, molesto.

"Bien. Y estoy agradecido por eso. Pero estoy seguro de que estos buenos muchachos tienen cosas mejores que hacer que… ayudarme a mudar", dijo Remy hablando en clave.

"Son mis hermanos. Si les pido que "te ayuden a mudar", lo harán. Y creo que estarías agradecido porque necesitamos la ayuda".

"Nosotros no necesitamos ayuda".

"¿Crees que nosotros cuatro podemos con eso?", dijo Cali burlándose de Remy.

"Por supuesto que no", dijo Remy a la defensiva. "Por eso se contrata a profesionales".

"¿Profesionales para… ayudarte a mudar?"

"Sí".

"¿Conoces a profesionales que podrían ayudarte a mudar?"

Remy estaba a punto de desplegar su encanto para desechar la conversación cuando se quedó paralizado. Su encanto había desaparecido.

"Yo sí", dijo Remy sorprendido.

Se giró hacia mí.

"Conozco a alguien que puede ayudar", dijo con una sonrisa radiante.

"¿Sí? ¿Quién?" pregunté sin esperar lo que sucedió después.

Capítulo 13

Remy

Entré por las puertas del centro comunitario, sorprendido por el bullicio de actividad en su interior. Los niños corrían de sala en sala, mientras los voluntarios tutelaban, preparaban comidas y entregaban donaciones. Dillon había creado algo increíble aquí.

Mis ojos escanearon la multitud hasta que encontraron a él. Al verlo, mi corazón saltó un latido. Era difícil creer que finalmente era mío. Lo único que todavía nos impedía estar completamente juntos era Armand, y mi objetivo de hoy era eliminarlo de la ecuación.

"Hola, tú", dijo Dillon, acercándose con una sonrisa tímida que me derretía.

"Este lugar luce genial. Realmente has construido algo especial aquí", le dije con sinceridad.

Las mejillas de Dillon se ruborizaron con el cumplido. "Ambos lo hemos hecho. Nada de esto habría sucedido sin ti."

Estuve a punto de protestar pero me detuve. Dillon tenía razón. No podía negar mi rol en todo esto, pero era su corazón y visión los que le habían dado vida a este lugar.

"¿Ya están todos aquí?", pregunté, cambiando el tema.

Asintió. "Prácticamente. Te esperan en mi oficina. Sin embargo, ten cuidado, Cali está un poco más tenso de lo habitual."

"Vale, ¿y qué le has contado?" bromee.

"¡Nada!" exclamó, con sus hermosos ojos color chocolate desmantelando mis defensas.

"¿No mencionaste nada sobre Duelo de Banjos, verdad? Esa me la guardo para mí."

"No entiendo la referencia", admitió Dillon, mirándome confuso.

"Hay una escena en una película clásica llamada 'Deliverance', en donde unos montañeros rústicos secuestran a otro y le dicen que grite como un cerdo. ¡Grita como un cerdo! ¡Grita como un cerdo!" recité, imitando mi mejor acento de rústico.

"Remy, la única razón por la que está aquí es para ayudar. ¿Podrías ser al menos amable con él hasta que deje de arriesgar su vida por nosotros?"

Bajé la mirada, sabiendo que el amor de mi vida tenía razón. "Cuando se trata de Cali, simplemente no puedo evitarlo. Es tan fácil de ridiculizar."

"Inténtalo. Por mí. Por favor", pidió Dillon, y supe que lo haría.

"Lo que sea por ti", le dije antes de tomarlo por los hombros y besarlo. Había pasado demasiado tiempo desde el último.

"¿Empezamos?", me preguntó Dillon cuando nos separamos.

"No hay tiempo como el presente", le respondí antes de guiarlo a su oficina.

Al entrar, eché un vistazo alrededor. Cali estaba inquieto mientras Hil y el amigo del FBI de Dillon, Jimmy, estaban sentados en el sofá.

"¿Dónde está tu amigo profesional?", preguntó Hil al verme solo.

"Sí, ¿dónde está ese genio criminal del que tanto alardeas?" quiso saber Cali de forma sarcástica.

Miré a Jimmy.

"Criminal genio en juegos de mesa, querías decir", corregí.

"¿En juegos de mesa?" preguntó Cali, pareciendo confundido.

"Sí. Eso es lo que te dije, si mal no recuerdo. No conozco a nadie que pueda ganarle al 'Cluedo'."

"¿De qué hablas?" preguntó confuso.

Jimmy intervino antes de que Cali pudiera añadir algo más. "Mira, no me importa a qué sea bueno. La única pregunta es, ¿podrá ayudarnos a encerrar a Armand?"

"¿Es esa la postura oficial del FBI?" pregunté, en tensión.

"Ah", dijo simplemente Cali, antes de comenzar a pacear de nuevo.

"Lo único que le importa a la Oficina es meter entre rejas al jefe del crimen más grande de los hombres lobo de Nueva York."

Cali se detuvo y miró en silencio a Jimmy.

Respondí, "Licántropo. Se llaman licántropos."

"Licántropo, hombre lobo, lo que sea", respondió Jimmy molesto. "Lo que importa es que hacer las calles seguras para los humanos es la única preocupación del FBI."

"Bien. Guardemos eso en mente", dije justo cuando mi as en la manga entró a la habitación.

"Perdón por el retraso", dijo una voz con un acento francés, atrayendo nuestra atención. "Fue difícil encontrar un sitio para aparcar donde no me asesinaran", bromeó con una sonrisa.

Mi refinado primo hizo su aparición y miró a su alrededor. "Ah, los americanos", dijo, desestimándonos de inmediato.

"¿Quién demonios es este?" gruñó Cali, odiándolo al instante.

Sonreí. "El mejor jugador de juegos de mesa que jamás conocerás."

Lucien elevó una ceja. "¿Qué es esto de 'maestro de juegos'?"

"Lucien, quiero que conozcas a Jimmy. Trabaja para el FBI"

Una luz de comprensión cruzó la cara de mi primo. "¡Ah, claro! Maestro de juegos, literalmente, ¿como en videojuegos? Lo entiendo" declaró, mientras estrechaba la mano de Jimmy.

Jimmy nos miró a todos, aparentemente poco impresionado por nuestro ardid. "¿Podemos continuar?"

"Sí, deberíamos", afirmó Lucien antes de acomodarse a mi lado. "¿Qué es lo que estamos aquí para hacer, otra vez?"

Jimmy me lanzó una mirada de fastidio. "¿Es que él no lo sabía?"

"Evidentemente, no tiene la menor idea", dijo Cali, paseándose aún más nerviosamente.

"¡Por supuesto que lo sabe!" aclaré. "Pero lo diré de nuevo para que todos estemos en la misma página. Estamos aquí para robar los libros de Armand."

"¿Libros?" preguntó Lucien, confundido.

"Libros de contabilidad", añadió Jimmy. "Una fuente del FBI nos informó de que tiene dos conjuntos de registros financieros. Uno es real. El otro es para el fisco. Si conseguimos ambos, podemos llevarlo a juicio por evasión fiscal."

Hil rió. "¿Después de todo lo que ha hecho, lo van a condenar por evadir impuestos?"

"A menos que puedas darnos una lista de todas las personas que ha asesinado y las armas homicidas que ha utilizado, la evasión fiscal es lo único que tenemos", replicó Jimmy a Hil.

"Entonces será por evasión de impuestos", dije sonriendo. "Pero el problema es que no sabemos dónde guarda los libros."

"En realidad, sí sabemos dónde los guarda", me corrigió Jimmy. "Están en la caja fuerte de donde quiera que está. Nunca se separa de ellos más de ocho horas."

"Eso facilita las cosas", me di cuenta.

"Si consideras útil que estén siempre resguardados por guardaespaldas armados", aclaró Jimmy.

"Me acuerdo de ellos", dijo Cali, tocándose inconscientemente su herida de bala.

"Todos nos acordamos", agregó Hil.

Jimmy nos miró a todos, confundido.

"Todos hemos tenido enfrentamientos con Armand antes", le expliqué a Jimmy.

"Entiendo. ¿Y ahora te vas a casar con su hija?"

"Si puedo evitarlo", le respondí cogiéndole la mano a Dillon.

Los ojos de Jimmy se posaron en nuestras manos entrelazadas antes de volver a mirarme comprendiendo. Los de Lucien hicieron lo mismo.

"Lo capto", le dijo Jimmy a Dillon como si estuviera juntando las piezas del rompecabezas.

"Así es", confirmó Dillon.

"Bueno, entonces. ¿Qué hacemos?" preguntó Jimmy a todos.

Nos miramos todos hasta que nuestras miradas se posaron en Lucien, quien estaba perdido en sus pensamientos.

"No se preocupen por mí. Sigamos", dijo Lucien indiferente.

"¿Hay algo que quieras compartir con el grupo?" le pregunté a mi primo con aprensión.

"¿Sobre esto? No. ¿Sobre la fiesta de compromiso de mi prima? Quizás", respondió con una sonrisa.

"¿Fiesta de compromiso?"

"¿Acaso pensabas que tu padrino de boda dejaría pasar una ocasión tan monumental sin organizar una fiesta de compromiso?" me preguntó ofendido.

Estaba a punto de explicarle que no tenía planes de casarme, cuando continuó.

"El único problema es que estoy de visita desde Francia. Para el número de personas que la familia de la novia querría invitar, nunca podría encontrar suficiente espacio. Y luego está la seguridad. Si solo alguien tuviera un lugar adecuado para organizar una fiesta", terminó con una sonrisa traviesa.

Jimmy miró a Lucien. "Eso podría funcionar" dijo, sorprendido.

"¡Genial!" Exclamé comenzando a creer que podríamos lograrlo.

"¿Cómo se dice 'maestro del juego'?" Bromeó Lucien.

"Ya sea como sea", dijo Cali, finalmente lo bastante relajado como para sentarse.

"No supongo que me vas a decir dónde has estado durante la última semana y media", me planteó Eris mientras estábamos sentados uno frente al otro en Le Bernardin.

Levanté mi copa y di un sorbo. "He estado ocupado", respondí asegurándome de que entendiera la referencia.

"Veo que te has deshecho del reloj."

"No me gustaba el rastro que dejaba", exclamé, rascándome la muñeca.

Eris me miró de manera astuta. "Podría negar que sé de qué estás hablando."

"Podrías, pero ¿para qué insultar nuestra inteligencia?"

"No fue mi idea", expresó Eris en voz baja.

"¿En serio?" Dije con escepticismo.

"¿De verdad crees que se algo sobre cómo poner un rastreador en un reloj transparente?"

"No. Pero estoy seguro de que podrías encontrar a alguien que lo averiguara".

Eris no respondió. Miró a otro lado con culpa, regresó más decidida.

"Remy, ¿por qué tenemos que estar a lados opuestos?"

"Porque lo que tú quieres no es lo que yo quiero, y eres una psicópata."

"No lo soy", dijo ella vulnerable.

"Ciertamente, eso no es lo que diría una psicópata", dije yo tomando otro trago.

"Mira, Remy, quiero casarme contigo tanto como tú quieres casarte conmigo", dijo dejando caer la fachada.

"Si ese es el caso, entonces rompamos el compromiso, simplemente alejémonos, olvidemos que esto sucedió."

"Entonces, ¿qué prefieres, que mi padre mate a todos los que conoces?"

"Tienes razón. Definitivamente no eres una psicópata. ¿En qué estaba pensando?"

"¿Estoy equivocada? ¿Ves algún escenario en el que mi padre decida alejarse de esto y permitirte conservar tu negocio o tu vida? Dime, ¿lo ves? ¿Ves algo así sucediendo?"

Pensé en ello. Tenía razón y lo sabía.

"Eso es lo que pensé. ¿Y ves algún escenario en el que no me case con algún príncipe imbecil que no le importa un carajo?"

También pensé en eso.

"Entonces, lo que hago, lo hago para sobrevivir. Y lamento que tú fueras la mejor de mis verdaderamente horribles opciones, pero lo eres. Así que, vas a aprender a vivir con ello y lo harás sin hacerme sentir mal por el resto de mi vida.

"Yo también merezco ser feliz, ¿sabes? Y si nos damos una oportunidad real, tal vez no sería lo que ninguno de los dos quiere, pero quizás hay una manera de que todavía podamos ser felices", dijo ella sinceramente.

Bajé la cabeza considerando lo que ella había dicho. No estaba equivocada. Estaba en una situación tan mala como yo. Ambos estábamos atrapados. No había forma de negarlo.

Suspiré resignado.

"Es algo así por lo que te traje aquí."

"¿Qué?" Preguntó Eris confundida.

"Preguntaste dónde he estado los últimos días. Era un lugar donde podría aclarar mis pensamientos. Tienes razón. Has estado en lo correcto. Tu padre no se irá. Nos guste o no, esta es mi nueva realidad. O puedo aceptarlo o morir luchando contra ello. Y al igual que tú, soy un superviviente."

"Entonces, ¿qué significa esto?" Preguntó ella con aprensión.

"Significa, que ganas. Ya no voy a luchar contra esto. Hay un camino en alguna parte para que yo sea feliz y voy a tomarlo."

"¿Vas a hacerlo?" Preguntó ella con suspicacia.

"Lo haré", dije resignado.

"Eso es bueno", dijo Eris con duda.

"Es lo que es." Me giré hacia la puerta. "Oh. Y a propósito, hay alguien a quien quiero que conozcas."

Hice señas para llamar la atención de Lucien.

"¿Quién es él?"

"Ese es Lucien. Va a ser mi padrino."

Cuando Lucien se acercó a la mesa, me levanté, le besé en ambas mejillas y le señalé una silla.

"Eris, este es mi primo, Lucien. Lucien, esta es mi prometida, Eris." Dije sentándome de nuevo.

Lucien la miró como si hubiera visto a un ángel.

"Remy, no me dijiste lo hermosa que es."

Eris, embelesada por mi encantador primo, se derritió bajo su mirada.

"Él tiende a olvidar eso", dijo ofreciéndole la mano.

Una vez que la besó como si fuera el papa, dije, "Bueno, ya es suficiente de eso".

Lucien me miró. "¿Presiento un poco de celos?"

Me volví hacia Eris. "No hagas caso de lo que dice. Siempre ha tenido un gusto por todo lo que me pertenece."

"¿Te pertenezco?" Preguntó Eris intrigada.

"Lo harás", respondí yo.

"Ya veo", dijo divertida. "La última vez que lo comprobé, no pertenezco a nadie, y es un placer conocerte, Lucien", dijo con una sonrisa.

"El placer es todo mío."

"¡Basta!" Dije, interrumpiendo lo que estaba sucediendo.

"¡Estás celoso! ¿Quién habría pensado que esto era todo lo que necesitaba?" Dijo Eris con una risa.

"Bueno, como dije, puedo ver un camino hacia la felicidad y estoy dispuesto a hacer todo lo que sea necesario para defenderlo."

"Me gusta este nuevo tú", dijo Eris complacida. "Y si las cosas no funcionan entre nosotros dos, tal vez deberíamos intentarlo los tres."

"¡Basta!" Dije conteniendo mi ira.

Eris se rió.

"Remy, relájate", dijo Lucien. "Estoy muy contento de conocer a la mujer con la que mi primo favorito pasará el resto de su vida."

"Sí, estoy seguro de eso."

"Así lo creo", dijo de manera inocente.

"De todas formas," cambié de tercio. "Hoy invité a Lucien ya que tenía una proposición."

"Sí," intervino Lucien. "Estaba pensando que, dado que Remy solo se casará una vez, me gustaría organizarle una fiesta".

"¿Te refieres a una despedida de soltero?" Pregunta Eris.

"Bueno, sí. Pero también algo más formal. Algo donde nuestras dos familias puedan conocerse mejor".

"¿Como una fiesta de compromiso?" Confirmó Eris.

"¡Sí! ¿Cómo se dice? Una fiesta de compromiso".

Eris me miró. "¿Y estás de acuerdo con esto?"

"La idea no es mía".

Eris frunció el ceño mientras me inspeccionaba.

"¿Crees que tu familia vendría?"

"¿Te refieres a pesar de que tu padre disparó al novio de mi hermana y luego arruinó el funeral de mi progenitor?"

"¿Qué es esto?" se extrañó Lucien. "Arruinó el funeral de tu padre…"

"Es nada," desvió Eris. "Agua pasada. Se trata de comenzar nuestras nuevas vidas juntas. Un nuevo comienzo".

"Sí, un nuevo comienzo", se mostró entusiasta Lucien.

"¿Qué opinas, Remy? ¿Vendría tu familia?"

"¿Tendríamos elección?"

"Por supuesto. Una fiesta de compromiso sería celebración. Si realmente ves un camino hacia la felicidad, creo que este es un paso hacia él."

Ponderé lo que Eris había dicho. "No me veo organizando una fiesta de compromiso".

"No tienes que hacerlo. Podríamos alquilar un lugar", sugirió Eris.

"¡Uf!" Se quejó Lucien. "Los americanos sois tan impersonales."

"¿Qué te parecería que lo hiciéramos en la casa de mi padre en Long Island? Es grande pero personal. Y tienes salida a la playa."

"Ah, la playa", dijo Lucien intrigado. "Suena bien, ¿verdad?"

Dudé. "No sé si estaría dispuesto a hacer esto. Han ocurrido muchas cosas entre nuestras dos familias."

"Es aún mejor motivo para hacerlo. Por favor, Remy, he pasado por muchas cosas y lo sabes. Me merezco esto. Concédemelo".

Miré a Eris sinceramente. "Tienes razón, te lo mereces. Hablaré con mi familia. Todos estarán allí".

"Oh, Remy, gracias", said squeezing my hand across the table. "Ella me apretó la mano por encima de la mesa y dijo, "Estoy muy emocionada".

"Yo también", le confesé antes de dirigirme hacia Lucien, quien me despidió con un guiño.

Cuando la cena terminó, le dije a Eris que iba a pasar un tiempo con Lucien ya que era yo la razón por la que estaba en la ciudad y no conocía a nadie más aquí. Por lo que pude notar, ella aceptó la excusa por lo que se convirtió en mi pretexto habitual para cualquier ocasión en la que necesitáramos reunirnos para tratar los planes.

"Recuérdame de nuevo cómo vamos a abrir la caja fuerte", exigió Cali tan tenso como siempre.

"Recuérdame si el abrir la caja fuerte es tu tarea", le contraataqué.

"No, pero…"

"Entonces, ¿por qué no te concentras en tu parte del plan y te aseguras de no estropearlo?" le interrumpí, acallándolo.

"Está bien, entonces recuérdamelo a mí", reinvidicó Jimmy poniéndose de pie de forma amenazante. "Considerando que el FBI está patrocinando este pequeño proyecto, creo que el Buró tiene derecho a saber".

Mis ojos se movían entre Cali y Jimmy que ahora se aliaban contra mí. Parte de mí quería mandarlos a ambos al diablo pero tenía que admitir que los juguetes de Jimmy eran atractivos.

"Digamos solo que el trabajo que realizaba para mi padre requería de habilidades singulares".

"Así que, ¿vas a abrir la caja fuerte?", interrogó Jimmy directamente.

No confiaba del todo en Jimmy, por lo que no iba a responder a eso. "Si me encuentro una caja fuerte, no me impedirá obtener lo que busco".

La ceja de Jimmy se alzó suspicaz. "¿Deberíamos hacer un plan de contingencia para cualquier tipo de explosión?"

"Solo si también planeamos ocultar C4 en la tarta. ¿Vamos a ocultar C4 en la tarta?"

Jimmy miró a Cali, Hil y Lucien. "¿Lo haremos?"

"¡No!" respondí exasperado. "¿No crees que eso habría sido algo que habríamos discutido antes? ¿Crees que hornear una tarta con C4 adentro se improvisa dos días antes de la misión?"

"Remy, ¿puedo hablar contigo fuera?" Dillon me pidió.

Me volví hacia Jimmy, prefiriendo continuar haciendo el ridiculo, pero me resultaba difícil no darle a Dillon lo que él quería.

"Claro", contesté a Jimmy con los ojos entrecerrados.

Siguiendo a Dillon fuera de su oficina y hacia la calle, esperó a que se cerrara la puerta antes de voltearse hacia mí.

"Remy, ¿qué estabas haciendo ahí adentro?"

"Me escuchaste. Estaba respondiendo a un montón de preguntas estúpidas".

"No, no estabas. Estabas atacando a las personas que solo están aquí para ayudarnos a tener una vida juntos".

"Dillon, me están tratando como si no supiera lo que estoy haciendo".

Dillon movió la cabeza con tristeza en sus ojos. "Remy, te están tratando como si ellos no supieran lo que están haciendo. Y no lo saben. Lo más que Cali ha hecho es ayudarte a rescatar a Hil cuando Armand lo secuestró. Y hasta ahora, Jimmy solo ha hecho trabajo de oficina. Debes tener eso en cuenta cuando les hables".

"Sí, pero…"

"No hay "peros". Sé que tú y Lucien han llevado una vida llena de estas cosas. Pero nadie más aquí lo ha hecho. Tienes que tenerlo en cuenta. Todos estamos muertos de miedo de que algo salga mal. Armand ya le disparó una vez a Cali. Sabemos de lo que es capaz. Ayúdanos a tener tu confianza en el plan", Dillon suplicó con sus suaves ojos marrones bien abiertos.

Mirando al hombre que amaba, me di cuenta de que tenía un problema. Por el resto de nuestras vidas juntos, nunca podría decirle que no. Me tenía en la palma de su mano.

"Tienes razón. Haré lo que pueda. ¿Estamos bien?" pregunté con cariño, apretándole los hombros.

"Siempre", respondió mirándome con un brillo en los ojos.

Besándolo bajo las farolas, recordé cuán afortunado era de tener a un hombre como Dillon a mi lado. Él era todo lo que yo no era. Me ayudaba a ser la persona que siempre quise ser.

Caminando de nuevo hacia el centro y la oficina, me dirigí a todos.

"Bien, repasaremos esto de nuevo. Y seguiremos repasándolo hasta que todos aquí se sientan cómodos con lo que tienen que hacer", dije mirando a Dillon.

La sonrisa que él me devolvió me derretía el corazón.

"Mañana le sugeriré a Eris que ella y yo pasemos la noche en casa de Armand para no tener que lidiar con el tráfico de la tarde del sábado hacia Long Island. Sabiendo que su padre no estará allí, no tendrá razón para no aceptar. Una vez allí, y estoy seguro de que Eris duerme, usaré este juguete práctico", dije sosteniendo el glorificado detector de vigas que Jimmy nos produjo de la FBI.

"Con él, buscaré en las paredes del dormitorio y la oficina de Armand su caja fuerte de metal la cual este debería detectar fácilmente. Una vez que la haya encontrado, la abriré."

"Pero, los libros de contabilidad aún no estarán en ella", apuntó Jimmy.

"La casa tampoco estará llena de seguridad. De esa manera, si me lleva un poco más de tiempo averiguar la combinación, no habrá problema."

"Correcto", estuvo de acuerdo Jimmy.

"Y una vez que la tenga, me iré a la cama. Por la mañana, desayuno con Eris y espero que llegue el catering."

"Ese es el momento en que llego yo", interrumpió Dillon.

"Sí. Porque si el equipo de seguridad de Armand es competente, antes de que llegue alguien, van a hacer un barrido de dispositivos de escucha. No podrán hacerlo una vez que los encargados del catering y los planificadores empiecen a preparar todo. Estará demasiado concurrido. Lo que significa que tú, Dillon, puedes llegar allí como parte del personal de organización de fiestas y colocar los dispositivos de escucha y repetidores que necesitaremos para comunicarnos con la furgoneta de Jimmy que estará aparcada a un cuarto de milla de distancia."

"Aún no me siento cómodo con no poder entrar y ayudarte si algo sale mal", añadió Jimmy.

"¿Qué podrías hacer? ¿Entrar disparando a diestro y siniestro? Si no te disparan al instante en el que pones un pie en el césped, serías despedazado por lobos. El mejor escenario sería que Armand sea arrestado por matarte, pero luego se libra con una advertencia por defender su propiedad."

La mandíbula de Jimmy se tensó.

Miré de nuevo a Dillon, oyendo su voz en mi cabeza. No tuvo que decir nada para que me acercara a Jimmy con una mano en el hombro.

"Escucha, vamos a estar bien. Mientras todos hagan lo que deben, estaremos dentro y fuera antes de que Armand se dé cuenta de que falta algo. Después, tu gente examinará los libros de cuentas para determinar su legitimidad. Una vez hecho esto, Armand será arrestado y el FBI le disuadirá de tomar represalias contra ninguno de nosotros", dije apretando la mandíbula con dudas.

"Ya te dije, este no es el primer canje de lobo o jefe mafioso que hace el FBI. Sabemos lo que hacemos. Él no será lo suficientemente estúpido como para ir detrás de ti una vez que terminemos con él."

"Espero que así sea", respondí aún sin confiar del todo en él.

Repasando los detalles del plan hasta que todos se sintieran cómodos con él, dije buenas noches y me fui con Lucien.

"Sabes, él es bueno para ti", dijo Lucien mientras volvíamos a mi casa.

"¿Dillon?"

"Sí, Dillon", respondió divertido. "Te suaviza."

"¿Crees que necesito ser suavizado?"

"Has demostrado ser un poco intenso. Muy obstinado. Sin mucha reflexión."

"Ya veo. ¿Quieres mencionar algo más que está mal conmigo?"

"¿Que eres defensivo?" Dijo en tono de broma. Me reí.

"Si supieras lo que he visto… las cosas que he hecho", dije con un suspiro.

"Todos hemos visto cosas. Todos hemos hecho cosas que no queríamos y ahora tenemos que encontrar una forma de vivir con ello. Pero ese, él apacigua tus aguas."

"Así es", admití.

"¿Le amas?", preguntó volviendo a tocar un tema personal que había estado evitando desde hace tiempo.

"Lo hago."

"Se nota", dijo Lucien con una sonrisa. "Es bueno."

"Lo es", respondí sabiendo cuán afortunado soy.

"Bien, sobre este plan. ¿Realmente crees que este grupo lo logrará? Quiero decir, Dillon es genial para ti, pero ¿podrá colocar los dispositivos de escucha?"

"Dillon estará bien."

"Y el tipo grande que siempre parece estar a punto de transformarse, ¿puedes confiar en que será capaz de hacer lo que tiene que hacer cuando llegue el momento?"

"Déjame contarte algo sobre él. No hay nadie en esa sala en quien confíe más."

"Yo estaba en esa sala."

"Pero nunca has recibido un disparo por mí."

La boca de Lucien se abrió de par en par. "Remy, te quiero, pero…"

"No te preocupes. Siento lo mismo", dije con sarcasmo. "Pero aquel, Cali, es del tipo con el que uno quiere entrar en batalla."

"¿Y estás seguro de eso?"

"Apuesto mi vida en ello."

"Y lo vas a hacer", me recordó Lucien. "Estás apostando tu vida en todos ellos."

"Mi vida nunca ha estado en mejores manos", dije volviéndome hacia él con una sonrisa.

"Debe ser agradable", dijo Lucien dirigiendo su mirada al parabrisas.

"Lo es", le dije antes de sumirnos en el silencio.

Al día siguiente, después de convencer a Eris de que teníamos que quedarnos en la casa de la playa la noche siguiente. Contacté con el equipo una vez más antes de partir.

"Puedes hacer esto, Dillon. Todos vosotros podéis", le dije por teléfono mientras conducía para recoger a Eris.

"¿Este es el final, no? O lo logramos o…"

"No hay un "o". Lo vamos a hacer. Y una vez hecho, estaremos juntos."

"Te amo, Remy. Necesito que lo sepas."

"Yo también te amo, Dillon. Siempre te he amado y siempre lo haré", le dije sabiendo que era cierto.

Al llegar a casa de Eris supe que todo había comenzado.

"Hola", dijo acercándose a darme un beso.

Mi instinto era alejarme, pero no lo hice. Dejé que besase mis labios. Esa noche todo debía salir perfecto. No podíamos pelearnos. Eso implicaba ir un paso más allá de mi límite de comodidad.

"Vamos solo por el fin de semana," le recordé mientras miraba las dos maletas que necesitaríamos transportar por tres tramos de escaleras.

"Por eso he hecho un equipaje ligero," dijo ella sin ningún atisbo de ironía.

Con el coche cargado y ya en camino, volví a repasar el plan en mi cabeza. No podía haber errores. No había margen para errores.

No estaba seguro de lo que Armand haría si nos descubría, pero no lo dejaría pasar. Haría un escarmiento de alguien. Y si era solo un poco como mi padre, la persona escogida como ejemplo sufriría.

Al entrar en el camino de Armand, mi determinación se reavivó cuando Eris salió del coche sin preocuparse de sus cosas. Esperaba que las recogiera, lo que haría yo. Pero, ¿podría soportar rellenar el papel de esposo desdichado para una niña consentida por el resto de mi vida? No, cuando Dillon estaba esperándome.

"Las dejaré aquí," le dije, depositando sus maletas fuera de nuestro armario.

"Si eso es lo que quieres," replicó, posando de manera seductora en la cama que compartiríamos.

La miré, sabiendo lo que me esperaba. Hasta el momento había logrado evitar acostarme con ella, pero mis excusas se estaban agotando.

"¿Comentaste que la chef nos había preparado la cena?"

"Sí. Dijo que solo la necesitamos calentar," respondió, jugando con su pecho y mordiendo su dedo de forma coqueta.

"Bueno, tengo hambre. ¿Quieres que caliente algo para ti también?"

"¡Ay, vale!" exclamó, rindiéndose y cayéndose en la cama.

La dejé y bajé a la cocina para ponerme a trabajar. Sabía lo que la chef había preparado para Eris ya que era lo mismo que comía todas las noches: ensalada de kale, pechuga de pollo a la parrilla y frutas variadas de postre.

Al abrir la nevera, eso fue exactamente lo que encontré. Recogí los platos y los coloqué en la isla de la cocina. Me volví y saqué un frasco de mi bolsillo. Vertí su contenido sobre las frutas en ambos cuencos. Revolví la comida rápidamente y guardé el frasco vacío en mi bolsillo.

"¿Qué ha preparado la chef?" Preguntó Eris, entrando en la cocina detrás de mí.

"Adivina," le contesté, sabiendo que ella lo había solicitado.

Miró lo que yo había dispuesto delante de nosotros.

"Estoy segura que preparó una lasaña o algo así. Mira en la nevera."

"Ya lo hice," le respondí, sabiendo que la chef lo habría hecho si Eris lo hubiera pedido.

"Bueno, esto es mejor para tu salud de todos modos," dijo, cogiendo una botella de vino y copas.

"Así es," le respondí, consciente de que jamás podría soportar una vida como aquella.

La observé comiendo, intentando no quedarme mirándola. Cuando terminó con la ensalada, pasó a la fruta.

"Esta fruta está muy dulce," comentó, mirando hacia su cuenco. "Me gusta."

"A mí también," respondí, comiendo mi parte después que ella.

Con el vino fluyendo sin restricciones, Eris se giró hacia mí con una mirada seductora en sus ojos.

"¿Crees que soy bonita?"

No cabe duda de que lo era.

"Eres una de las mujeres más bonitas que he conocido," dije con sinceridad.

"¿Entonces por qué no quieres acostarte conmigo? ¿Es porque eres gay?"

"¿Y si lo fuera?" respondí, soñando con encontrar una salida.

Eris se rió. "He oído rumores. Sé que no eres gay. Pero, ¿cuál es el problema entonces?" preguntó, aparentemente borracha.

"Quizás estaba esperando el momento adecuado," sugerí, llenando sus esperanzas de repente.

"¿Y cuándo es ese momento?" preguntó.

"Tal vez la noche antes de nuestra fiesta de compromiso. En una casa de playa donde estaremos solos."

"Oh sí," exclamó con emoción.

"Sí," respondí sonriendo.

"¿Te gustaría besarme?" Preguntó, evidentemente nerviosa.

"Quizás," dije, mirándola.

"Entonces, ¿por qué no lo haces?" preguntó con timidez.

"¿Por qué tú no vienes hacia mí?"

Eris se levantó de su silla al otro lado de la isla de la cocina e inmediatamente se tambaleó hacia delante.

"¿Qué sucede?" pregunté, asumiendo inocencia.

"Nada, solo me duele el estómago," respondió, antes de enderezarse e intentar avanzar nuevamente. "Ay," se quejó, y añadió "Disculpa".

El eritritol es un alcohol azucarado sin calorías que se añade a los postres para reducir su cantidad de calorías. Hace unos meses, probó una nueva marca de barra de proteínas que no le cayó bien. ¿El ingrediente principal? Eritritol, que también se encuentra en forma granulada en el pasillo de repostería.

"¿Cómo te sientes, cariño? ¿Te encuentras bien?" grité mientras recogía los platos.

"Estoy bien. Te esperaré en el dormitorio," gritó de vuelta.

"Seguro que sí," murmuré para mí mismo.

Tumbado en la cama sin camisa, esperaba a mi prometida. Cuando llegó, no parecía tan segura de sí misma como solía hacerlo.

"No me siento bien," dijo manteniéndose a una distancia segura.

"¿Qué tienes? ¿Es el estómago?" pregunté, fingiendo estar preocupado.

"Sí."

"¿Tienes gases?"

"No tengo gases," respondió a la defensiva.

"¿Entonces qué es?"

"No es nada."

Sonreí seductoramente. "Entonces, ¿por qué no te unes a mí?"

Se acercó y se rió incómodamente. "¡Ay!" Era tan adorable que casi olvidé que era una psicópata. Retrocediendo rápidamente, dijo, "No esta noche."

"¿Cómo que 'No esta noche'?"

"Sencillamente, no esta noche."

"Pero tenía todos estos planes sobre lo que iba a hacerte."

"¡No esta noche!"

"Vale," dije con decepción. "¿Preferirías que te dejara la habitación? Hay otras habitaciones en las que puedo dormir."

"Sí, haz eso."

"Quiero decir, si insistes," le dije recogiendo mi bolsa y saliendo de la habitación.

En cuanto estuve en el pasillo, la puerta del dormitorio se cerró detrás de mí con un estruendo. Sabía que necesitaba un momento para sí misma. En unas horas, estaría bien. Eso significaba que hasta entonces tenía que encontrar lo que buscaba y hacer lo que tenía que hacer.

Dejé mis cosas en el tercer dormitorio, saqué mi detector de cajas fuertes y me puse manos a la obra. El proceso era tedioso, pero yo lo hacía. Empezando por el dormitorio principal, revisé cada centímetro de la pared. Cuando terminé allí, inspeccioné el baño principal.

Sabía que era poco probable que la caja fuerte estuviera en alguno de esos lugares, pero era el mejor momento para hacerlo, mientras los efectos del eritritol estaban en su apogeo. ¿Qué excusa podría darle a Eris si me descubría en el dormitorio de Armand, especialmente si tuve que forzar la cerradura para entrar?

Por suerte, no tuve que dar ninguna. Y si me descubría en la oficina de Armand, siempre podía decir que estaba buscando un libro que me ayudara a conciliar el sueño. No era una gran excusa, pero serviría.

Al abrir la puerta de la oficina de Armand en el segundo piso, entré silenciosamente y la cerré detrás de mí. Solo, examiné el espacio.

Los primeros lugares que revisé fueron las fotos en la pared. El aparato de Jimmy decía que no había nada detrás de ellas. Luego comprobé la estantería que ocupaba toda la pared. Nada ahí. Sentado en su silla de escritorio, revisé su mesa. Aún nada.

Estaba a punto de declarar que el dispositivo de Jimmy no funcionaba cuando noté algo. La oficina tenía dos rejillas de ventilación. Una cerca del techo. La otra cerca del suelo.

Por sí solo, esto no significaba nada. Las rejillas en el techo son más efectivas para enfriar mientras que las de suelo son mejores para calentar. Probablemente ni siquiera lo habría notado si no hubiera estado escaneando cada centímetro del dormitorio.

Colocando el detector junto a la rejilla del suelo, inmediatamente se encendió.

"Te tengo," dije, liberando la rejilla.

En su interior había una caja fuerte de pared estándar de consumo. Reconocí la marca. Me había costado mucho dinero obtener el código de recuperación hace unos años. Podía agradecérselo a mi padre. Un día, de la nada, mi padre me dijo que era hora de que aprendiera a abrir una caja fuerte. Era una habilidad que él tenía y se esperaba que yo también la tuviera.

El problema era que resulté ser horrible en eso. Sospechaba que tenía que ver con la tecnología actualizada desde los tiempos de mi padre, pero él se negó a reconocer el cambio. Cuando lo mencioné, dijo que estaba poniendo excusas. Así que, en lugar de golpearme la cabeza contra la pared una y otra vez, hice lo que haría cualquier persona inteligente, compré la compañía que construyó la caja fuerte.

Fue mi primera compra legítima. Comprarla fue lo que me puso en mi nuevo camino. De ellos, aprendí que todas las empresas de cajas fuertes incorporan códigos de puerta trasera que pueden abrir cualquiera de sus cajas fuertes. Lo llaman un plan de contingencia en caso de emergencia. Pero por el precio adecuado, puede ser tuyo.

El único problema con la marca de caja fuerte que tenía delante es que su código de emergencia es de 16 dígitos. Y para asegurarse de que sus cajas fuertes no se violan fácilmente, incluyen 49 combinaciones falsas junto con la que funciona. Parecía que iba a ser una noche larga, y lo fue.

"¡Por fin!" exclamé tres horas después, cuando identifiqué la combinación adecuada.

Al abrir la caja fuerte, descubrí que estaba vacía, a excepción de unos 50.000 dólares. Eso me sorprendió. Cuando era niño, el ático de mi familia rebosaba de dinero. Mi padre no podía lavar el dinero suficientemente rápido. ¿Qué hacía Armand de manera distinta para que solo dejase dinero suelto en su caja fuerte?

Apartando ese misterio, anoté la combinación de la caja fuerte y la cerré. Devolví todo a su lugar, tal y como estaba cuando entré, cerré la oficina de nuevo, y me dirigí a mi habitación.

Una vez en la cama, estuve pensando en todo lo que estaba pasando. Todo dependía de que Jimmy tuviera razón sobre que Armand siempre llevaba sus libros de cuentas consigo. Si se equivocaba, estábamos todos jodidos. ¿Cómo había llegado a este punto?

Durante mucho tiempo, viví como si no tuviera futuro. Había asumido que era el hijo de mi padre, destinado a seguir sus sanguinarios pasos. Pero luego ocurrió un milagro, mi padre enfermó. Por trágico que fuera, fue la primera vez que imaginé una salida.

Fue entonces cuando Dillon se convirtió en mi motivación. Al no haber cruzado la línea, todavía podía convertirme en un hombre a quien él pudiera amar. Fue por él que ideé mi plan para convertirme en alguien legítimo. Y estaba a punto de conseguir todo lo que siempre quise hasta que Armand interrumpió el funeral de mi padre. No estaba satisfecho con el imperio de mi padre. También quería tener el mío.

Sería su ruina. Porque lo que no había tenido en cuenta era la persona en la que me convertiría con Dillon a mi lado. Dillon era más que mi inspiración. Era mi luz guía. No tenía idea de quién era mi verdadero yo hasta que Dillon me hizo reflexionar.

Sí, el dicho de mi padre era "Abraza tu verdadera esencia y serás recompensado", pero es difícil verse a uno mismo sin un espejo. Verme a través de los ojos de Dillon fue el espejo que necesitaba.

No era quién pensaba que era. Era alguien que sentía más que solo lujuria. Era una persona que necesitaba más que mantener a los que amaba a salvo.

Estas cosas eran parte de mí, claro está. Pero no eran todo lo que yo era. Dillon me ayudó a ver eso. Y una vez que lo hice, por primera vez en mi vida, entendí que no era mi padre. Solo era su hijo.

Crecer con mi padre, el alfa, me había moldeado. Pero no me había convertido en alguien distinto. Podía seguir siendo amable y menos desconfiado. Podía seguir siendo un lobo a quien Dillon pudiera amar.

Dejando a un lado mis pensamientos, repasé el plan una última vez y luego me acosté para dormir. Cuando me desperté a la mañana siguiente, el sol apenas estaba saliendo. No debí haber dormido más de cuatro horas y me sentía así. Mi cerebro estaba trabajando más lento de lo habitual. Y considerando que era la única herramienta que necesitaba para sobrevivir hoy, eso no era bueno.

Intenté dormir un poco más, pero en cuanto cerré los ojos, el plan se volvió a poner en marcha en mi mente. ¿Podría Dillon pasar desapercibido mientras instalaba los micrófonos? ¿Sería capaz Cali de mantener la compostura al mirar a los ojos al hombre que le disparó y secuestró a Hil?

Por encima de todo ello, yo tenía que entrar y salir de la oficina de Armand. Su equipo de seguridad estaría en todas partes. Este había sido el plan de Lucien y ciertamente mi primo era un genio. Pero a la luz del día y con mi cerebro funcionando a medio gas, esto parecía imposible. ¿Debía cancelarlo antes de que alguien a quien amaba resultara herido?

Un suave golpe en la puerta de mi habitación interrumpió mis pensamientos.

"¿Sí?" contesté, preguntándome si el personal de la casa había llegado temprano.

Eris interpretó eso como su invitación para entrar. Vestida con un camisón translúcido que dejaba ver más que su cuerpo perfecto, cruzó la habitación y se metió en la cama conmigo. Enroscándose a mi lado, envolvió mi brazo alrededor de su delgado cuerpo.

En cuanto lo hizo, me puse tenso. Detestaba que fuera su cuerpo el que se presionaba contra mí en lugar del de Dillon. Pero permanecimos juntos en silencio hasta que mi tensión la llevó a susurrar: "¿Estás seguro de que quieres continuar con esto?"

Aludía a nuestro compromiso de matrimonio. Pero era la pregunta que me seguía perturbando acerca del atraco. El sentir su cuerpo donde debería haber estado el de Dillon, respondió a mi interrogante. Y la idea de que esto podría ser así por el resto de mi vida, me decidió.

"Sí, sí que lo quiero", contesté, esperando que no pudiera detectar la punzada en mi voz.

Eris sonrió, pareciendo agradada con mi respuesta.

Cuánto más tiempo permanecía a su lado, más vigorizado me sentía. Recobrado, volví a revisar cada aspecto del plan a medida que se ejecutaba.

Justo a tiempo, llegó el equipo de seguridad de Armand. Al oírlos en el piso de abajo, Eris y yo nos vestimos y bajamos a la cocina. Tomamos unas tazas de café y las bebimos en el patio trasero.

La seguridad tardó más de una hora en revisar cada habitación. Mientras lo hacían, observé minuciosamente a cada uno de ellos, mientras Eris se ensimismaba en la visión de la piscina y la playa más allá.

Cuando los hombres de traje no encontraron cámaras ocultas ni micrófonos, se congregaron rápidamente y luego se marcharon. Fue entonces cuando llegó la brigada de cocina y los servicios de catering. Discutiendo la logística, repasaron el espacio exhaustivamente, igual que había hecho la seguridad de Armand. Después de ellos, llegaron los organizadores de eventos y su equipo.

Tan pronto como vi a Dillon con su mediocre disfrace, mi corazón latió con furia. No sería suficiente si Eris lo reconociera. Había algo demasiado distinguible sobre la forma en que Dillon se movía.

"Acabo de tener una idea", dije captando la atención de Eris.

"¿Cuál es?"

"Es nuestra fiesta de compromiso, ¿verdad?"

"La última vez que comprobé", bromeó Eris.

"Deberíamos coordinar lo que vamos a llevar puestos".

Me asombró cómo el rostro de Eris se iluminó.

"¿En serio?"

"Somos una pareja, ¿no?"

"Sí", dijo Eris, encantada. "Mira, por eso traje dos maletas."

"Tiene sentido. Buen augurio", le respondí con una sonrisa.

Eris no pudo contener su satisfacción consigo misma.

"¿Deberíamos cotejar lo que hemos traído?", sugerí.

"¿Ahora mismo?"

"¿Por qué no?"

"Bien, vamos a ello", aceptó animada.

"Guía el camino", le indiqué alentándola a levantarse.

Cuando se giró hacia el otro lado, volteé la vista hacia Dillon. Estaba preocupado por él. ¿Y si Eris le había mencionado a Armand y Armand se presentara temprano sabiendo quién era Dillon?

Exponerlo a este tipo de peligro era un error. Nada valía la pena poner en riesgo su seguridad, pero ya no podía hacer nada para cambiarlo.

La exhibición infinita de opciones de vestidos de Eris parecía no tener final. Eso era bueno porque la mantenía en nuestra habitación, donde estaba segura de no ver a Dillon. Pero, en serio, ¿cuántos vestidos podría tener una mujer?

Cuando ya no pude aguantarlo más y me aseguré de que Dillon se había ido de forma segura, sugerí qué deberíamos vestir y puse fin a la pesadilla.

"Vale, dame un poco de tiempo para vestirme."

"Pensé que ya estabas vestida", le dije sinceramente.

Eris me miró como si fuera un niño ignorante. "Es nuestra fiesta de compromiso. Necesito arreglarme, bobo."

"Claro. Bueno, nos vemos allí."

"No si te veo primero", replicó antes de desaparecer en el baño.

Vistiéndome y pasando los dedos por mi cabello, me miré rápidamente en el espejo y salí de la habitación. Me sentía seguro. Bajé las escaleras para ver cómo iban las cosas en la cocina y vi dos cosas que no quería ver.

A través de la puerta principal abierta, vi llegar a Armand. Y a través de la puerta de vidrio que daba al patio trasero, vi a Dillon desesperado tratando de llamar mi atención. Cuando la obtuvo, me señaló que saliera.

"Se suponía que ya deberías haber partido", le dije llevándolo a un rincón apartado del jardín.

"Lo sé, lo sé.", dijo Dillon, angustiado.

"Está bien, Dillon, cálmate. Cuéntame qué sucede."

"Es el equipo. No funciona. Hice todo lo que Jimmy me dijo que hiciera al instalarlo, pero él no está recibiendo ninguna señal."

"¡Mierda!" murmuré tratando de descifrar qué debería hacer.

Mi corazón latía fuertemente. La grabación de Jimmy era nuestro plan B. Si todo se iba al carajo, él estaría escuchando y vendría al rescate, por mucho que pudiera ayudar. Además, era una alternativa en caso de que no pudiera obtener los libros de contabilidad. La idea era llevar a Armand a un lugar donde sabíamos que había un micrófono oculto para conversar sobre negocios. Sin la grabación, no sólo teníamos un solo intento para llevar a cabo nuestro plan, sino que si algo iba mal, estaríamos por nuestra cuenta.

"Jimmy piensa que los hombres de Armand colocaron algo que puede interferir con una señal de radio."

"Nunca he oído hablar de tal cosa," le dije.

"Yo tampoco había oído acerca de eso antes. Pero Jimmy asegura que sí existen. ¿Quién es ese?"

"¿Quién?" Pregunté, absorto en mis pensamientos.

"¿Ahí arriba?"

Giré hacia Dillon y seguí su mirada. Mirando detrás de mí, vi un rostro en la ventana del segundo piso. La persona nos estaba observando hasta que se retiró rápidamente. Contando las ventanas, supe exactamente quién era.

"¡Mierda!" Exclamé, sintiendo el nerviosismo de mi lobo interior.

"¿Quién era?" Preguntó Dillon, espantado.

"Eris. Necesitas irte de aquí rápidamente."

"¿Y qué pasa con la grabación?"

"No la necesitaremos. Conseguiré los libros y estaremos bien."

"¿Estás seguro?"

"Sí. Vete. Y de camino, recoge todos los micrófonos que hayas plantado, si puedes. No queremos que nadie se tope con ellos accidentalmente y arruine todo."

"De acuerdo."

"Dillon, cuando te vayas de aquí, quiero que te alejes lo más que puedas de este lugar. Ve a algún lugar donde nadie pueda encontrarte, ni siquiera yo."

"¿Por qué?" Preguntó con miedo en sus ojos.

"Simplemente hazlo. Me pondré en contacto contigo tan pronto como pueda. Pero si no tienes noticias mías, quiero que desaparezcas y no mires atrás."

"¿Remy?" Dijo, aterrorizado.

"Por favor, Dillon. Te quiero. Necesito que te vayas."

Me miró sin ganas de irse. Quería besarle. Me costó todo mi autocontrol no hacerlo, pero era consciente de que no debía. Demasiadas cosas ya habían salido mal.

Permitiendo que Dillon se fuera, él bajó más su gorra sobre su frente y arrancó los dispositivos de las macetas mientras se marchaba. ¿Sería esta la última imagen que tendría de él? No podía detenerme a pensar en eso ahora. Lo primordial era que él se alejara de aquí a salvo.

Volviendo adentro y entrando en el salón, vi que Armand no era el único que había llegado. Hablando con él en una conversación animada estaba Lucien. Solo podía imaginar lo que estaban discutiendo. Necesitaba mantener a Armand distraído mientras Dillon escapaba, por eso me acerqué.

"Tu futuro padrastro," dijo Lucien con entusiasmo al verme.

"Sí, ya nos hemos conocido. Lucien, este es Armand." Me volví hacia Armand. "Lucien es mi primo por parte francesa de mi familia."

"Y su padrino," añadió Lucien con alegría.

"¿Parte francesa de tu familia?" Armand preguntó mirando a Lucien con curiosidad. "He oído cosas."

"Espero que todas sean buenas," replicó Lucien. "¿Conocías al padre de Remy?"

Armand me miró y sonrió. "Eramos compañeros respetados," afirmó con orgullo.

"Ah," dijo Lucien antes de hacer una pausa. "¡Ahhh!" Exclamó como si de repente comprendiese su significado. "Así que, te casas con el negocio familiar," Lucien me comentó con una mano en mi hombro y una palmada en mi espalda. "¡Buen hombre! Buen hombre."

"¿Y ustedes dos son parientes cómo?" Preguntó Armand a Lucien.

Mientras Lucien explicaba, levanté la vista y vi a Dillon deslizándose hacia la furgoneta del organizador del evento y después llevándola hacia la calle. Estaba seguro de que habría seguridad en el camino de la entrada. Pero estaban allí para prevenir que la gente entrara, no para que saliera.

Con Dillon a salvo por el momento, centré mi atención en la otra parte de nuestro plan. Lucien debió haber interceptado a Armand en el camino porque bajo su brazo había un maletín de cuero. Tenía que ser ahí donde guardaba los libros de contabilidad.

"Lucien, ¿puedo hablar contigo un momento?" Interrumpí su conversación. Me volví hacia Armand. "Es un asunto del padrino."

"Por supuesto," dijo Armand, volviéndose hacia las escaleras. "Ha sido un placer conocerte. Hablaremos más. Tal vez existen formas en las que nuestras dos empresas podrían colaborar."

"Una perspectiva intrigante," comentó Lucien con una sonrisa. "Vuelvo en un rato," le comentó a Armand antes de subir las escaleras. "Eso fue interesante," ponderó Lucien una vez que Armand se había ido.

"Parece que se llevaron bien," dije, sin dejarme impresionar.

"He tenido mucha práctica tratando con lobos como él. No resulta muy difícil averiguar lo que tipos como él quieren oír."

"Bueno, esto no te va a gustar. No solo los hombres de Armand han activado algo que está bloqueando la señal de nuestros micrófonos, sino que estoy bastante seguro de que Eris me vio hablando con Dillon."

"¡Mierda!"

"Mierda, en efecto."

"¿Qué vamos a hacer?"

"¿No eres tú el cerebro?" pregunté, sarcástico.

"¿No me has escuchado? Soy bueno en los videojuegos, no en espectáculos de mierda como este."

Nos echamos a reír, sintiendo la tensión. "¿Nos rendimos?"

"¿Rendirnos? ¿Estás loco? Este espectáculo de mierda todavía no ha comenzado."

Reí de nuevo. "Solo necesitaba oírte decirlo."

"Está dicho. Ahora, a bailar."

"¿Qué?"

Lucien comenzó a mover sus pies mirándome.

"¡Ah, claqué!"

"Sí, eso. Vamos a hacer claqué."

Lo miré con una sonrisa. "Adelante entonces."

"Vamos allá," me respondió antes de dejarme para saludar a un invitado que nunca había conocido.

No pasó mucho tiempo antes de que la sala de estar de planta abierta se llenara de gente que no conocía. Fue un alivio cuando vi algunas caras familiares. Y antes de que pudiera cruzar la sala para hablar con ellas, Cali ya había empezado su segundo trago.

"Quizás quieras bajar el ritmo, Campeón," le aconsejé, mirando intensamente a Cali.

"No me llames Campeón," respondió con una fiereza que nunca había demostrado.

"Está bien", asentí, mirando con preocupación a Hil.

Mi hermano se encogió de hombros, incómodo.

"¿Y tú cómo estás, Madre?" pregunté, dándole un beso en la mejilla.

"Estoy aquí. Eso debería ser suficiente", replicó ella, con sequedad.

"Lo entiendo", respondí tomando el vaso de la mano de Cali y bebiéndolo.

"¡Hey!", protestó, antes de abandonarnos para conseguir otro.

"No creo que debas presionarlo ahora", aconsejó Hil, frunciendo el ceño.

"O quizás deberías asegurarte de que tu novio vaquero se mantenga a raya."

"¡Remy!" Mi madre me regañó.

"Tranquila, Madre. Hil sabe que solo estoy bromeando. El día ya es suficientemente difícil sin poder aliviar un poco la tensión."

Hil se acercó a mí. "Solo estoy diciendo, que ahora mismo, no está en su mejor estado de ánimo."

"¿Quién lo está, hermano? ¿Quién lo está?" respondí antes de abandonar a los dos.

Con Armand de vuelta en la fiesta, mezclándose con los invitados, empecé a buscar oportunidades para irme. Pero, algo que cada vez resultaba más inquietante era que mi prometida aún no había aparecido. Esto no podía ser bueno. No se podía negar que a Eris le gustaba ser el centro de atención, pero ya había pasado más de una hora desde que me vio hablando con Dillon. Tenía que creer que su ausencia, no era una coincidencia.

"¿Dónde está mi hija?", preguntó Armand encontrándome solo.

Mantuve la mirada con él, tratando de descifrar lo que sabía. ¿Eris le había contado lo que había visto? ¿Ya estarían sus hombres buscando a Dillon para acabar con él? Estaba a punto de abandonar todo el plan cuando vi descender por las escaleras a un bálsamo para las vistas doloridas.

"Ahí está", le señalé a Armand, dirigiendo su atención hacia Eris.

Cuando todos la vieron, comencé a aplaudir, atrayendo el aplauso colectivo. Eris se detuvo, se sonrojó y saludó a todos.

"Mi prometido", dijo señalándome.

Cuando todas las miradas se posaron en mí, me acerqué a las escaleras y tomé la mano de Eris. La multitud continuó aplaudiendo. El único que no lo hizo fue Cali.

¿Cuántas bebidas había tomado hasta ese punto? Perdí la cuenta cuando llegó a cinco. Esto no iba bien, pero solo podía atender un problema a la vez.

Sosteniendo la mano de Eris, la conduje a través de la multitud. Al volver a mirarla, ella se negó a devolverme la mirada. Sí, había reconocido a Dillon. No había dudas al respecto. La única pregunta ahora era cuando esta bomba de tiempo iba a estallar.

Interactuando con una mezcla de políticos humanos y los ejecutores lobo de alto rango de Armand, dejé a Eris y fui a reunirme con Hil, Cali y mi madre.

"Creo que tenemos un problema", murmuré a Hil y Cali.

"Creo que tienes un problema", replicó Cali, ya no tan sobrio.

"¿Es que un paleto se está tirando a mi hermana?", respondí entre dientes.

"Que te jodan con eso de paleto", exclamó Cali, atrayendo la atención de quienes nos rodeaban.

"Cali, estás hablando muy alto", le dije apretándole el hombro para centrar la conversación entre nosotros.

"No me toques", siseó quitándome la mano. "Siempre crees que puedes decir lo que te da la gana, hacer lo que te da la gana. Pues bien, estoy harto de eso", gritó casi a pleno pulmón.

"¡Cálmate, Cali!" insistí, sintiendo todas las miradas sobre nosotros.

"¿Por qué? ¿Porque tú lo dices? Pues déjame decirte algo. Te advierto que si me llamas paleto una vez más, vamos a tener un problema, aquí y ahora."

No podía creer lo que estaba escuchando. Miré a Hil divertido. Inmediatamente, mi hermano supo lo que vendría a continuación.

"No lo hagas, Remy", suplicó Hil.

Me volví hacia Cali dispuesto. Golpeándolo fuertemente en su pecho dije, "Escucha aquí, tú, el campesino endogámico que toca el banjo…"

Fue entonces cuando Cali perdió los estribos. Agarrándome de una manera que daba a entender que tenía alguna posibilidad contra mí, metí mi mano bajo su barbilla amenazando con abrirlo como un dispensador de Pez. Los dos forcejeamos hasta que Lucien corrió hacia nosotros y nos separó.

Mientras esperaba mi oportunidad para asestar un puñetazo en la mandíbula de Cali, se acercó Armand.

"¿Hay algún problema aquí?", preguntó, claramente enfadado de que estuviéramos peleando en el gran día de su hija.

"¿Hay algún problema?", replicó Cali dirigiéndose a Armand. "Sí, joder, hay un problema".

"No le hagas caso. Solo está borracho", intervino Hil poniéndose entre Cali y Armand.

De un empujón, Cali dejó a un lado a Hil y se puso cara a cara con Armand. "¿Quieres saber cuál es el puto problema?"

"Te aviso de que vigiles lo que dices a continuación", replicó Armand.

"¡Cali!", gritó Hil.

"Me disparaste. Ese es el puto problema".

Dando a entender que liberaría su lobo, Armand parecía querer partir a Cali por la mitad.

"Creo que es hora de que te calles", amenazó Armand.

"Mírame a los ojos. ¿Parezco asustado de ti? ¿Ves algo familiar? ¿Revive algún recuerdo en esa cabeza tuya chiflada?"

Divertido viendo a Cali montar su escena, me aparté. Su papel en nuestro plan era causar una distracción. Necesitábamos todas las miradas sobre él. Se había negado a decirme cómo lo haría, y eso me preocupaba un poco. Pero lo había hecho. Esta era mi oportunidad.

Mientras los hombres de Armand se acercaban lentamente a Cali, me deslicé entre ellos y subí las escaleras. Teniendo el piso para mí, me apresuré a la oficina de Armand. Forcé rápidamente la cerradura y entré. Calculé que tenía aproximadamente 30 segundos antes de que los hombres de Armand se llevasen a Cali, se transformasen y luego lo despedazasen. Necesitaba estar abajo para entonces.

Abrí la rejilla del suelo y revelé la caja fuerte, saqué mi teléfono. Recuperé el código de seguridad e lo introduje. Al instante, se abrió la caja fuerte. Encontré los dos libros de cuentas tal como había dicho Jimmy, los saqué y los hojeé.

Esto era todo. Y justo cuando estaba a punto de guardarlos de nuevo, cayó algo.

Lo cogí, y vi que era una funda de plástico con un trozo de cuero crudo irregular dentro. En el cuero había un texto, pero en un idioma que no reconocía. Al examinarlo más de cerca, parecía más bien un tatuaje.

"¿Qué estás haciendo?" preguntó Eris, sacándome de mis pensamientos al entrar.

"No es lo que parece."

"Se parece a que tú, Dillon, tu primo y tu cuñado, que es más una broma que otra cosa, planeasteis esta fiesta de compromiso para ayudarme a robar los archivos contables de mi padre."

Bajé la vista hacia los libros de cuentas en mis manos, sin saber qué decir.

"¿Me creerías si te dijera que me perdí de camino al baño?" dije, intentando encontrar mi sonrisa.

"¡Maldito! Me hiciste creer que estabas cambiando", dijo ella, elevando la voz.

Me levanté rápidamente y cerré la puerta detrás de ella.

"Mira, no puedes tenerme. ¿Lo entiendes? No soy una propiedad que tú y Armand podáis mandar," dije, abandonando el encanto.

"Veremos lo que mi padre tiene que decir sobre esto," dijo antes de tratar de pasar a mi lado para salir por la puerta.

"Te estoy dando una salida," dije gruñendo, mi lobo aflorando a la superficie.

"¿Qué?" Respondió ella sobresaltada por mi enfado.

"Estos," dije sosteniendo los registros contables."Estos son tu libertad. No quieres casarte conmigo. Ni siquiera me conoces. Todo lo que soy para ti es el mejor de una serie de opciones trágicas y horribles. Solo estás aquí porque, como yo, estás atrapada. Yo cojo estos y tú te ganas la libertad.

"Podrías conocer a alguien que realmente se preocupe por ti. Y podrías tener la vida que tanto anhelas. Podrías ser feliz.

"Piénsalo. ¿Cómo sería sentirte feliz por primera vez en tu vida? Dime, Eris, ¿Cómo se sentiría?"

Eris me miró en silencio. La situación se prolongó tanto que pensé que todo estaba perdido.

"Se sentiría bien", dijo ella finalmente, permitiendo a mi lobo relajarse.

"Entonces, vuelve a la fiesta. Deja que me lleve esto. Y permíteme hacerle a Armand lo que se merece."

"No puedes", dijo, haciendo que mi corazón se hundiera.

"Sé que mi padre es una persona horrible. Sé que se merece todo lo que quieres hacerle. Pero, aún así, sigue siendo mi padre."

"Tu padre que te está tratando como ganado."

"Estar contigo no habría sido una maldición."

"Pero estoy enamorado de otra persona, Eris. La amo con todo mi corazón. Y nunca podría amarte," dije con delicadeza.

Eris bajó la cabeza.

"Pero, puedes encontrar a alguien que te ame. Simplemente no soy yo."

"Mi padre mataría a tu amigo si supiera lo que es," dijo, haciendo que mi lobo volviera a la superficie.

"Pero no le vas a decir nada, ¿verdad?" Dije, sintiendo la repentina necesidad de transformarme.

"No necesitaría hacerlo. Está empezando una guerra con las hadas. Quiere que todas mueran. Su alfa ganó la guerra con los vampiros y…"

"Quiere su propia guerra. Por eso aceptó tan rápido mi oferta. Ha estado intentando consolidar las manadas de la ciudad bajo su mando."

"Supongo."

"Lo cual es una razón aún mejor para ponerle entre rejas. Eris, si Armand consigue su guerra, las calles se cubrirán de sangre de lobo tanto como de hada."

"Te creo. Pero aún así no puedes encarcelar a mi padre. Puedes hacer lo que necesites para acabar con nosotros dos y parar su guerra. Pero, si metes a mi padre en la cárcel, me quedaré sin nada. No podría sobrevivir a eso," dijo con vulnerabilidad.

"Acabas de decirme que muchas personas morirán si no hago esto. No puede tratarse solo de ti."

"Sí, pero eres inteligente," admitió Eris. "Es una de las razones por las que mi padre te admira. Podrías encontrar una forma de conseguir nuestra libertad y prevenir la guerra sin meterlo en prisión."

"Eris…" dije con simpatía.

"Por favor, Remy. Sé que puedes hacerlo," dijo sinceramente.

Miré a los grandes y tristes ojos de Eris. Quería destruir a Armand por lo que había amenazado hacer a las personas que me importaban. Pero aquí había algo que no había considerado, ¿qué le sucedería al terreno que quedara detrás de una vez que arrancara sus gruesas y profundas raíces?

"Necesito que confíes en mí," le dije, ideando un nuevo plan.

"¿Y cómo puedo hacerlo? Me has traicionado en cada oportunidad."

"Lo que hice fue luchar por el hombre que amo. Apartate de entre nosotros, y permíteme ser tu amigo."

Eris me miró en blanco.

"Eris, de una forma u otra, me voy a llevar estos libros de aquí."

"¿Porque harías cualquier cosa por las personas que amas?"

"Exactamente. Y, lo que te estoy pidiendo es que confíes en mí y te conviertas en alguien a quién pueda llamar amiga."

"Vale," concedió ella antes de apartarse lentamente de mí y de la puerta.

"Gracias," dije sinceramente, viéndola bajo una nueva luz.

Poniéndome erguido, guardé los libros bajo mi brazo y salí de la habitación. Estaba medio esperando que Eris llamara a su padre en cuanto entrara por las escaleras, pero no lo hizo.

Y Cali estaba haciendo un trabajo mucho mejor de lo que podría haber soñado. Aunque había estado levantado muchísimo más tiempo del esperado, ahora se encontraba justo fuera de la puerta delantera con los hombres de Armand rodeándolo.

Con Armand todavía concentrado en el rústico borracho que estaba montando un escándalo en la elegante fiesta de compromiso de su hija, Lucien corrió hacia mí para recoger los libros.

"Cambio de planes. Necesito que te lleves estos, te vayas de aquí, y no digas nada a nadie hasta que te contacte. ¿Entendido?"

"Entendido," dijo Lucien tomando los libros de mi mano y saliendo apresuradamente por la puerta trasera hacia la playa.

Cuando se había perdido de vista, dirigí mi atención a la última parte de nuestro plan, evitar que Armand matara a Cali. Abriéndome paso a través de la multitud cautiva, me deslicé entre los hombres que rodeaban a Cali y me paré frente a él. Levanté las manos.

"Vale, todos, tranquilícense. El rusticano es un imbécil, pero también está muy borracho. Diles cuán borracho estás, Cali", dije mirando atrás al hombre salvaje que de alguna manera se había mantenido sin transformarse en su lobo.

Él me miró con furia en sus ojos. Por un segundo, casi creí que esto no era una actuación.

"Dije, diles cuán borracho estás, Cali."

Recuperándose, respondió, "Realmente borracho."

Me volví hacia la multitud. "Está confuso con cualquier alcohol que no venga de una jarra."

Alguien frente a nosotros soltó una risa suave.

"Miren, es una vergüenza para mí. Es una vergüenza para mi madre. Pero, ¿qué puedo decir? Mi hermano lo ama. Así que, si le permite que le pase algo, nunca dejaré de oírlo. Terminemos esto con una disculpa y envíenlo a casa para que duerma."

Cuando todos parecían más tranquilos, me di la vuelta. "¿Cali?"

"Sí, ¿dónde está mi maldita disculpa?" gritó a Armand.

"Vale, eso es suficiente para ti", dije girando a Cali y llevándolo afuera.

"Quiero mi maldita disculpa", gritó Cali sobre mi hombro.

"El show ha terminado", le dije a Cali en voz baja. "Contrólate, Dicaprio."

Eso pareció registrar en su cerebro ebrio. Mirándome a los ojos antes de darse la vuelta, Cali continuó hirviendo mientras Hil, mi madre y yo lo llevábamos fuera.

Nadie preguntó cuando metí a Cali en su camión. Tampoco dijeron nada cuando me subí con ellos y me fui. Todos sabían que veníamos de Manhattan. Nadie esperaba que Hil o mi madre supieran cómo conducir.

Al salir de la carretera de acceso que conducía a la casa de playa, no pasó mucho tiempo antes de que una furgoneta con ventanas oscurecidas se detuviera detrás de nosotros.

"¿Jimmy?" Hil preguntó mirando a través del parabrisas trasero.

"Jimmy", confirmé mirando la furgoneta a través del espejo retrovisor.

"¿Estaban allí?" Hil preguntó sintiéndose libre para hablar.

"¿Qué estaba allí?" Mi madre preguntó, aún en la oscuridad sobre todo.

Eché un vistazo al asiento del banco del camión a mi madre.

"Hil pregunta acerca de lo que Cali acaba de arriesgar su vida".

"¿Y qué es eso?" Volvió a preguntar.

"Mi libertad para estar con Dillon."

"¿Qué?" Mi madre preguntó confundida.

Sonreí.

"Entonces, ¿estaba allí?" Hil repitió.

"No estoy seguro todavía", respondí recordando la súplica en los ojos de Eris.

Los cuatro volvimos en silencio a la casa de mi madre en la ciudad. Cuando llegamos allí, el pobre Cali estaba aún más borracho.

"¿Cuántas copas tomó?" Le pregunté a Hil mientras lo tendíamos sobre la cama de la infancia de mi hermano.

"Estaba nervioso", admitió Hil.

"¿Entonces qué? ¿Ocho? ¿Nueve?"

"Probablemente. ¿Diez?" Hil dijo poniendo el cubo de basura al lado de la cama.

Mirando a Cali a medida que tambaleaba al borde del desmayo, sentí compasión por él.

"Hil, solo voy a decir esto una vez. Y si lo repites, negaré haberlo dicho. Pero, Cali es un gran tipo. Eres muy afortunado de tenerlo."

Hil sonrió. "Lo sé."

"Buen trabajo, hermano", dije antes de envolver mis brazos alrededor de mi hermano.

"Tú también, Remy", respondió, desatando en mí más emoción de la que esperaba.

Dejando a Hil para que cuidara a su hombre, entré en la sala de estar. Jimmy estaba allí esperando con mi madre.

"Madre, ¿te importaría dejarnos a Jimmy y a mí hablar en privado?"

"Por supuesto. ¿Quieres otra bebida?", preguntó a Jimmy.

"No. Estoy bien, gracias", respondió, levantando su vaso de limonada.

Cuando ella se fue, me preparé una copa fuerte y me senté.

"No me dejes en suspenso", insistió Jimmy. "¿Los conseguiste?"

Tomé un sorbo manteniendo el alcohol en la boca permitiendo que me quemara las papilas. Tras tragar, dije, "En cierto sentido."

"¿En cierto sentido? ¿Qué significa eso?"

Una vez terminé mi conversación con Jimmy, supe que había otra charla que debía tener. Y así, subiéndome al ahora desierto coche de mi padre, volví a Long Island. El guarda de seguridad al final de la calle de Armand parecía molesto. Tras llamar por radio para decir que había llegado, consiguió la autorización para dejarme pasar. Mi corazón latía con fuerza.

Esperaba ver a Armand esperándome en el umbral. Pero no estaba. Al entrar en la ahora oscurecida y desolada casa, hice contacto visual con Eris, que estaba allí para recibirme.

"¿Dónde está?"

"Arriba, en su habitación", dijo sin añadir más.

Subí las escaleras deprisa, cruzando el hall hasta el dormitorio principal. Con la puerta abierta, entré. Rastreando la habitación con la mirada, encontré a Armand en el balcón. Estaba mirando a la playa sin iluminación. Sabiendo que este era el momento, me uní a él.

"Los tienes, ¿verdad?" Me preguntó sin mirarme.

"Los tengo", contesté con despreocupación.

"¿Cómo sabías que estaban allí?"

"El FBI ha estado armando un caso contra ti durante años. Saben sobre los lobos, por cierto."

"Así que te lo contaron."

"Conozco a alguien", admití mirando la playa junto a él.

"¿Y qué hacemos ahora? ¿Te disparo en las rodillas hasta que los devuelvas? ¿Voy tras tu familia?"

"No lo recomendaría."

"¿Por qué no?"

"Porque, en este momento, el FBI solo tiene uno de los libros de contabilidad."

"¿Cuál?" Preguntó, girándose hacia mí.

"El blanco, por supuesto."

"¿Y estás tratando de chantajearme?"

"Es un movimiento que me gusta llamar 'El Armand'", contesté con una sonrisa.

Se rió.

"No respondo tan fácilmente al chantaje como tú."

"Imagino que no lo harías. Pero te recordaré que en este momento, lo tienes todo. No cometas ningún error y eso no cambiará."

"¿Entonces, te vas a casar con Eris?"

"¡Oh, no lo haré. De hecho, te has eliminado de mi vida."

"¿Así que crees que puedes tratar a mi hija de esa manera y salirte con la tuya?"

"¿Por qué no habría de creerlo? Tú lo haces."

"Soy su padre."

"Y su maldición."

Armand rió. "Quizás". Armand enmudeció. "¿Viste lo demás que había en mis libros de cuentas?" Preguntó con nonchalance.

"¿Te refieres a la piel cruda?"

"Supongo. Pero no es piel. Es piel de vampiro."

"Ya veo. Encantador", dije con sarcasmo. "¿Qué escribiste en ella?"

"Yo no lo hice. La encontré así."

"¿Cómo?" Pregunté desconcertado.

"Fue durante las guerras de los vampiros. Yo debía tener tu edad. Mis lobos y yo encontramos a un vampiro escondido en un almacén. Éramos cuatro y él uno, así que lo capturamos fácilmente. Con él inmovilizado, estaba a punto de decapitarlo cuando vi algo escrito en su piel.

"Estoy seguro de que no tengo que contarte lo inusual que es eso. Los vampiros no pueden ser tatuados. La única manera en que pueden mantener un tatuaje…"

"Es no permitiendo que su piel se regenere bajo él", completé.

"No, ni siquiera cuando duermen. Así que al ver este tatuaje, supe que tenía que ser importante".

"Así que se lo arrancaste."

"Ni siquiera cuando le arranqué la piel permitió que se curara."

"¿Qué dice? No pude leerlo."

"Me llevó un tiempo descifrarlo. Está escrito en un idioma antiguo. Usado por los fae antiguos."

"¿El vampiro llevaba un tatuaje en fae?"

"Eso creí", reconoció Armand observándome.

"¿Entonces qué dice?"

Armand sonrió, sabiendo que estaba en su terreno.

"Es una profecía. Dice, 'Cuando los fae den luz a sus ojos, verán a través de todo obstáculo y gobernarán el mundo.'"

"¿Cuándo los fae den luz a sus ojos?" Pregunté inseguro.

"Tu suposición es tan buena como la mía. Pero si los vampiros están ahora colaborando con los fae, alguien tendrá que detenerlos antes de que tomen el control. ¿Y quién queda sino nosotros, los lobos?"

"Estamos en un mundo humano", le advertí.

Armand se burló. "¿Y qué pretenden hacer, molestarles en TikTok? Los humanos son débiles. No tienen idea de lo que se avecina."

"Parece que ninguno de nosotros lo sabe", admití.

"Por eso debes unirte a mí. Contigo a mi lado, podemos derrotar a los fae."

"¿Y cuándo todo termine, los humanos serán el siguiente objetivo?"

"El fuerte guiará al débil. ¿No fue un humano quien lo dijo?", afirmó Armand sonriendo.

"Estás loco", le dije, reconociéndole como realmente era.

"Tengo una visión", afirmó, declarándome que no quería formar parte de su plan.

"Si deseas conservar tu reino, vas a dejar en paz a todos los que me importan. Eso incluye a Eris. De ahora en adelante, ella es libre de estar con quien quiera. Como yo. Y si siquiera sospecho que estás rompiendo este trato, lo único que te importa será quitado."

"¿Mi hija?"

"No te andes por las ramas. Ella no significa nada para ti."

Armand rió en voz baja. "Me has descubierto. Es difícil considerarlos valiosos cuando tienes tantos."

No sabía a qué se refería Armand, pero no me importó.

"Entonces, dime, ¿hemos llegado a un acuerdo? ¿O debo desmantelar tu reino?"

Armand me miró.

"Tu padre estaría orgulloso."

No supe cómo reaccionar a eso.

"¿Tenemos un trato o no?"

“Lo tenemos.”

“¿Y vas a permitir que Eris se case con quien quiera?”

“Como cualquier otro padre”, añadió encarándome con una sonrisa sarcástica.

“Es lo justo”, concedí, recociendo que había obtenido el mejor trato posible.

“Ahora dime, ¿te unirás a nosotros en la inminente guerra?”

“Armand, lo que más deseo es no volver a verte nunca”, afirmé antes de darle la espalda y avanzar.

Al salir de la habitación de Armand, me encontré con Eris en el pasillo.

“Eres libre”, le informé.

“Lo sé”, respondió ella con el corazón roto.

Recordando lo que Armand había dicho acerca de ella, acaricié su mejilla. “Lo siento.”

“Solo vete”, me pidió. Asentí.

Regresé a mi coche, pensando en Dillon. Me había abierto los ojos, exactamente como decía la profecía de Armand. Esta dictaba que cuando los fae den a luz a sus ojos, serán capaces de ver a través de todo lo que podría detenerlos y tomarán control del mundo. ¿Acaso Dillon no era un cambiaformas que los fae habían dejado esperando hasta que sus poderes surgieran? ¿No podía Dillon ver a través del encanto de un vampiro? ¿No podía ver el lobo interior de un cambiaformas?

El despertar de Dillon era el nacimiento que los fae habían predicho. Él era la clave para que los fae tomaran el control del mundo. Al menos, eso es lo que ellos creían. Y lo único que se interponía entre los lobos, los fae y Dillon era yo. Tenía que protegerlo. Sólo yo podía mantenerlo a salvo y mi lobo interior estaba preparado.

Capítulo 14

Dillon

Mi pierna rebotaba ansiosamente mientras me encontraba sentada en el sofá desgastado de mi apartamento en Nueva Jersey. Mirando mi teléfono, este permanecía silencioso. Habían pasado horas desde que había escapado de la casa en la playa por insistencia de Remy, y no había tenido noticias suyas desde entonces.

Anticipando su llamada, mil escenarios de pesadilla pasaban por mi mente. ¿Había algo que había salido mal con el plan? ¿Había Armand descubierto lo que estábamos tramando? ¿Estaba Remy herido? ¿Estaba muerto?

Cuando mi teléfono sonó rompiendo el silencio, casi salto del susto. El ruido ensordecedor rebotó en las paredes vacías. Agitándome para cogerlo, mis manos temblaron.

"¿Hola?" respondí con cautela.

"Dillon, soy yo", dijo Remy con un tono que alivió instantáneamente mis nervios desgastados.

"¡Remy!" exclamé. "¡Estás bien! He estado enferma de preocupación. No sabía qué habría sucedido o…"

"Estoy bien," me tranquilizó. "¿Dónde estás? Necesito verte."

"¿Es seguro hablar? ¿Cómo sé si alguien te está obligando a decir todo esto?"

Remy guardó silencio por un momento.

"¿Recuerdas aquella vez que pernoctaste en el apartamento de mi familia y te encontré bailando desnuda y sobresaltada?"

Me sonrojé tan rápidamente como si un nudista hubiera accidentalmente abierto su braguata.

"¡No estaba sobresaltada!" protesté, deseando que el suelo me tragara.

"Bueno, lo que tú digas. Dime dónde estás. Necesito verte."

"Estoy de vuelta en mi casa en Nueva Jersey."

Justo al decirlo, alguien llamó a mi puerta.

"Dios mío, Remy. Alguien está llamando a mi puerta."

"¿En serio? Deberías responder."

"¿Y qué si…?"

"Vas a querer responder."

Me levanté manteniendo el teléfono en mi oreja. Me acerqué lentamente efectuando un par de pasos hacia la puerta, me incliné y miré por el ojo mágico.

"Remy", dije, abriendo la puerta con impulso y lanzándome a sus brazos. "¿Cómo supiste que estaba aquí?"

"Te dije que fueras a un lugar donde nadie te buscaría."

"¿Y nadie viene a Jersey?" pregunté con sarcasmo.

"No voluntariamente", bromeó.

Me reí y le di un golpecito en el brazo.

"Pero tú viniste aquí."

"Eso solo demuestra cuánto te amo", dijo Remy con una sonrisa.

"Me amas tanto que estás dispuesto a viajar a Jersey."

"Es una canción de amor que se escribe por sí misma."

Reí. "Pero en serio, Remy, ¿qué pasó?" le pregunté, invitándole a entrar y acomodándole en mi sofá.

"Se acabó", me dijo, mirándome fijamente a los ojos.

"¿De verdad? ¿Armand va a la cárcel?"

Remy hizo una pausa. "Bueeeno…"

"¿Qué?" pregunté con el corazón cayéndoseme al estómago.

"Lo que te puedo decir con seguridad es que nada nos impedirá estar juntos."

"¿Y Eris?"

"Ahora está de nuestro lado."

"¿Y Armand?"

"Ha accedido a dejarnos en paz a cambio de que no destruya su mundo."

"Entonces, ¿lo chantajeaste?"

"Más o menos", contestó Remy con orgullo.

"¿Y qué opina Jimmy de no poder encerrar a Armand?"

"No le gusta, pero piensa que es porque nos proporcionó información incorrecta. Le dije que solo el libro de cuentas limpio estaba en la caja fuerte y ya he hecho los arreglos para entregárselo."

"Pero, ¿encontraste ambos libros de cuentas allí?"

"Sí."

"¿Por qué no le diste ambos a Jimmy?"

"Porque si algo he aprendido en esta vida es que es mejor hacer amigos que enemigos."

"¿Qué quieres decir?" pregunté, desconcertada.

"Es una larga historia y tengo toda una vida para contártela."

"Entonces, ¿estás sugiriendo que todo ha concluido?"

"Todo parece indicarlo."

"¿Y no hay nada que nos impida estar juntos?" pregunté, sintiendo una emoción creciente dentro de mí.

"De eso, estoy seguro", afirmó Remy con brillo en sus ojos.

"Entonces, quizás debiéramos…"

Fue entonces cuando me besó.

Los labios de Remy eran un enigma, incitando fiebre mientras se maceraban con los míos, desencadenando una llamarada que consumía mi ser entero. Sus manos recorrían mi cuerpo con hambre mientras nuestro beso se intensificaba y mi corazón amenazaba con escaparse de mi pecho.

Ansiando sentir su cálida piel contra la mía, tiré de su camisa. Sin romper nuestro beso, se desabrochó y se la quitó. Mis manos exploraban los duros músculos de su pecho y abdominales. Sentirlos flexionarse bajo mi toque hacía que me estremeciera de deseo.

Con creciente urgencia, Remy me guió hacia atrás por mi pequeño apartamento hasta que mis piernas golpearon el borde de la cama. Caí en el colchón. El poderoso cuerpo de Remy me inmovilizó. Sus labios dejaron una estela de besos en mi cuello y a lo largo de mi clavícula, haciendo que ansiara más.

Hábiles dedos hicieron rápido trabajo de mi camisa, dejando al descubierto mi pecho jadeante. La lengua de Remy pasó sobre uno de mis pezones antes de llevárselo a la boca. Me arqueé contra él, jadeando ante las sacudidas de placer que me atravesaban.

Las manos de Remy se deslizaron más abajo, abriéndome los pantalones y liberando mi excitada erección. Envolvió una mano grande alrededor de él, acariciándolo firmemente mientras continuaba agasajando mi pecho. Me perdí en el éxtasis, todo mi mundo se redujo a los toques de Remy.

Con sus labios descendiendo, mi estómago tembló. Miré hacia abajo para verlo tomar mi pene palpitante en la calidez de su boca.

"¡Oh, Dios, Remy!" grité, entrelazando mis dedos en su pelo sedoso.

Me llevó al límite con habilidad con sus labios y lengua una y otra vez hasta que estuve suplicando por el clímax. Presintiendo lo cerca que estaba, finalmente retrocedió. Mirándolo desde mi posición nuevamente, una sonrisa diabólica iluminaba su atractivo rostro.

Deslizándose nuevamente sobre mi cuerpo, se arrodilló encima de mí. Agarrando mis caderas y levantándome como si no pesara nada, me giró sobre mi estómago. Tirando de mis caderas nuevamente, me levantó a cuatro patas.

Sabiendo lo que vendría a continuación, temblé de anticipación. Su gran y fuerte mano se deslizó por los músculos de mi espalda. Al llegar a mis hombros, siguió el ángulo hacia mi brazo. Cuando su mano estaba sobre la mía, su pecho se presionaba contra mi espalda. Y con su mano libre separando mis nalgas, sentí la gruesa cabeza de su pene presionándome a la entrada.

Resbaloso con precum, de un poderoso empujón se enterró hasta el fondo en mí. Por más que mi agujero se dilatara deseándolo, me dolió. Una ola de placer doloroso me inundó y gemí.

Había olvidado lo grande que era. Y cuando se retiró suavemente y volvió a encontrar mis profundidades, mis piernas temblaron. Me estaba perdiendo.

"Sí, Remy, por favor… ¡más fuerte!" me oí decir.

Inmediatamente hizo lo que pedí. Con profundos embates, me folló implacablemente. Mientras el sonido de nuestra carne abofeteándose resonaba, gemí. Esta era una nueva faceta de Remy. Despertó algo dentro de mí.

"Más fuerte," supliqué hasta que el marco de la cama tembló violentamente bajo nosotros.

Mi mente se revolvió en un torbellino de sensación abrumadora. El mundo entero se redujo a la gruesa polla de Remy embistiendo en mí. Me reclamó por completo. No iba a durar mucho.

Al cambiar ligeramente su ángulo, dio en mi punto dulce. La electricidad crujía en mí. Me llevó más allá del límite.

Cuando mi clímax explotó, me atravesó como una bomba. Las estrellas estallaron en mi visión. Mi agujero espasmódico se apretó alrededor de la gruesa polla de Remy. Fue suficiente para arrastrar a Remy al borde conmigo.

Arqueando su espalda, aulló de placer y me llenó con todo lo que tenía. Vacío y exhausto, Remy colapsó encima de mí. Cuando su peso probó mi fuerza debilitada, caí sobre el colchón.

Juntos éramos un enredo de miembros sudorosos. Y ambos jadeando por respirar, se deslizó a mi lado. Mientras depositaba suaves besos en mi hombro, yo pasaba los dedos por su piel sensible.

"Te amo," murmuró, acurrucándome cariñosamente. "Y te protegeré para siempre."

Mi corazón se inflamó, desbordándose de emoción. Esto era solo el comienzo para nosotros, pero supe entonces que nunca lo dejaría ir. Se sentía como toda una vida que nos había costado encontrarnos. Ahora, aquí estábamos, juntos.

"Yo también te amo," dije arrastrándome en sus brazos.

"Nunca más voy a dejarte ir," me dijo apretándome más fuerte.

Le creí. Remy era todo lo que siempre deseé y todo lo que siempre necesité. Él era mío tanto como yo era suyo. Y yaciendo allí con su cálido aliento reconfortante envolviendo mi cuerpo desnudo, sabía que los dos íbamos a vivir felices para siempre.

Epílogo

Cali

Desperté la mañana siguiente al compromiso de Remy, me sentía fatal. Teniendo en cuenta cuánto había bebido, me sorprendió que hubiese despertado. Nunca antes había bebido tanto y sabía que no debería haberlo hecho la noche anterior.

Hil pensó que mi exceso de bebida era para armarme de valor. En cierto modo, tenía razón. Pero no era el valor necesario para actuar como distracción en el plan de Remy. Era mucho más que eso.

Meses antes, Armand había secuestrado a Hil. Sentí la necesidad de hacer un disparo antes de que Hil fuera liberada, así que permití que me disparara a mí. A pesar de que fue solo en la pierna, lo odiaba por ello. Si hubiera podido, le habría arrancado la cabeza por lo que le había hecho a Hil y a mí.

Pero eso fue antes de que volviera a casa y me reuniera con mis recién descubiertos hermanos. Durante nuestra siguiente conversación en grupo, Claude compartió algunas noticias impactantes. Durante meses habíamos intentado sacar cualquier información que pudiéramos de nuestras madres acerca del padre que compartíamos. Resultó que Claude tenía su nombre.

Cuando la leí, Claude me preguntó si lo reconocía. Le respondí que no. Pero eso no era cierto. Lo reconocía.

El nombre de nuestro padre era Armand Clément. El hombre que me disparó era mi padre. La mujer con la que Remy estaba a punto de casarse era mi hermana. Y porque amaba a Hil, había aceptado ayudar a encarcelar a mi propio padre por el resto de su vida.

Estaba lidiando con mucho. Beber parecía ser la única forma en que podía gestionarlo. Y dado que todos seguíamos con vida, me vi forzado a asumir que el plan había funcionado. Mi padre estaba ahora detenido y bajo custodia del FBI.

¿Había cometido un error? No cabía duda de que Armand era un lobo peligroso. Pero si consideramos que había conquistado el corazón de mi inteligente madre, y también el de las madres de mis hermanos, ¿no indicaba eso que había algo más en él alguna vez? ¿Se había perdido esa parte de su identidad para siempre? Si le hubiera dicho quién era yo realmente, ¿habría cambiado su comportamiento?

Ahora ya era demasiado tarde, pero si tuviera que hacerlo de nuevo, habría procedido de manera diferente. Si no fuera por el hecho de que iba a ser encarcelado por el resto de su vida, habría revelado a mis hermanos la verdad sobre él. En lugar de descartarlo, les habría pedido que me ayudaran a establecer una relación con él.

Si trabajáramos juntos, podríamos haberlo cambiado. Remy hacía parecer que estaba más allá de la redención, pero siempre hay una posibilidad, ¿no es así?

En todo caso, eso es lo que habría hecho si Armand no estuviesen ya bajo custodia del FBI. Pero viendo lo plácida que Hil dormía a mi lado, estaba seguro de que la amenaza que cernía sobre su vida había desaparecido.

Si las cosas fueran diferentes, sin embargo… Si tuviese una segunda oportunidad para conectar con mi padre, estoy seguro de que las vidas de todos en casa cambiarían para siempre. Si tan solo tuviera esa segunda oportunidad.

*****

Su Lobo Alfa
(Hombre-lobo Gay)
Por
Alex McAnders

Daría mi vida por protegerlo...

———

Hil siempre sintió que no encajaba en su poderosa manada de lobos cambiantes. No solo era gay, sino que a los 20 años todavía no podía convertirse. Eso significaba que su padre alfa tenía que protegerlo… o sobreprotegerlo. Y en el peligroso inframundo de las manadas de lobos de la ciudad de Nueva York, eso significaba que era un prisionero en su propio penthouse de Manhattan.

Con el deseo de tener una vida (y su primera noche de dedos arqueados con un chico) se escapa y termina en un hostel en el medio de la nada. ¿Será el destino que esté a cargo de Cali, un lobo cambiante solitario que hace latir su corazón con fuerza y le provoca pensamientos cachondos?

Cada momento que pasa con él le despierta algo dentro. Y cuando ocurre una tragedia y se queda varado en ese sitio, Hil descubre todas las cosas que el poderoso lobo puede hacer con su cuerpo musculoso.

Su nuevo alfa está dispuesto a sacrificar cualquier cosa para mantenerlo a salvo. Pero cuando el peligroso pasado de Hil lo encuentre, ¿el sacrificio de Cali podrá implicar su vida? ¿La manada atroz de su padre le romperá el corazón al reclamar otra víctima? ¿O Hil tendrá su final feliz con el lobo cambiaforma candente de sus sueños?

*****

Su Lobo Alfa

Se inclinó y cogió mi mano. Su piel cálida junto a la mía me provocó un hormigueo en todo el cuerpo. Lo deseaba. Nunca había estado más excitado en mi vida. Mi lobo lo deseaba. Pero también quería respetarlo. No quería hacer nada para lo que él no estuviera preparado.

Por esa razón, contuve mi deseo. Casi me rompe, pero lo hice. Entramos en la habitación sin soltarnos las manos. Fue extraño ver las cosas de Hil esparcidas en mi espacio personal. Me gustó. No podría haber adivinado que me gustaría tanto.

—¿Tienes que regresar al campus por la mañana? —preguntó Hil mientras deambulaba sobre su bolsa de viaje.

—Sí. Pero regresaré temprano para ayudar a mamá a instalarse.

—Voy a hacer waffles.

—Me encantan. Creo que a mi mamá también le gustarán —dije comenzando a relajarme—. Probablemente deberíamos irnos a dormir. Estoy pensando que mañana va a ser un día largo.

—Vale —dijo nervioso.

Ver lo nervioso que estaba solo me hizo desearlo más. Quería abrazarlo y consentirlo. Quería protegerlo. Y aunque lo admitiera o no, quería penetrarlo lentamente con mi polla dura y escuchar sus gemidos suaves mientras lo hacía.

Me di la vuelta cuando empecé a palpitar. No sabía cómo iba a hacerlo. Me estaba costando todo no cruzar la habitación, cogerlo entre mis brazos y arrojarlo a la cama.

—¿Qué pasa? —preguntó mientras envolvía ligeramente mi bíceps con sus dedos.

Leer más ahora

Avance:
Disfrute de esta vista previa de 'Su lobo enjaulado':

Su lobo enjaulado
(Hombre-lobo Gay)
Por
Alex McAnders

Yo era un lobo solitario sin manada... ¿mi mate predestinado podría ser un humano?

No sé qué tiene Cage Rucker que hace aullar a mi lobo. Sí, tiene un cuerpo que ha sido cincelado en mármol y una sonrisa que derrite mi corazón, pero es más que eso. Hay algo en la forma en la que huele. Mi lobo lo sabe.

¿Significa que me voy a desvivir para averiguarlo? No es posible. Cage tiene novia. No me voy a enamorar de un chico heterosexual...otra vez. Ni siquiera hubiera vuelto a hablar con él si no me habría hecho una propuesta que no podría rechazar.

Y ahora que lo veo todos los días y está volviendo loco a mi lobo, ¿qué se supone que debo hacer? He trabajado sin descanso para reprimir a mi lobo desde que se liberó y mató a alguien. ¿Puedo confiar en él ahora? ¿Puedo confiar en mí mismo cuando estoy con Cage, teniendo en cuenta la forma en la que me hace sentir? ¿Tendré elección cuando descubra su secreto?

Solía pensar que yo era el único lobo cambiante que existía. ¿Estaré equivocado? ¿Cage podría ser mi mate predestinado?

Su lobo enjaulado es un romance ardiente de lobos cambiantes MM con muchas risas, tensión crepitante y suficiente pasión intensa como para dejarte satisfecho con su final feliz.

*****

Su lobo enjaulado

Mi boca se abrió de la sorpresa. ¿Qué estaba sucediendo? ¿Quién era esa chica?

La muchacha, que era pequeña y rubia y tenía rasgos angulosos, se dio la vuelta hacia mí.

—¿Quién es él?

—Ah, él es Quin. Quin, ella es Tasha.

Tasha me miró con sospecha. Se notaba que Cage estaba incómodo.

—Tasha es mi novia.

—¿De dónde conoces a Cage? —me preguntó Tasha.

Estaba muy impactado y no podía hablar.

—Quin me ha pedido una selfie.

Sorprendida, Tasha se giró hacia Cage.

—Ah. ¿Y se sacaron una?

—Todavía no —dijo Cage, con una sonrisa.

—Puedo hacerlo yo —se ofreció Tasha—. Dame tu teléfono —me dijo, mientras se acercaba a mí con una mano extendida.

Aún sin palabras, le di mi móvil y me paré junto a Cage.

—¡Sonreíd! —dijo.

Cage sonrió, mientras yo lo miraba atónito.

—Aquí tienes —dijo, y me devolvió el teléfono—. Mírala.

Bajé los ojos y vi la captura de mi humillación.

—Sí.

—Bien. Vámonos. Tengo hambre —dijo Tasha, mientras entrelazaba su cuerpo con el de Cage y lo alejaba.

—Ha sido un placer conocerte, Quin —dijo él, mirándome mientras se iba.

—Sí. Ha sido un placer conocerte… a ti también —murmuré, seguro de que ya no podía oírme.

Observé a la pareja perfecta mientras se alejaban. Por supuesto que tenía novia. Y por supuesto que ella lucía así. Verlos alejarse me hizo sentir un dolor en el pecho.

No podía creer que hubiera pensado que estaba interesado en mí. Nadie nunca se había interesado en mí. ¿Por qué había sido tan estúpido? ¿Por qué había pensado que un tío como él podría estar interesado en un chico como yo?

Cuando la pareja se perdió de vista en la oscuridad, entré al edificio. Subí las escaleras aturdido, sintiendo que estaba a punto de explotar. ¿Por qué no le gustaba a nadie? ¿Por qué no le gustaba a Cage?

No podía soportarlo más. Mi piel vibraba con una ferocidad que no había sentido en años. Cuando finalmente me di cuenta de lo que estaba pasando, ya era demasiado tarde.

—Oh, no. No, no, no, no, no —dije, con pánico.

Mientras subía las escaleras, el mundo a mi alrededor se alejaba cada vez más. Necesitaba encerrarme. No podía creerlo. Habían pasado años. ¿Por qué ahora? ¿Por qué aquí?
Leer más ahora

*****

www.ingramcontent.com/pod-product-compliance
Lightning Source LLC
Chambersburg PA
CBHW032002150726